Erik Neutsch

Totschlag

Erik Neutsch

Totschlag

Roman

Dingsda-Verlag

Herausgegeben von Joachim Jahns

1. Auflage 1994
Dingsda-Verlag Cornelia Jahns
Eichenweg 8, 06268 Querfurt

Herstellung: Offizin Andersen Nexö Leipzig
ISBN 3-928498-30-4 (gebundene Ausgabe)
ISBN 3-928498-32-0 (broschierte Ausgabe)

Dieses Buch möchte als M ä r verstanden werden, allerdings als eine deutsche: Nichts ist wahr oder alles. Personen und Handlung sind selbstredend frei erfunden. Sollten sich trotzdem Ähnlichkeiten mit der Wirklichkeit ergeben, so wäre es rein zufällig und bleibt Vermutung.

E. N.

1

Eines Tages, das war vorauszusehen – sofern man aufmerksam, nüchtern zwar, doch nicht ohne Anteilnahme, vor allem den Wandel der sozialen Verhältnisse in den neuen Bundesländern seit der Vereinigung beobachtete – hatte es zu einer solchen Bluttat kommen müssen, und zu hoffen blieb nur, daß sie nicht noch Schule machte! Sie war das Werk eines einzelnen, ja, eines Einzelgängers, lag also, obwohl durchaus vergleichbar, anders als ein Jahr zuvor der Fall Rohwedder, des damaligen Treuhandchefs, dessen Ermordung, wie bis heute vermutet, von einer extremistischen Terrorgruppe geplant und ausgeführt wurde, lag anders auch deshalb, weil sie nicht in einer Nacht-und-Nebel-Aktion erfolgte, sondern geradezu im klassischen Gewande, demonstrativ in aller Öffentlichkeit, sich abspielte.

So gibt es auch wenig zu recherchieren, zu enträtseln schon gar nicht, lediglich nachzuvollziehen, denn die Fakten liegen ebenfalls offen, vor aller Augen ausgebreitet und sind von Geheimnissen kaum umwittert. Dafür sorgte bereits die SATZ, die aus einem früheren SED-Organ hervorgegangene, mittlerweile von einem westdeutschen Medienkonzern aufgekaufte und gesteuerte Tageszeitung der Region, indem sie unentwegt berichtete. Zu Widersprüchen, eher Ungereimtheiten neigte sie nur in ihren Kommentaren, was jedoch dem ziemlich willkürlichen Ermessen der Redakteure überlassen blieb, etwa dann, wenn sie über die Motive des Täters nachzudenken versuchten. Übereinstimmung hingegen, und zwar total wie sonst selten auf ihren rund dreißig Seiten täglich, herrschte stets, sobald der Hergang und wohl auch die Genesis der Tat beschrieben wurden.

Weitere Quellen, woraus zu schöpfen sich anbietet, sind natürlich die Akten in Vorbereitung des Prozesses, soweit man an sie herankam und Einblick nehmen konnte, wobei kaum von Belang sein dürfte, daß Anklagevertretung und Verteidigung sich zumindest in einem Punkte frontal gegenüberstanden, sich nämlich jene auf Mord und diese auf Totschlag zu plädieren einrichtete, denn dergleichen Kontroversen sind ja allgemein üblich. Nicht üblich allerdings – und das zeigte sich hier ebenso wie in den Kommentaren der SATZ – war, wie das *Motiv* der Tat zu beurteilen sei. Das war neu. Bisher unbekannt, da in der deutschen, man muß genauer sagen: bürgerlichen Gerichtsbarkeit noch nie zuvor verhandelt, weshalb um Verständnis gebeten wird, wenn hier und dort – um der Gerechtigkeit zu dienen – auch Fiktives in den Zeugenstand gerufen wird.

Denkbar ist zweifellos, daß sich ein ähnlicher Fall, ob nun aus anderem Anlaß und mit anderem sozialen Hintergrund oder nicht, im Osten Deutschlands hätte zutragen können (oder noch zutrüge). Wäre das Motiv dasselbe, würde er sich zu dem hier geschilderten vollkommen kongruent verhalten, bis hin zur blutigen Katastrophe. Denn was zusammenprallte, war eine unterschiedliche Vergangenheit von über vierzig Jahren, eingeschlossen ein unterschiedliches Rechtsempfinden, sowohl beim Täter als auch beim Opfer, nach einem Leben beider auf dem Boden unterschiedlicher Gesetze.

2

Eines Tages also: 19. September 1991.

Im BÜRGERHOF von ***, einem Jugendstilgebäude, haben sich die Stadtverordneten zu einer turnusgemäßen Sitzung versammelt. Soeben wurde die Mittagspause beendet; die grünen Leuchtziffern der neuinstallierten Digitalanzeige über der breitgeflügelten Eingangstür des Plenarsaals springen auf zehn Minuten nach vierzehn Uhr. In den Bänken, die, bis auf die hinteren, für interessierte Zuhörer aus der Bevölkerung reservierten Reihen, nur spärlich besetzt wirken, kehrt allmählich Ruhe ein. Auf dem Podium, vor einem Triptychon, das die gesamte Stirnwand bedeckt und die Begrüßung König Heinrichs I. durch einst hier ansässige Landesfürsten und kirchliche Würdenträger darstellt, haben bereits der Präsident, seine Vertreter und einige Herren des Magistrats Platz genommen, unter ihnen Dr. Anselm Rothenburger, der Finanzdezernent der Stadt, Mitglied der SPD, der nach der CDU zweitstärksten Regierungspartei.

Zur selben Zeit, um 14^{10} Uhr, betritt ein Mann den Saal, unbemerkt zunächst von allen Anwesenden, da man auch ihn für einen Gast aus dem Publikum hält. Er geht auf die freie Fläche unmittelbar vor dem Podium zu, zückt eine Pistole und feuert genau in dem Moment, als der Präsident die Konferenzglocke läutet, in kürzester Folge fünf Schüsse ab. Eine Kugel verfehlt ihr Ziel, schlägt in die Mitra eines Bischofs auf dem Gemälde ein. Die anderen vier treffen Dr. Rothenburger, in den linken Arm, in die Brust, eine zerschmettert sein Kinn.

Der Dezernent sackt vornüber zusammen, fällt mit

dem Kopf auf den Tisch. Schreie durchgellen den Saal. Die Pistole poltert aufs Parkett, vor die Füße des Mannes, und der steht reglos, wie zur Statue versteinert.

3

In der Stadt sprach es sich noch am Abend herum, und selbstverständlich brachten es nächsten Tags die Zeitungen als knallige Meldung auf den Seiten eins. Zwar waren die Einwohner von ***, nach den Dezemberwahlen 1990 mit 187624 angegeben (was freilich nicht mehr stimmen konnte, da noch immer an die hundert monatlich westwärts übersiedelten), an Verbrechen mittlerweile gewöhnt: Raubüberfälle auf Sparkassen, Vergewaltigungen, Diebstähle auf offener Straße, Einbrüche, Automarderei, Wirtschaftsdelikte größeren Ausmaßes, Schlägereien zwischen Neonazis und Linksradikalen, Gewalttaten gegen Ausländer und Prostituierte, auch an mysteriöse Leichenfunde gelegentlich – doch dieser Fall überschattete alle bisherigen.

Vielleicht, fragte man sich, hatte der Täter genau das beabsichtigt, und so wollte man zuallererst wissen, wer er denn sei. Dr. Rothenburger, sein Opfer, war ja den meisten Bürgern bereits ein Begriff. Seit dem Sommer hatte er sich in mehreren Interviews, bei denen es stets ums Geld ging und auf die noch zurückzukommen sein wird, zu Wort gemeldet, und auch in kommunalpolitischen Fernsehsendungen war sein Name erwähnt worden, sein Konterfei über den Bildschirm geflimmert.

Der Mann hingegen, der ihn erschoß, war bis dato ein

unbeschriebenes Blatt. Er hieß Manfred Gütlein, war sechsundfünfzig Jahre alt, verheiratet und Vater zweier erwachsener Kinder.

Als er da stand, nach seiner Tat nun völlig reglos, erstarrt, machte er schon hierbei den Eindruck, als könne er keiner Fliege etwas zuleide tun. Von gedrungener Gestalt, mit gesenktem Kopf, den Blick auf irgendeinen imaginären Punkt auf dem Fußboden gerichtet. Wenig später wurde er abgeführt, und man konnte in sein Gesicht sehen. Die angegrauten Haare schütter, so daß die gelbliche Haut des Schädels hindurchschimmerte und als erstes die ungewöhnliche Größe der unbedeckten Ohren auffiel. Seine im Gegensatz zu der knöchernen Nase schwammig wirkenden Wangen waren von rosiger Farbe, wie bei einem, der regelmäßig sein Bier zu sich nimmt. Er schien zu schwitzen, obwohl der Raum trotz des hochsommerhaften Wetters draußen doch ziemlich kühl war. An den schmalen, fest zusammengekniffenen Lippen hingen ein paar Tropfen. Am meisten aber beeindruckten seine Augen. Unter buschigen Brauen ging von ihnen, grau wie die alten Pfennige, eine große Hilflosigkeit, gar Traurigkeit aus. So stellte sich wohl niemand die Augen eines Mörders vor. Bekleidet war Manfred Gütlein mit einer nach amerikanischer Farmermode rot und schwarz karierten Jacke über einem dunkelblauen Hemd mit aufgeknöpftem Kragen und einer leicht ausgebeulten Stretchhose aus beigebraunem Kord, was alles irgendwie nicht zusammenpaßte, wobei die Jacke jedoch, obgleich sich straff über seinem wohlgenährten Bauch spannend, ein gutes Versteck für die Waffe abgegeben hatte.

Äußerlich also war der Mann eine Allerweltserscheinung, eine von jener Art, die man, selbst wenn man öfter mit ihr zu tun gehabt hätte, im Vorübergehen auf Anhieb nicht wiedererkennt. Bleibt, worauf sich nun auch die Reporter stürzten, sein Leben zu skizzieren.

Manfred Gütlein – und von Jugend an, auch unter seinen Arbeitskollegen und nächsten Nachbarn in der Siedlung, wo er wohnte, nannte man ihn Freddi – war in einem Viertel der Stadt aufgewachsen, das von Mietskasernen, mehr noch wie Silos anmutenden, um die Jahrhundertwende erbauten Häusern geprägt wurde. In den Hinterhöfen lag seine Spielwelt, die, zwischen Mülltonnen, streunenden Katzen und ewig gierigen Ratten, der Phantasie nur wenig Raum bot, und wenn, dann wurde sie genährt von Kitschlegenden aus zerfledderten Dreigroschenheften. Es steht zu bezweifeln, ob er je in seiner Kindheit ein Stückchen heiler Natur sah, einen tieferen Wald beispielsweise, Felder und Wiesen mit dem Blick bis zu fernen Hügeln. Er war das dritte von fünf Geschwistern, die seine Mutter zuletzt allein großzog, da sein Vater, Soldat vom Frankreichfeldzug an, im Kessel von Stalingrad blieb, seither als verschollen galt. Nie erfuhr die Familie, wie er gestorben war. Freddi erinnerte sich seiner als eines recht sprunghaft handelnden Mannes, jedenfalls was seinen Umgang mit den Kindern betraf. Mal griff er rasch zum Riemen und prügelte sie wegen kleinster Verfehlungen, ein andermal überschüttete er sie mit Süßigkeiten, und zwar meist, wenn Lohntag war und er nach Alkohol roch. Trotz allem liebte er ihn, sprach in seinem nunmehr schon grauen Alter mit einer gewissen Dankbarkeit von ihm, denn unter seinem Begleitschutz waren er und seine Brüder manchmal doch über die Hinterhöfe und engen Straßenschluchten auf dem Schulweg hinaus gelangt, sei es auch nur bis zu der Schneise, mit welcher der mehrspurige Eisenbahndamm das Mietskasernenviertel von einer besseren Wohngegend trennte, um im Wildwuchs seiner Böschungen Löwenzahn, Klee und anderes Grünfutter für die hauseigenen Kaninchen zu sammeln. Als abgemacht galt auch, daß sie mit ihm kaum einen Jahrmarkt versäumten, die Rummelplätze besuchten, sobald sich dort die Zuckerbuden zeigten, Karussells, Achter- und Gespensterbahnen. Nur Freddis Schwester mochte er nicht, die Letztgeborene, und erst später wurde ihm klar, was seinen Vater abstieß: Sie war nicht seine leibliche Tochter. Lange nach dem Krieg, als sie ihre Söhne für erwachsen hielt, zog dann die Mutter mit einem Mann zusammen, einem abgehalfterten, einst für die sogenannte Heimatfront uk-geschriebenen Sicherheitsinspektor der Flugzeugwerke, in denen sie arbeitete, der, obgleich es Freddi mit Bestimmtheit nicht bis heute sagen konnte, durchaus der wirkliche Vater von Brigitte, seiner Schwester, hätte sein können.

In die Irrungen ihrer Ehe, gar in deren Geheimnisse weihte die Mutter ihre Kinder nicht einmal mit Andeutungen ein; sie klagte auch nicht. Von Photographien aus ihrer Jugend, Hochzeitsbildern und dergleichen, wußte Freddi: Sie muß schön und von Freiern umworben gewesen sein. Ihre Verschlossenheit, Sprachlosigkeit selbst gegenüber ihren Kindern lag vielleicht daran, daß sie fortgesetzt mit ihrem Schicksal haderte und eine Art verborgenen Stolz in sich trug, der sich mit dem Leben in den gesellschaftlichen Niederungen der Wohnsilos nicht abfinden wollte.

So blieben seine Beziehungen zu ihr bis zu ihrem Tode – sie starb vor vier Jahren – recht kühl, obwohl er sich eingestand, daß er ohne ihre Strenge nicht das geworden wäre, wofür er sich hielt: für einen »ordentlichen Menschen«. Frühzeitig schon hatte es ihn von ihr fortgetrieben, doch wohl mehr – um gerecht zu sein – von der allzu beengten Häuslichkeit als von ihr. In Liebesdingen wenig bewandert, von der alleinstehenden Mutter schon aus überkommener Scham nicht darin aufgeklärt, eher von seinen älteren Brüdern mit all den Fragwürdigkeiten eines solchen Unterrichts, demzufolge alles andere als ein Schürzenjäger, konnte es kaum verwundern, daß er sich bald, bei erster intimerer Gelegenheit, in ein Mädchen vergaffte, das ihm in vielem glich, in seiner Unerfahrenheit wie in seinem keineswegs unduldsamen, treumütigen Charakter. Sie hieß Inge, war zwei Jahre jünger als er, und nachdem sich bei ihr ein Kind anzeigte, heiratete er sie ohne zu zögern. Das geschah im Sommer sechsundfünfzig, und schon im Herbst darauf wurde seine Tochter geboren, sein »Goldsegen«, Simone, die, wie man sehen wird, ihm nun eine nicht sehr seriöse Presse zusätzlich anlastet.

Fritzgerald, sein Sohn, kam erst zehn Jahre später, neunzehnhundertsechsundsechzig, zur Welt. Da hatten Freddi und seine Frau bereits begonnen, sich ein eigenes Haus zu bauen, und zwar auf dem vom Liegenschaftsamt dafür freigegebenen Ödland zwischen zwei eingemeindeten Dörfern jenseits des Flusses, auf der Westseite der Stadt. Interessenten hatten sich genug gemeldet, doch sollten die Parzellen vor allem an kinderreiche Familien verteilt werden. Simone allein zählte da nicht. Also gingen sie fleißig ans Werk, zeugten ihren Sohn und ließen durchblicken, daß sie, immerhin beide im besten Alter, erst um die dreißig, für weiteren Nachwuchs schon noch sorgen wollten. Wenn es dann später nicht funktionierte (oder sie beide dem Funktionsausfall etwas nachhelfen würden), wer, dachten sie, welcher Ministerrat und sonstwie geartete Institution, könnte sie dafür zur Verantwortung ziehen? Hauptsache war, ihr Antrag würde genehmigt, und wenigstens hätten sie, vor aller Augen sozusagen sichtbar, mit Inges erneuter Schwangerschaft ihren guten Willen bekundet. Aus diesen rein taktischen Erwägungen, um zu dem erträumten, langersehnten Eigenheim zu kommen, erklärt sich der wohl doch etwas hohe Altersunterschied zwischen Tochter und Sohn. Allerdings brauchten sie ihren Entschluß, sich ein zweites Kind anzuschaffen, nie zu bereuen. Sowohl Simone als auch Fritzgerald bereiteten ihnen, von wenigen Querelen nach Trotzköpfchenart mal abgesehen, bis in die jüngste Zeit hinein bei weitem mehr Freude als Kummer. Sie studierte im entfernteren Halle Geschichte und Staatsbürgerkunde, wurde Lehrerin in einer noch entfernter gelegenen mecklenburgischen Kreisstadt, wo sie mit ihrem Mann und zwei Kindern allem Anschein nach traut und zufrieden lebte; er wählte einen technischen Beruf, diente drei Jahre in der Nationalen Volksarmee, beim Bodenpersonal einer Jagdfliegereinheit, war danach von seinem Betrieb auf eine Ingenieurschule delegiert worden mit der festen Zusicherung, nach dem Examen von ihm wieder eingestellt zu werden.

Ja, sie hatten *Glück* mit den beiden, konnten sich *glücklich* schätzen als Eltern. Er, gelernter Schlosser, doch seit langem bereits als Meister in der Maschinenfabrik am Orte tätig, ernst genommen von allen Seiten, Kollegen wie Vorgesetzten, hatte es, blickte er zurück, weiß Gott wirklich weit gebracht, und die Kinder, das war vorauszusehen, würden ihn darin sogar übertreffen.

So jedenfalls spiegelte sich in Freddis Gedanken noch bis vor kurzem, genauer: bis zur Mitte dieses Sommers, sein Leben. Es war, seit er sich von zu Hause getrennt, ziemlich geradlinig, ohne besondere Zwischenfälle verlaufen. Zwei tiefere Zäsuren, doch Höhepunkte zugleich, hatte es gegeben: Seine Hochzeit mit Inge und ihr Einzug in das Einfamilienhaus, das nun mitten in einer, sich von Jahr zu Jahr mehr ausdehnenden Siedlung mit ungemein gepflegten, sprießenden, blühenden Gärten stand.

Jetzt aber drohte ein dritter Einschnitt. Und der konnte verheerend sein.

4

Was sich am Morgen nach der Tat in den Zeitungen, obzwar im Fettdruck, doch noch relativ nüchtern las, fand zur selben Stunde im Grasmückenweg Nr. 16 schon seine rabiate Fortsetzung. Um sich gegenseitig in der Berichterstattung den Rang abzulaufen, hatten gleich mehrere Blätter ihre Reporter hierhergeschickt. Die Straße war von Autos blockiert, und vor Freddis Grundstück drängelte sich ein Haufe von etwa einem Dutzend Menschen, mit gezückten Notizblöcken die einen und schußbereiten Kameras die anderen, jeden Augenblick darauf bedacht, etwas Unvorhergesehenes, wenigstens ein Sensatiönchen einzufangen. Einer der Photographen kletterte gar über den Jagdzaun, schlich sich ums Haus, knipste wild durch die Gegend, bannte selbst den Hühnerstall und die Schuppen im Hof aufs Zelluloid; es war ja sein Job, und wer konnte wissen, wofür das noch einmal gut sein würde. Die Frau von Gütlein hatten er und andere ohnehin schon im Kasten; sie hatte, unvorsichtig, halb ängstlich, halb wütend, in gar keinem Fall jedoch auf diese Belagerung vorbereitet, ein Fenster geöffnet, sich hinausgelehnt und dieser Meute mit ein paar Worten zu erwehren versucht. Schnapp, klickten die Apparate. Da war sie verewigt. Nur in Kittelschürze und mit zornverzerrtem Gesicht. Das gab fast ein Titelbild ab.

Hagen Ducknitz von der SATZ verzog darüber freilich verächtlich den Mund. Es war nicht sein Gebaren, und immer noch hoffte er, daß sich die Konkurrenz aus dem Staube machte. Er wollte was Besseres, kam sich zu popelig vor, den Leuten, wie er sich ausdrückte, in die Unterwäsche zu schnüffeln, hatte eher ein Interview mit Frau Gütlein im Sinn. Dazu jedoch brauchte er sie für sich allein, und vielleicht rührte seine Denkart, seine Fairneß (oder täuschte auch sie?) noch von den Zeiten her, da er schon stellvertretender Chefredakteur der SATZ gewesen war, als sie noch VOLKSMACHT geheißen.

Tatsächlich, er hatte sich emsig gewandelt, den politischen Ballast von einst beiseite gekippt, seine Sozialismusgläubigkeit unter anderem, mit der er sogar noch Mitte Oktober neunundachtzig (und was für ein Esel war er gewesen!) das Kerzengeflimmer an der Sankt-Georg-Kirche mit seinen Artikeln gern ausgepustet hätte, und sich neuen Idealen verschrieben: *freedom and democracy*, nein, nicht jenen, die Brecht angeprangert, sondern der echten Freiheit, der wirklichen Demokratie, eben der deutschen, und so hielt er es nur für verdient, wenn er bis heute stellvertretender Chefredakteur zu bleiben gedurft hatte. Keiner mehr, der ihm wie früher die SED-Stadtleitung, deren Sekretariatsmitglied er gewesen, da fürs Lokale zuständig, ins Handwerk pfuschte, ihn gängelte, ihm schon das Maul stopfte, noch ehe er zu sprechen gewagt. Außerdem dreitausendfünfhundert Mark monatlich, rund das Doppelte seines Gehalts von damals, in harter Währung obendrein. Doch dafür mußte er allerdings auch etwas tun, zum Beispiel wie jetzt den Fall Manfred Gütlein übernehmen, der einen Dezernenten der SPD erschossen hatte, und so darüber berichten, daß sein oberster Dienstherr in Düsseldorf mit ihm zufrieden sein konnte. Seine große, einmalige Chance bestand darin: Er kannte den Mann von früher, den *Kumpel* Freddi.

Zunächst aber – und das hatten bereits der gestrige Abend und die Nacht gezeigt – gestaltete sich das Ganze noch wie ein Rätselraten, ein Puzzle um die Motive. Polizei und Justiz oblag es, die einzelnen Teile zusammenzufügen, doch Ducknitz hegte von vornherein Bedenken, ob das beiden so schnell gelänge, denn längst erwiesen sie sich, was sie nicht einmal selber leugneten, angesichts der Flutwelle von Kriminalität, die die neuen Bundesländer überschwappte, als völlig überfordert. Die Aufklärungsrate für Kapitalverbrechen, von Taschendiebstählen und ähnlichem Kleinkram ganz zu schweigen, spottete jeder Beschreibung, verlor sich im Osten wie in ein Niemandsland, betrug bei Banküberfällen knapp die Hälfte und bei

Tötungsdelikten nur etwa siebzig Prozent. Das allerdings erhöhte die Chancen der Zeitungen, eigenmächtig zu recherchieren und für leserködernde Schlagzeilen zu sorgen.

Davon ging er aus, so auch jetzt, als er an einem anderen Fenster kurz das Wackeln der Gardine zu bemerken und dahinter die Frau wiederzuentdecken glaubte, jedenfalls den rötlichen, einer menschlichen Silhouette entsprechenden Schimmer, und überlegte, wie er seinen Konkurrenten rechts und links entrinnen und mit seinen Fragen zu ihr vordringen könnte. Geld war das Stichwort; er müßte ihr ein Honorar anbieten und zur Not die Summe solange steigern, bis es ihr die Zunge lockerte. Die Marktwirtschaft, hatte er schlicht gelernt, ihr Einmaleins, das darin bestand, für alles einen Preis zu fordern, würde wie allüberall so gewiß auch hier Tür und Tor öffnen. Je höher der Preis, desto niedriger die Moral, und seine Sache war es nicht, daran zu rütteln. Aber, begann er zu zweifeln, wälzten nicht auch seine Nebenleute schon ähnliche Gedanken in ihren Köpfen und handelten Geld gegen Leben?

Was jedoch seine Beobachtung betraf, so irrte er nicht.

Inge Gütlein stand am Fenster des zur Straße hin gelegenen Wohnzimmers, nachdem sie ihren Platz gewechselt, von der Küche hierher, sich auch umgekleidet, statt der Kittelschürze einen roten Pullover übergestreift hatte. Ihre innere Verfassung glich einem Beben, durchzuckte ihren Körper, sie schluchzte schniefend vor sich hin, konnte die Tränen nicht unterdrücken, starrte auf die da draußen, die nicht ans Umkehren dachten und noch immer ihr Haus photographierten.

Wenn doch ein Nachbar käme! Und warum fand denn keiner den Mut, die Plage dort zu vertreiben? Hatten sie nicht auch im Herbst vor zwei Jahren geschrien: Wir sind das Volk, von uns geht die Macht aus? Längst mußten sie doch bemerkt haben, wie ihr zugesetzt wurde. Von diesen Schmeißfliegen! Oder fürchtete sich auch Otto Kuhnt vor ihnen, der Rentner aus der Zwölf schräg gegenüber, Freddis Zuchtfreund, der ihr gestern als erster die Nachricht überbracht hatte?

Sie war wie gelähmt gewesen. Sie hatte von nichts geahnt. Und woher denn bloß hatte Freddi sich die Pistole beschafft?

Sie war in den Garten geflohen, verkroch sich unter der Laube, wollte niemanden sehen. Gerald weit fort in Nürnberg, Simone mit ihren eigenen Sorgen, zwar noch im Osten, doch keineswegs näher. Sie müßte beiden sofort ein Telegramm schicken. Sie fühlte sich unsäglich einsam, allein gelassen und nun wie ein wundes Tier gehetzt.

Da kauerte sie auf der Bank unter den Weinreben, die Freddi am Ende des Gartens, an der Grenze zur Querstraße und darüber hinaus zur Feldmark, über ein Spalier in zweieinhalb Metern Höhe wie ein Dach gezogen hatte, so daß es ein Einfaches war, wenn man sich nur auf die Zehen stellte und die Hände ausstreckte, die Trauben zu pflücken. Schlaraffenland taufte er den Ort. Er hatte diese Pflanzart aus dem Kaukasus mitgebracht, wohin er einmal von seinem Betrieb mit der Auszeichnung als Aktivist eine Reise erhalten und an einem Winzerfest teilgenommen hatte.

Hier saßen sie oft, von den ersten milden Tagen im Frühjahr bis in den Herbst hinein, die Freunde aus der

Nachbarschaft, den Wegen mit Namen von Singvögeln: Grasmücken, Rotkehlchen, Kohlmeisen, den beiden Dichterstraßen, nach Theodor Storm und Wilhelm Raabe benannt, manchmal auch die Kollegen aus der Maschinenfabrik, und stets in Eintracht, wenn sie dann ihre Belange besprachen. Freddi – Inge könnte darauf einen Eid schwören – wurde von allen geachtet; er war, kam es trotzdem einmal zum Streit, der ruhende Pol in der Runde, und seine Meinung wog schwer. Wurde es spät an den Abenden und kühl, zündeten sie im Außenkamin die Birkenholzkloben an, wärmten sich am Feuer und wohl auch am Nordhäuser Korn, grillten Bratwürste auf dem Rost, hoben die Bierkrüge und tranken sich zu, zwar gelegentlich mehr als sie Durst verspürten, doch geschah es ebenfalls nur, empfand sie, dem geselligen Klima zuliebe sowohl in der Siedlung, die, kaum daß sie gegründet, FROHE ZUKUNFT hieß, als auch am Arbeitsplatz.

Von ihrem Garten aus sah man die Weite des Himmels, in klaren Nächten die Sternbilder kreisen und tagsüber, wovon Freddi noch mehr schwärmte, die Ferne unter der Sonne flirren bis zu den Kirchtürmen anderer Ortschaften. In seiner Kindheit von der Enge der Hinterhöfe fast erschlagen, atmete er, seit er das Haus gebaut, frische und freie Luft, und es verstrich keine Woche, in der er das nicht wenigstens einmal betonte. Nicht selten stieg er gar auf den Dachboden, öffnete die Luke, spähte hinaus wie von einem Wachturm und ergötzte sich an den dahinflitzenden Lichtern der in der Dunkelheit unsichtbaren Autos auf der Trasse, die im Bogen die Siedlung umging, nach Westen führte und sich erst am schwarzen Horizont in den Hügeln verlor.

Achthundertundfünfzig Quadratmeter umfaßte ihr Grundstück, im Winkel vor der Laube aus Wein mit einem Teich versehen, den Freddi, wie alles andere ebenfalls, in mühevoller Arbeit, bis auf ein paar Nachbarschaftshilfen, allein angelegt hatte. Auf dem kleinen Gewässer schwammen Zierenten, in seinem Schilf quakten manchmal auch Frösche, Libellen surrten darüber hin, und in der Voliere hielt er exotische, meist, weil winterfest, australische Sittiche, Brutpaare, deren Junge er an Liebhaber verkaufte.

Inge jedoch wußte, daß ihn weniger dabei die Einnahmen reizten, wenngleich das Geld die Haushaltskasse nicht unwesentlich aufbesserte. Viel wichtiger war ihm, er konnte im Verein seine Zuchtergebnisse präsentieren, die malvenfarbenen Schecken von Wellensittichen als seinen Erfolg feiern lassen. Sie verstand ihn, sie teilte seine Freude, an dem Heim, an dem Garten.

Der Kredit für das Haus war getilgt, und auch den Boden hatten sie noch während der letzten Tage der alten Regierung käuflich erwerben können. Doch seitdem wurde die Rechtmäßigkeit ihres Vertrages zunehmend in Zweifel gezogen. Schon hatten sich diejenigen Bürger der Stadt, denen es ähnlich erging, zusammengetan und mit Protestkundgebungen dagegen gewehrt …

Auf der Bank unter dem Weindach fand sie am gestrigen Abend der Polizist, der ihr die Vorladung ins Kriminalamt aushändigte. Um elf Uhr heute sollte sie sich dort melden. Wie aber würde sie unbelästigt an der Meute von Photoreportern vorbei auf die Straße gelangen? Jetzt hörte sie aus der Küche den Kuckuck rufen. Es war neun.

5

Das Land hinter dem westseitigen Steilufer des Flusses, zwischen den beiden in den dreißiger Jahren eingemeindeten Dörfern Baalau und Connewitz, hatte das Aussehen einer Wüstenei, als sich die ersten Leute hier einfanden, um es zu kultivieren: von Porphyrkuppen übersät, auf dem felsigen Untergrund, der nur schwer das Regenwasser durchsickern ließ, sumpfartige Tümpel, umwachsen von niedrigem, wirtschaftlich wertlosem Strauchwerk, Ginster und Weißdorn, und verkrüppelten Bäumen. Die Siedler nannten es ihr Klein-Kanada, bevor sie sich, als die Gegend nach ihren Wünschen Gestalt anzunehmen begann, mit Häusern und Gärten, auf die Bezeichnung FROHE ZUKUNFT einigten.

Nun dehnte sich die Siedlung in einem nahezu strengen Geviert bis an die Reste der ursprünglichen Landschaft aus, von der Bushaltestelle in der Connewitzer Straße über fast einen Kilometer die Theodor-Storm-Straße entlang, an deren nördlichem Ende schon die blaugestrichenen Planken der sowjetischen Kaserne zu erkennen waren, und die gleiche Strecke wieder über die parallel verlaufende Wilhelm-Raabe-Straße zurück, beide im Grundriß wie die Holme einer Leiter wirkend, deren Sprossen die Wege mit den Vogelnamen bildeten. Insgesamt betrug die Fläche gut zwanzig Hektar; darauf standen über hundert solcher Eigenheime wie die Gütleins eins besaßen, großzügiger die einen, bescheidener die anderen, und immer noch wurde gebaut, gab es vereinzelt auch noch brachliegende, wenngleich bereits mit Nutzungsrechten ausgestattete Grundstücke.

Die Siedlung glich zweifellos einer Idylle, war ein Fleckchen Himmel auf Erden für ihre Bewohner, und so verwundert es nicht, daß jeder auch jeden kannte, jedes aus dem Alltag sich abhebende Ereignis die Gemüter erregte.

Nein, einen Totschläger, gar einen Mörder hatte es in dieser braven Gemeinschaft von Bürgern noch nicht gegeben. Einen Selbstmord, ja, einen einzigen, doch der lag schon lange zurück, zehn Jahre inzwischen, und wie es dazu gekommen war, wußte ebenfalls jeder. Es betraf Holger Fahrmann aus dem Goldammernweg. Eines Tages, in der Morgendämmerung jenes fernen Winters, fand man ihn erhängt an dem Ahorn, einem der wenigen Bäume, die stärker als das Krüppelholz rundum gewachsen und nicht gefällt worden waren und der seine mächtigen kahlen Äste über den Hof breitete. Erst da jedoch wurde die ganze verteufelte Geschichte mit seiner Frau publik. Die Weiber klatschten es über die Gartenzäune, aber wie das so ist in solch einer Siedlung, jetzt wollte eine jede schon immer etwas mehr in Erfahrung gebracht haben als die andere.

Gudrun, sagten sie, war ein leichtlebiges Luder. Hübsch, aber von oben bis unten, von den Wimpern bis zu den Zehennägeln getuscht und gelackt. Gold um den Hals, um die Handgelenke, und an den Fingern mehrere Ringe, über dem Trauring sogar einen zweiten mit Brillanten. Das kastanienbraune Haar, ob lose oder zu Zöpfen geflochten, hing ihr bis an den Allerwertesten, schon das ein Blickfang für alle krummäugigen Männer. Doch gerade darauf schien sie es anzulegen, und wenn sie sich wirklich einmal, was sie anfangs noch ohne sich groß zu zieren getan hatte, im Garten zu schaffen machte, so trug sie, um sich ja keine Schrunden an ihrer zarten Haut zu holen, Gummihandschuhe. Davon brachte sie mehr als nötig aus dem Klinikum mit, denn sie war Krankenschwester und arbeitete im Schichtdienst. Jedenfalls gab sie das vor, wobei es kaum jemand aus der Nachbarschaft hätte überprüfen können. Merkwürdig blieb nur, daß sie oft auch nachts unterwegs war, ihren Schichten eine nächste oder gar übernächste anhängte, was sie – und man konnte es glauben oder nicht – mit Personalmangel begründete, es sei eben wieder einmal ihre Ablösung nicht erschienen. Um ihre vier Kinder indes, zwei Jungen und zwei Mädchen wie die Orgelpfeifen, im Alter zwischen zwei und acht, kümmerte sich die Oma, Fahrmanns Mutter, die auch den Haushalt besorgte. Wochentags brachte sie die drei jüngsten in der Krippe und im Kindergarten unter, die schon damals eingangs der Theodor-Storm-Straße lagen, sonntags war sie nicht selten mit den Enkeln allein.

Holger, ihr Sohn, dem zuliebe sie jedes Opfer auf sich nahm, war Schweißer. Er meldete sich als einer der ersten an die Trasse, ging nach Orenburg oder wo sonsthin ins weite Rußland, verpflichtete sich für mehrere Jahre und hoffte, sich nach seiner Rückkehr vom Ersparten und ohne die allgemein übliche vermaledeite Wartefrist ein richtiges Auto leisten zu können, Wartburg oder Lada, anders als der Trabant, den seine Frau jetzt fuhr. In dieser Zeit, munkelte man, muß es passiert sein, während andere jedoch meinten, es habe schon früher begonnen, sie sei bereits seit ihrer Ausbildung als Schwester hinter Ärzten und solchen, die es werden wollten, herscharwenzelt, und habe sie nicht auch Fahrmann einmal mit Beyer, dem Journalisten aus dem Falkenweg, ihrem Gartengegenüber, in den STEINEN, dem Rest Ödland hinter der Siedlung, beim Techtelmechteln erwischt? Woher auch sollte sie sonst all ihre Kettchen und Reifchen haben! Geld und Gold stinken zwar nicht, doch ihre Schmucksammlung roch verdächtig nach Freierslohn für gewisse Dienste. Später gar hieß es, sie sei auch, während Holger sich im fernen Ural Frostbeulen holte und von Mückenschwärmen habe plagen lassen, in Leipzig gesehen worden, zur Messe und in teuren Hotels, angesetzt womöglich von der alten Regierung, um für die Staatskasse dringend benötigte Valuta einzuheimsen.

So also, mokierten sich die Leute, sähen ihre *Nacht*schichten aus. Voll akzeptiert worden war sie nie von den Siedlern, im Gegensatz zu ihrem Mann, der als ein stiller und fleißiger Mensch und – für bedauernswert galt. Bei ihr jedoch konnte man ja nicht wissen, zu welchen illustren Geschäften sie noch fähig war.

Im Winter vor zehn Jahren nun kam Fahrmann aus der Taiga zu seinem letzten längeren Urlaub nach Haus. Weihnachten stand vor der Tür, und er sehnte sich nach seiner Familie, nach Gudrun. Irgend jemand jedoch muß es ihm da gesteckt, ihm von ihren Eskapaden während seiner Abwesenheit erzählt haben. Vielleicht war es die Mutter, die alte Frau, die danach dann durchdrehte und immerfort jammerte: Das wollte ich nicht, das habe ich nicht gewollt ... Nicht einmal einen Abschiedsbrief hinterließ er. Holger Fahrmann ging ins Magazin vor den Toren der sowjetischen Kaserne, kaufte sich dort seinen geliebten Wodka, zwei Flaschen Stolitshnaja, wie Augenzeugen bestätigten, ließ sich vollaufen, griff zur Wäscheleine und erhängte sich, drei Tage vor Heiligabend, an dem Ahorn in seinem Hof.

Gudrun Fahrmann kehrte wenig später der Siedlung den Rücken, zog mit ihren Kindern irgendwohin; niemand hörte noch etwas von ihr. Die Mutter fand Unterkunft in einer Heilanstalt; vor kurzem soll sie gestorben sein.

Was aber bedeutete schon diese Affäre, gemessen an der Tat, die im Mittelpunkt nun Freddi Gütlein sah?!

Einhundertundfünf Familien – und rechnete man sie mit all ihren Kindern und Kindeskindern zusammen, so wohnten jetzt an die sechshundert Menschen hier – waren aufgeschreckt, aufgestört wie ein Ameisenhaufen beim Einsturz, nervös wohl vor allem deshalb, weil es nicht irgendwer, sondern der Finanzdezernent war, dem der Anschlag gegolten hatte. Man glaubte den Grund zu kennen, ohne erst das Ergebnis der Ermittlungen abwarten zu müssen, und so herrschte nach dem neunzehnten September in den Häusern und Straßen nur das eine Gesprächsthema vor, und man beschwor auch wieder die Vergangenheit, hielt sich noch einmal vor Augen, wie es hier seinen beschwerlichen Anfang genommen hatte, in der Zeit, als anstelle der Gärten noch Wüste gewesen war.

In der Siedlung lebte ein nach Berufen bunt zusammengewürfeltes Völkchen, selbstverständlich männlichen *und* weiblichen Geschlechts (was das in Mode gekommene *Innen* bei jedem Wort überflüssig machen soll): Handwerker aller Art, Maurer und Zimmerleute, Tischler und Schlosser, Klempner, Elektriker, Verkäuferinnen und FriseurSen (wobei hier die Doppelung, wie sie auch Ducknitz in seinen Artikeln gebrauchte, angebracht wäre), Facharbeiter die meisten, etliche Ingenieure, zwei Lehrerinnen, die eine mit einem Lokomotivführer, die andere mit einem SED-Funktionär verheiratet, eine Richterin, zwei höhere Offiziere, ein Komponist, ein Zeitungsmann (jener Beyer), manche inzwischen schon Rentner, zwei »Verdiente Meister des Sports« – Langstreckenläufer, die olympische Medaillen geholt hatten – und vorn, an der Connewitzer Straße, in den sogenannten Intelligenzhäusern, Baujahr 1953 bereits, zwei Professoren der Medizinischen Akademie, ein Architekt, ein Werkleiter ... Die Liste ließe beliebig sich fortsetzen, doch würde sie nur das eine bestätigen: Gewiß, es bestand eine soziale Mischung, vielleicht sogar Schichtung, die aber bisher kaum in Erscheinung getreten war. Viel eher hatten sich Unterschiede im Praktischen gezeigt, so etwa, dachte man an die Erschließung, an die Urbarmachung des hiesigen Geländes. Da hatten die einen kräftiger zugepackt als die anderen (was jedoch quer durch die Berufsgruppen verlaufen war), hatten die einen goldene Hände bewiesen, während die anderen, an körperliche Arbeit weniger gewöhnt, teils mit höheren Geldbeträgen geholfen, teils aber auch dadurch, daß sie ihre Beziehungen hatten spielen lassen, etwa bei der Beschaffung von Baumaterial und Maschinen.

Letztere waren besonders gefragt, als die ehemalige Rollbahn, eine spatenstichdicke Betonplatte, im unteren Abschnitt der Siedlung, zertrümmert und hinweggeräumt werden mußte. Sie war der Kaserne angegliedert gewesen, die einst der Wehrmacht gehört und nach dem

Kriege von den Sowjets besetzt worden war, hatte kleineren, einmotorigen Flugzeugen wie dem Fieseler Storch zum Starten und Landen gedient, dann jedoch kein militärisches Interesse mehr gefunden. Und trotzdem, entsann man sich, trotz aller aufgebotenen Technik war man nicht ohne Spaten und Schaufeln, Spitzhacken und Schubkarren ausgekommen, als man ihr damals auf den zähen, von Grasnarben inzwischen überdeckten Leib rückte. Diese Piste, ja, der *Kampf* gegen sie, wie sie es nannten (oder wenigstens bis in den Herbst neunundachtzig hinein noch genannt hatten), mit der Knochenarbeit und den Schmerzen in allen Gliedern, hatte wohl mehr als anderes das Gefühl ihrer Zusammengehörigkeit gestärkt, das Gefühl, aufeinander angewiesen zu sein, und hörte sich nun, heute, plötzlich erneut mit leiser Verklärung, an, als sei tatsächlich auf ihren Trümmern eine Art Schicksalsgemeinschaft gewachsen.

Manfred Gütlein, vom Professor im ferneren Teil der Raabestraße bis zum Maurer von nebenan geduzt und vertraulich Freddi gerufen, war einer der aktivsten beim Kampf gegen die Piste, aber auch später, beim Ebnen meterhohen Mutterbodens, beim Anbringen der Zäune, beim Pflanzen und sonstigen Werkeln, versagte er niemandem seine Hilfe. Wurde er nach den Gründen gefragt, winkte er ab, zeigte ein schiefes, verlegenes Grinsen, öffnete kaum seine schmalen Lippen, nuschelte: Ich bin nun mal so, bin so erzogen ... Nur wenige wußten, daß es gelogen war. Was jedoch die Rollbahn betraf, so handelte auch er nur aus Eigennutz. Je eher sie verschwand, desto besser war es für den Fortgang. Der Platz, auf dem sein Haus gebaut werden sollte, war vom Beton fast völlig versiegelt. Zwar ratterten Tag und Nacht darauf die Preßlufthämmer, krachten die Greifer ins Gestein, heulten die Motoren der Kipper, doch der Rest blieb ihm und Inge überlassen, wenngleich auch zu ihm, kaum daß sie sich kennengelernt, einander vorgestellt hatten, die künftigen Nachbarn und jetzigen Leidensgenossen kamen und Hand anlegten.

In allen freien Stunden, abends schon unterm Lampenlicht, an den Wochenenden in aller Frühe und bis in den späten Sonntag hinein, bei Regen und knalliger Hitze, Monat um Monat, zwei Jahre lang – sie schufteten, fühlten sich ausgemergelt, zermürbt, zerquetscht, doch immer wieder trieb es sie an, sie glichen tatsächlich Ameisen, sie wollten ihren Bau, das Haus, und nichts würde sie davon abhalten.

Einmal, ziemlich am Anfang, geschah es, daß Inge Blutungen bekam, während sie bereits schwanger war. Sie riefen nach der Ärztin, die soeben im Falkenweg ihre Villa bezogen hatte, die Schnelle Hilfe jagte heran, Inge lag mehrere Wochen straff in der Klinik, nachdem sie mit Spritzen behandelt worden war, und Freddi mußte sich von der Oberin und dem Doktor die bittersten Vorwürfe anhören: Unverantwortlich sei das, in ihrem Zustand ihr diese Schwerstarbeit zuzumuten, und ob er denn nicht wisse, was für ein gebrechliches Ding ein Mutterleib sei ... Er duckte sich, schuldbewußt, wagte nicht aufzublicken, suchte für seine Augen einen imaginären Fixpunkt auf dem Fußboden und ging bedeppert davon. Danach besuchte er täglich, sofort nach der Arbeitszeit, seine Frau am Krankenbett und – fuhr anschließend hinaus, mit der Buslinie sieben über den Fluß, zur Connewitzer Straße, hastete auf die Baustelle, plackte sich fortan ohne sie, bis Gerald geboren war. Doch sie – und nicht einmal die sechs Wochen Urlaub nach ihrer Entbindung wartete sie ab – schob den Kinderwagen vom einen Ende der Stadt ans andere, begleitete ihn wieder, Simone am Rocksaum, um ihm draußen wenigstens die Suppe zu wärmen, in der Baubude einen Kaffee zu kochen, und zwischendurch stillte sie den Jungen.

Den Beton, sagten sie, hätten sie Platte für Platte, Klotz für Klotz mit ihren Händen zerkrümelt, »besiegt« mit nichts als ihrem Glauben, der Berge versetzt habe. Abgekippt lag er auf einer Mülldeponie, und auch der Schotter war beiseite gekarrt, allerdings sorgfältig zur Halde getürmt, weil man ihn noch brauchte, wieder verwenden wollte, um Straßen und Wege zu befestigen. Ringsum schlugen die Bagger tiefe Gruben in den steinigen Grund, hoben die Kellerhöhlen aus, die Fundamente wurden gegossen, die Wände hochgezogen. Zwar waren jetzt mehrere Baubrigaden im Einsatz, doch gab es kaum einen Siedler, der in dieser Phase nicht ebenfalls seine »Eigenleistungen« – wie das Wort dafür lautete – einbrachte, sich mit dem, was seinem Beruf entsprach, nützlich machte, bei Maurer-, Metall- und Malerarbeiten half, selber putzte, sägte, hämmerte oder elektrische Leitungen installierte. Aber auch gemeinsame Ruhestunden gönnte man sich inzwischen, mit Imbiß und Umtrunk, jedesmal – und das immer öfter –, wenn wieder ein Richtfest gefeiert wurde. Später, sobald erst einer sein Heim bewohnte, trug der, nicht selten meterdick, Muttererde auf, zusammengeklaubt von den Genossenschaftsbauern der angrenzenden Dörfer, erneut mit Karren und Schaufeln (auch die Kinder packten mit an), später pflanzte man Bäume und Sträucher, ein jeder nach seiner Fasson, Koniferen oder Obstbäume, Blumen, Gemüse. Mitte der siebziger Jahre nahm die Siedlung endlich ihre Gestalt an und zeigt seither jenes Gesicht, das sie bis heute prägt: meist zweistöckige Häuser mit Satteldächern, Mansarden und Erkern und abgeschrägten Zimmern im Obergeschoß, ab und an auch ein größerer Bau, ohne protzig zu sein, im Bungalowstil oder als Villa, und allesamt umgeben von schmucken Gärten.

Die Zeit verging, die Menschen wurden älter und die Bäume höher, die einen kamen in die Rente und die anderen zu reicheren Erträgen. Schon ragten die Blautannen bis zu den Giebeln auf, und an den Obstbäumen reiften, schwer, so daß ihre Äste gestützt werden mußten, die Früchte. Da geschah es zum ersten Mal, beginnend im Rotkehlchenweg, der der sowjetischen Kaserne am nächsten lag, daß Äpfel und Birnen geplündert wurden. Lange blieb es ein Rätsel, wer die Diebe wohl sein könnten, und weil Ole Gingel aus Nummer 8, der auf seinem Grundstück eine Art Plantage unterhielt, unter den Raubzügen am meisten zu leiden hatte, legte er sich auf die Lauer. Die Bäume waren sein Heiligtum, nach der Ernte in jedem Herbst verkaufte er zentnerweise das Obst an den staatlichen Handel, das Kilo Pflaumen für vier Mark, ließ es anschließend von seinen Söhnen und anderen Eingeweihten, da die Preise subventioniert waren, für zwei Mark wieder zurückkaufen, brachte erneut seine Pflaumen, das Kilo zu vier Mark, in die Annahmestelle, sammelte es für zwei wieder ein und wiederholte den Vorgang solange, bis den Früchten Blessuren drohten. So war sein Eifer auf der Jagd nach den Tätern nur allzu verständlich, wurde er doch um ein selten lukratives Geschäft betrogen, und bald bekam er sie auch, in der Dachkammer wie auf dem Anstand sitzend, vor sein Fernglas. Es waren Soldaten, kein Zweifel, Rotarmisten, die nachts über die blaue Planke stiegen, in seinen Garten drangen und Taschen und Beutel mit seinen Mirabellen und Emma Leppermann, Cox Orangen und Clapps Lieblingen füllten. Er schlug Alarm, blies zum Protest, und, sonderbarerweise, schlossen sich ihm nicht nur Leidensgefährten an, sondern auch der ansonsten etwas kauzige, eher zurückgezogen lebende Komponist aus dem entfernteren Kohlmeisenweg, der jedoch aus anderem Grunde. Es sei ein Abwasch, sagte er auf der eiligst einberufenen Versammlung, und nichts gegen die deutsch-sowjetische Freundschaft, aber ihn störe seit langem die Beschallung, die aus den Lautsprechern der Kaserne mit Kampf- und Volksliedern auf sein Studio niederprassele, ihn hindere, eigene Töne und Melodien zu finden, womit er schöpferisch pleite zu gehen drohe und was wohl ebenfalls einem Diebstahl gleichkomme, wenn auch einem geistigen, einem Kunstraub gewissermaßen. Das leuchtete ein, und so wurde eine Abordnung gewählt, die dem Kommandanten der Garnison eine kompakte, von der Musik bis zum Obstklauen reichende Klageschrift überbringen sollte. Ihr gehörten Professor Haarschmidt an, der Mediziner, er, weil möglicherweise sein Titel Respekt einflößte, vor allem aber, weil er beinahe fließend russisch sprach, Ole Gingel, sowohl als Tatzeuge als auch Hauptgeschädigter, und Freddi Gütlein, der in jeder Beziehung neutral war, zum Beispiel nicht einmal einer Partei anhing, jedoch in der Siedlung wegen seiner Allround-Hilfsbereitschaft großes Ansehen genoß.

Was bis dahin nur die kühnsten Optimisten für möglich gehalten hatten, wurde dann wahr: Nach der Übergabe der Petition dudelten die Lautsprecher nur noch an Staatsfeiertagen der Sowjets, und die Diebereien fanden ein Ende, das allerdings, wie die Siedler erst später erfuhren, indem die Soldaten drakonisch bestraft wurden, diese kaum zwanzigjährigen Burschen aus allen Weiten Asiens, mit Prügeln und Dunkelhaft. Das, nein, das hatten die Anwohner nicht bezweckt. Für ein paar Handvoll Pflaumen, Äpfel und Birnen, klagten sie nun, wiegelten ab und schüttelten die Köpfe, eine derartig mittelalterlich anmutende Spießrutenei an noch halben Kindern, Milchgesichtern, nur weil ihnen und ihren Kameraden der Magen geknurrt hatte. Ole Gingel zwar versteckte sich in seinen Vollbart und schwieg, aber der Professor und Freddi machten sich so ihre Gedanken.

Im nachhinein aber zählte eine andere Erfahrung, blieb als Moral von der Geschicht': Kapituliere nicht. Ja, sie waren sich einig gewesen und hatten nur deshalb, weil EINIGKEIT MACHT STARK, selbst bei den Sowjets, den *Freunden* (den *Besatzern*, sagt man heute), Erfolg gehabt. Ganz gegenteilig verhielt es sich dann mit dem »Katzen-und-Hunde-Krieg« im Grasmückenweg, in der unmittelbaren Nachbarschaft der Gütleins, was so lange noch gar nicht zurücklag. Zunächst, es gab hier, wie in keiner Straße sonst, einen ausgesprochenen Nummernsalat, der davon herrührte, daß die Häuser nicht in der Reihenfolge der Grundstücke, mit den geraden Zahlen auf der einen und den ungeraden auf der anderen Seite wie üblich, beziffert worden waren, sondern nach dem Zeitpunkt ihrer Fertigstellung, und so wohnten nicht etwa die Leute aus Nr. 14 und Nr. 12 Zaun an Zaun, sondern, in diesem Fall, die aus der 14 und 11. Frau Kusch, die energische Witwe, besaß vier Katzen und fütterte darüber hinaus, indem sie sie im Garten zu den Mahlzeiten einlud, noch ein Dutzend herrenlose, räudig umherstreunende Artverwandte, die, einmal angelockt, von sonstwoher an ihre Näpfe eilten. Das gab ein Huschen und Kuschen, Miauen und Kauen, vor allem jedoch ein Fressen, nicht nur der in Milch aufgeweichten Brötchen in den Satten, sondern auch der Vögelchen in den Hecken, im Frühjahr während und nach der Brut, im Winter, wenn sich zu den einheimischen Meisen, Gimpeln und Finken an den Futterhäuschen als Gäste aus dem Norden auch noch die Grünlinge, Zeisige, Berghänflinge gesellten, und das, so jedenfalls empfand es Rudi Hagenau aus Nr. 14, der Maurer, Freddis Nachbar, sprach aller Wegenamen in der Siedlung hohn.

Also setzte er, obendrein Taubenzüchter und demzufolge außerordentlich vogellieb, nachdem er das Treiben nebenan zwei Winter hindurch eher stoisch geduldet, dann aber zunehmend in Rage geraten war, im dritten seine beiden Hunde, einen Dobermann und einen ungemein fuchtigen, nahezu tollwütigen Terrier, auf die Katzen an. Jedesmal nun, wenn Frau Kusch vom Fenster im Obergeschoß, in das sie nach dem Tod ihres Mannes gezogen war, sozusagen vom Himmel auf die Erde herab ihr freundliches Werk betrachtete und sich gerade als Wohltäterin an der verlassenen, mißhandelten Tierwelt zu fühlen begann, ließ er Max und Bobbi von der Kette. Der

Dobermann, größer als sein Kumpan, lief zwar nur am Zaun hin und her, stapfte einen Pfad in den Schnee und bellte, das freilich, was das Zeug hielt. Der Terrier hingegen hatte längst eine Lücke zwischen den Latten entdeckt (oder hatte nicht Hagenau sie eigens für ihn geschaffen?), flitzte kläffend hindurch und fuhr wie der Wirbelwind mitten durch die Versammlung auf Nr. 11. Das wiederholte sich, eine Woche lang etwa, Tag für Tag. Frau Kusch, im Stil ihrer Katzen, fauchte Hagenau an, und der, Max gleich, seinem stämmigen Dobermann, knurrte zurück. An Diplomatie war schon nicht mehr zu denken, bald flogen die ersten Schimpfwörter, und das war der Ausbruch des Krieges. Die Witwe entsann sich, daß ihr Mann ein Luftgewehr hinterlassen hatte, lud es und brannte damit aus dem Fenster ihres Schlafzimmers Nachbars Kötern eins aufs Fell, nein, schoß ganze Magazine mit Bleikugeln auf sie leer. Bobbi, der Terrier, jaulte unter dem Trommelfeuer wie von Sinnen, ergriff, ebenso blitzartig, wie er gekommen war, die Flucht und wedelte, wenngleich nicht minder fuchsteufelswild, mit dem Schwanz, während der Dobermann, der dergleichen nicht aufweisen konnte, nur einen Stummel am Steiß besaß, erschrocken sein Gebell einstellte und zu winseln anhob. Das ärgerte Rudi, sowohl das unwürdige Verhalten seiner Hunde, noch mehr die Schande, die sie ihm damit zufügten, als erst recht das triumphierende Gelächter der alten Geiß auf ihrem Schießstand, und der Streit eskalierte. Er rächte sich, indem er sich Marderfallen besorgte, sie mit Fleischködern ausstattete und dicht an der Grenze zur Nr. 11 auslegte. Zu seinem Unglück erschlugen die eisernen Bügel nicht nur einige der verwilderten Katzen, sondern auch eine von Rasse, die schöngezeichnete Marmormiez der Frau Kusch. Wenige Tage später fand er dann seine Hunde hingestreckt im Zwinger. Die kriegerische Witwe hatte ein paar Bockwürste mit Rattengift präpariert und einen ihrer Enkel angestiftet, sie den Tieren vorzuwerfen.

Es kam zum Prozeß, doch Nutzen daraus zog keine Partei, man gab beiden die Schuld, der einen mehr, der anderen weniger. Seitdem waren die Kuschs und die Hagenaus verfeindet bis ins letzte Glied, sprachen kein Wort mehr miteinander, aber, was noch schwerer wog, an diesem Zerwürfnis spaltete sich damals auch die Siedlung, teilte sich in Vogelliebhaber und Katzenfreunde, der Riß verlief sogar mitten durch die Familien. Einer der wenigen, die sich da heraushielten, war Freddi Gütlein; er wollte es mit keinem seiner Nachbarn verderben. Zwar versöhnten sich bald auch die übrigen Siedler, Anlässe dazu boten sich genug, einer bereits mit dem nächsten, gemeinsam organisierten Kinderfest in den Weihnachtsferien, und manche fanden den Vorfall mit der Zeit auch lächerlich, doch immerhin ging er in die Erinnerung als der *»Katzen-und-Hunde-Krieg«* ein, als Warnung vor Zwietracht, verbunden mit einer weiteren Lehre, der Moral von dieser Geschicht': Versuche deinen Nächsten nicht. UNEINIGKEIT MACHT SCHWACH.

Jetzt aber kam auf die FROHE ZUKUNFT eine erneute Prüfung zu, und die war bedrohlicher als alle bisherigen. Manfred Gütlein hatte den Finanzdezernenten der Stadt erschossen.

6

Zwei Männer waren noch während der Schüsse auf ihn zugestürzt, beide in Zivil, doch sie ergriffen ihn erst, nachdem es bereits zu spät war. Als sie ihm die Arme auf den Rücken drehten, dicht neben ihm standen, glaubten sie, ihm schon einmal begegnet zu sein. Gütlein ging es nicht anders. Auch ihm kamen sie bekannt vor. Er hatte ihre Gesichter, entsann er sich später, zur Rechten und zur Linken Rothenburgers, obgleich mit dezentem Abstand, an jenem Tage gesehen, als er der Delegation von Hauseigentümern angehört hatte, die nach langem Hin und Her schließlich doch von dem Finanzdezernenten empfangen worden war.

Er wehrte sich nicht, nein, ließ sich in die Mitte nehmen und gesenkten Hauptes, vorbei an den teils wie gelähmt in den Bänken verharrenden, teils entsetzt von ihren Sitzen aufgesprungenen, doch nunmehr schon schweigenden Abgeordneten, zum Ausgang führen. Dort wurde er der Polizei übergeben, mehreren Uniformierten, die in der mächtigen Halle des BÜRGERHOFS unterhalb der breiten Treppe hinauf zur Empore vor dem Sitzungssaal in Bereitschaft standen. Übereinstimmend sagten sie aus, daß Gütlein, als sie ihn aufgefordert hätten, die Arme zu heben, damit sie ihm Handschellen anlegen könnten, sie gebeten habe: »Ach, laßt das doch. Ich renne euch schon nicht weg. Ich hab's getan und weiß, zeitlebens nun, lebenslänglich. Ich hab's auch schon vorher gewußt. Mir ist doch jetzt alles egal ...«

So oder ähnlich habe es geklungen. Leise und keinesfalls aufsässig. Nein, er habe bei seiner Verhaftung keine Schwierigkeiten gemacht. Nur einmal, im Fond während der Fahrt im Streifenwagen, habe er nach seinem Taschentuch verlangt. Es steckte in seiner Jacke, und man habe es ihm in die gefesselten Hände gegeben. Der Mann habe geweint.

7

Fünf geschlagene Stunden verbrachte Gütlein zunächst in einer Zelle der Polizeidirektion, nachdem er dort gegen 14^{30} Uhr eingeliefert worden war. Seine Vernehmung begann erst um 19^{30} Uhr, was daran lag, daß einerseits die zuständigen Beamten sich außerhalb ihrer Dienststelle befanden und telefonisch zusammengerufen, andererseits die Spuren am Tatort gesichert werden mußten. Dann aber dauerte sie bis in die Nacht hinein.

Als erster war Kriminalkommissar Dorneleit erschienen, den man, obgleich früher Nachmittag, aus tiefstem Schlaf geweckt hatte. Er hätte ihn bitter nötig gehabt, war er doch schon seit dem Morgen des 18. bis eben zur Mittagszeit des 19. September pausenlos unterwegs gewesen, um eine Bande von Gewaltverbrechern zu jagen, Zuhälter offenbar, in schnellen Schlitten mit (wahrscheinlich gefälschten) Frankfurter Kennzeichen. Gegen sie hatte er keine Chance gehabt, hier jedoch blieb kaum noch etwas zu tun. Und trotzdem. Zwar veranlaßte er sofort alles Erforderliche, fuhr selbst in den BÜRGERHOF, der nach seinen Worten eher einem aufgescheuchten *Hühnerhof* geglichen, befragte auch die ersten Zeugen, wollte aber nun – bei der politischen Brisanz dieses Falles, denn immerhin war der Finanzdezernent der Stadt getötet worden (und er hatte die Leiche gesehen) – nichts ohne seinen Vorgesetzten, Kriminalhauptkommissar Tucher, unternehmen. Der jedoch rekonstruierte soeben einen anderen Tathergang an Ort und Stelle, weit draußen auf einem Parkplatz der Autobahn.

Benachrichtigt wurden zugleich die Staatsanwälte Dr. Blinsen (warum auf Anhieb auch dieser, blieb vorerst, bis zur Erhellung durch eine Zeitung – nicht der SATZ – schleierhaft) und Dr. Gral, und während der eine sich gerade in Schale warf und vor einem Varietébesuch noch ausgiebig in einem der neueröffneten Spitzenrestaurants zu speisen gedachte, klagte der andere, Gral, im Gerichtssaal einen Bankraub an.

Als sie sich endlich versammelt, sich's bequem gemacht hatten und ihnen um 19^{30} Uhr Gütlein vorgeführt wurde, schien auch für sie, bis auf wenige Kleinigkeiten, die Sache sonnenklar, wenngleich, was sich erst später herausstellte, jedem auf seine Weise.

Dr. Blinsen verließ denn auch bald, nachdem er sich von der Beschaffenheit des Delinquenten überzeugt zu haben glaubte, das Kommissariat. Wenn er schon um sein Kulturvergnügen gebracht worden sei, wolle er nicht auch noch auf sein Abendmahl verzichten, und alles andere könne er ja in den Akten nachlesen.

8

Das Verhör eröffnete Kommissar Tucher. Zunächst wies er Gütlein auf seine Rechte hin, belehrte ihn, daß er verpflichtet sei, die Angaben zu seiner Person wahrheitsgetreu zu beantworten, jedoch weitere Aussagen, die den Schuldvorwurf beträfen, ablehnen könne. Ebenso riet er ihm, sich juristischen Beistandes zu versichern, was bedeute, er solle sich mit seinem Rechtsanwalt in Verbindung setzen. Sofort mußte er jedoch bemerkt haben, hatte damit wohl auch gerechnet, daß Gütlein mit dieser Aufforderung kaum etwas anzufangen wußte, denn der starrte ihn nur aus trüben, stumpf blickenden Augen an. Woher auch sollte einer wie er, ein solch »simpler Mensch«, der, wie sich bald zeigte, noch nie mit dem Gesetz in Konflikt geraten war, plötzlich *seinen* Anwalt haben! Tucher hielt inne und fuhr erst nach kurzem Besinnen fort: »Na gut, jetzt nochmals zu Ihrer Person. Schauen wir uns Ihre Angaben doch mal genauer an ...«

Das Protokoll führte Fräulein Jäckli, jene Beamte, die auch über Funk und Telefon die vier Herren zusammengerufen hatte. Sie ratterte es mit geübten Fingern in die Schreibmaschine und unterbrach sich nur manchmal, um nachzufragen, wenn auf den scharfen Ton Tuchers eine nicht ganz verständliche, mit eingeschüchterter Stimme zu leise Antwort erfolgte. Waaas war Ihr Vater? Bitte? – Aha, ein Säufer. – Nein, er trank nur an Lohntagen. Seit dem Rußlandfeldzug wurde er vermißt. Und uns Kinder hatte er lieb.

Nachdem dann auch schon diverse Einzelheiten aus Gütleins Leben in Erfahrung gebracht worden waren, kam man ziemlich abrupt, doch zweifellos gezielt, auf die Tatwaffe zu sprechen. In diesem Moment blinzelte Tucher seinem Assistenten zu. Er solle fortsetzen, hieß das, während er sich hinter seinem Schreibtisch tief in den Sessel zurücklehnte, seinen wuchtigen Körper mitsamt den Bandscheibenbeschwerden zu entspannen suchte, die Hände über den halbkugelförmigen Bauch faltete und fortan Gütlein unter schlitzartig verkniffenen Lidern beobachtete. Sein Eindruck war perfekt: Der Mann ein »armes Würstchen«, reinster DDR-Durchschnitt.

Dorneleit verstand sofort den Wink seines Chefs, sie arbeiteten lange genug zusammen, hatten dieses Spiel schon hunderte Male betrieben und nannten es »Ballwechsel«. Halb im Rücken von Gütlein stehend, sagte er über dessen Schulter: »Eine Makarow ... Sehr interessant.« Er trat einen Schritt vor, griff nach der Pistole, die in eine Plastiktüte gehüllt auf Tuchers Tisch lag, wog sie kurz auf der Handfläche und hielt sie Gütlein vors Gesicht. Natürlich kannte er die Waffe aus dem Effeff, glich sie doch seiner eigenen in jedem Detail; die gesamte Polizei, die ehemalige NVA und wer weiß welche Befugten noch von einst waren mit diesem Modell ausgerüstet worden.

Wie das Gutachten, das ohne Mühe schnell angefertigt worden war, ergeben hatte, waren aus dieser Pistole die tödlichen Schüsse abgefeuert worden, während die restlichen drei Patronen noch im Magazin gesteckt hatten.

»Woher«, fragte Dorneleit, nicht weniger scharf als sein Vorgesetzter bisher, »woher haben Sie die!«

»Ich, ich ...«, stotterte Gütlein, »ich habe sie – – –.«

»Sprechen Sie lauter!«

»Gefunden, ja. Ich habe sie gefunden.« Endlich war es heraus, und er schien erleichtert. Im Protokoll fand sich dazu eine von Fräulein Jäckli in Klammern gefügte Bemerkung: Erst auf Nachfrage. Beim ersten Mal klang es: *gekauft*.

»Gefunden? – Sie kleiner Miesling, wollen Sie uns einen Bären aufbinden?«

»Doch, doch ...«

»Und wo, bitte?«

»In den Steinen.«

Das Fallenstellen, gar noch mit Geduld, war nicht gerade Kommissar Dorneleits Stärke. Im Gegensatz zu Tucher noch relativ jung, Mitte dreißig, drahtig, ein Freizeitläufer, suchte er stets den kürzesten Weg zum Erfolg und bevorzugte daher Methoden, die ihm geeignet schienen, die Verbrecher in die Enge zu treiben, so daß sie bald weder ein noch aus wußten, ob nun bei einer Verfolgung oder bei einem Verhör wie jetzt, sie zu jagen, bis sie einen Fehler begingen. Er bog den beweglichen Schirm der Schreibtischlampe in die Höhe und richtete den grellen Lichtstrahl auf Gütleins Gesicht. »Was soll denn das nun wieder? Auf der Straße oder was? Das müssen Sie uns schon genauer erklären. Wo. Ort. Wann. Wie.«

»Die Steine ... So heißt das Ödland hinter der Frohen Zukunft. Gleich nebenan liegt die russische Kaserne. Das heißt, sie war's. Russisch. Jetzt steht sie leer.«

»Aha. Damit wollen Sie also sagen, daß die Pistole von den Sowjets stammt. Die haben sie dort hingelegt, auf'n Müll geworfen. So mir nichts dir nichts. Bitte, bedient euch. Und mit vollem Magazin. Nur gut, daß Sie dort nicht gleich eine Rakete mit atomarem Sprengsatz gefunden haben. Wer – denken Sie – soll Ihnen das eigentlich glauben?«

Gütlein hatte die Augen geschlossen, vielleicht nur des blendenden Lichts wegen. Schweißperlen traten ihm auf die Stirn.

»Nu schlafen Sie mal nicht ein ... Waren Sie Soldat? Haben Sie vorher schon einmal eine Makarow in Händen gehabt?«

Gütlein blinzelte, schüttelte den Kopf, verneinte beides.

»Wieso konnten Sie dann mit der Waffe – immerhin – so sachkundig umgehen, daß Dr. Rothenburger keine Chance hatte und dran sterben mußte?«

Er sei Schlosser von Beruf, und es sei ihm daher nicht schwergefallen, sich mit der Pistole vertraut zu machen.

»Aber zu treffen, mein Lieber, so sicher zu treffen! – Es hat Sie also niemand vorher daran ausgebildet? Sie haben nicht geübt?«

»Nein.«

»Dann will ich Ihnen sagen, was ich von alledem halte: Sie lügen. Ganz unverschämt lügen Sie. Der große Unbekannte mal wieder. Irgendein Sowjet hat irgendeine Makarow, bevor er sich auf und davon machte, einfach über die Kasernenmauer geworfen ... Ein schönes Märchen. Die Wahrheit aber ist: Sie haben sich anwerben lassen. Sie erhielten die Pistole von der Stasi. Dazu den Auftrag, Dr. Rothenburger oder einen andern, vielleicht sogar den Oberbürgermeister, wer Ihnen gerade vor die Flinte lief, zu erschießen ...«

»Nein! Nein!« Jetzt schrie es aus ihm heraus. Seine Augen öffneten sich weit, sie mußten ihm schmerzen. In seinem Gesicht spiegelte sich panisches Erschrekken.

An dieser Stelle griff plötzlich Dr. Blinsen ein. Mehr an Tucher als an Dorneleit gewandt, sagte er: »Fragen Sie doch bitte einmal, ob er weiß, daß Dr. Rothenburger schon mehrere Morddrohungen angezeigt bekam, schriftlich und telefonisch.«

Tucher nickte, winkte Dorneleit ab. *Ballwechsel.*

»Haben Sie das gehört? Und die beiden Herren, die Sie nach der Tat in Gewahrsam nahmen ... Waren Sie nicht auch vor ihnen gewarnt? Dr. Rothenburger stand bereits unter Personenschutz. Und manches spricht dafür, daß Sie ihn ausgetrickst haben.« Tucher stellte zwar folgsam seine Fragen, aber so recht mochte auch er nicht an sie glauben, zumal er Gütleins Reaktion darauf bemerkte.

Der sank in sich zusammen. Ja, er wußte davon, von den Morddrohungen. Während einer der letzten Demonstrationen gegen den Magistrat der Stadt sei es verkündet worden. Doch mit der Stasi, nein, mit der Staatssicherheit habe er nichts zu tun. Dieses Wort jagte ihm offenbar die größte Furcht ein. Er habe völlig allein gehandelt, ohne Hintermänner, weder von der Stasi noch von sonst einer alten Seilschaft. Es sprudelte nur so aus ihm heraus. Seine Stimme überschlug sich. Es war die Angst, die pure Angst, die er sich aus dem Leib reden wollte. Im Protokoll (wobei ohnehin erstaunlich war, wie das schon etwas angegraute, eher trocken wirkende Fräulein Jäckli es hin und wieder mit nahezu literarischem Beiwerk ausschmückte), im Protokoll also stand: Der Beschuldigte sprach ungemein zittrig und überhastet, so daß mehrmals nachgefragt werden mußte, allerdings ohne Erfolg.

Tucher hatte Mühe, den Redeschwall Gütleins zu stoppen. Als er es geschafft hatte, forderte er ihn auf, exakt den Hergang der Tat zu schildern, von seiner Ankunft im BÜRGERHOF bis zu den Schüssen. Bevor er jedoch begänne, bat er die Jäckli, solle sie ihnen allen einen Kaffee kochen.

»Allen?« Sie stutzte, und um sich zu vergewissern, hängte sie an: »Wieviel Tassen?«

»Sechs, natürlich. Du kannst doch zählen, Liesa.«

Dr. Blinsen aber lehnte ab. Danke, für ihn sei es nicht nötig. Er erhob sich von seinem Stuhl und nutzte die Pause, um zu gehen, offenbar feineren Genüssen entgegen.

Tucher, kein solcher Polizist mit dem Gemüt eines Kopfjägers wie Dorneleit, in seiner langen Dienstzeit, da er schon in so viele seelische Abgründe geblickt hatte, von Jahr zu Jahr ruhiger, wenn nicht gar müde geworden, sah noch (oder wieder) in all seinen Fällen, selbst beim widerwärtigsten Verbrechen, die Menschen dahinter, diese oftmals durch äußere Umstände, Zwänge und Nöte ein Leben lang, gestrandeten menschlichen Wracks, und der hier, Gütlein, war nicht mal eins. Er bot ihm Kaffee und eine von seinen Zigaretten an. »Rauchen Sie? Da, stärken Sie sich. Es wird noch dauern.«

Er habe am Morgen mit seinem Nachbarn von schräg gegenüber im Grasmückenweg, Otto Kuhnt, ja, er sei Rentner, den Bus genommen und sei zum BÜRGERHOF gefahren. In der letzten Woche, am Montag, auf der Demonstration, hätten sie davon gehört, daß heute, neun Uhr, das Stadtparlament dort tagen würde, um auch über die Grundstücksverkäufe vom Mai und Juni vergangenen Jahres, als die DDR noch DDR gewesen, neu zu beschließen. Eigentlich seien sie frohen Mutes gewesen, sie hätten sich keinesfalls denken können, daß all die Abgeordneten, Christen, Sozialdemokraten und Liberalen, sogar die vom Bündnis und von den Grünen, nachdem sie doch damals, im Herbst neunzehnhundertundneunzig also, den Gesetzen der Volkskammer bei Demäsäre noch zugestimmt, umfallen würden' wie die Pappkameraden auf'm Schießplatz, bis auf die PDSler, aber die, habe er – nein, Otto wohl nicht, der nicht – gemeint, doch nur aus Propagandazwecken ... Schießplatz? Naja, bei den Kampfgruppen in seinem Betrieb sei er mal mitmarschiert ... Die Sitzung heute fand öffentlich statt, und so habe er bis zum Mittag in den Reihen für die Besucher gesessen. Am Anfang der Debatte um diesen Punkt der Tagesordnung habe es ja noch geklungen, als würde zu ihren Gunsten entschieden. Dann jedoch trat Dr. Rothenburger ans Pult und stellte erneut seine Rechnung auf, wie er sie schon kannte, daß nämlich der Stadt dreißig Millionen Mark verloren gingen, wenn das Parlament seinem Antrag nicht folge, die notariell beglaubigten Urkunden für null und nichtig zu erklären. Ja, doch, er habe die Pistole in seiner Jacke gehabt, hier, hier in der Innentasche, bis zu dieser Rede aber nie und nimmer daran gedacht, sie zu benutzen. Warum er sie bei sich getragen? Er wisse es nicht. Er habe sich, seit er sie besitze, immer seltener von ihr getrennt. Wenn er ausgegangen sei, beispielsweise, wegen der Überfälle auf offener Straße, von denen man täglich in den Zeitungen lese, wegen der Einbrecher, die nachts nicht nur in Geschäfte und Sparkassen eindrängen, sondern auch in Wohnungen und Häuser, so daß man fürchten muß, auch in ihre abgelegene Siedlung. Seine Frau, nein, seine Frau habe davon nicht die geringste Ahnung. Und erst danach, nach Rothenburgers Auftritt, habe er den Entschluß gefaßt, eigentlich erst in der

Mittagspause, im Garten vor dem BÜRGERHOF, auf einer Bank in der Ecke, wohin er sich still verkrochen, ohne Kuhnt, ja, allein, ganz allein. Denn als er die gestreckten Arme vor sich gesehen, diese hochschwappende Welle von Händen vor seinen Augen bis hinüber zum Präsidium, all diese Ja-Stimmen, da sei ihm schwindlig geworden, wie ein Stich sei es ihm durch das Herz gegangen, und er sei von dem Gedanken nicht mehr losgekommen. Plötzlich habe er wieder die Waffe gespürt, in der Tasche über seiner Brust, habe sie mit den Fingern umklammert, sei aufs Podest zugeschritten, habe nur noch das Gesicht Rothenburgers vor sich gehabt und – und …

Er brach ab, schwieg. Er bat den Kommissar um eine Zigarette.

Stockend hatte er diesmal gesprochen, und Dorneleit hatte mehrmals versucht, ihn an gewissen Punkten, so, als Gütlein sich verplappernd seine Mitgliedschaft in den Kampfgruppen gestanden, zu verunsichern, hatte ihm zwischendurch nachhakende Fragen gestellt. Tucher jedoch wehrte sie ab, ermahnte ihn jedesmal: Laß ihn reden, Uwe, so laß ihn doch reden … Nach ihrer Übereinkunft hieß das wahrscheinlich: *Ich* spiele noch den Ball.

Als aber Gütlein geendet hatte, hielt es Dorneleit nicht länger zurück, er griff zu: »Sie können erzählen, was Sie wollen. Sie handelten im vollen Bewußtsein. Es war ein vorher bedachter, ein ausgeklügelter Mord. Wissen Sie, was das bedeutet?«

Gütlein schwieg.

Tucher war sich nicht sicher, ob seinem Assistenten eine solche Vorverurteilung überhaupt zustand. Und zum ersten Mal während des Verhörs geschah es, daß sie die Spiegelregeln vergaßen, ihr *Ballwechsel* nicht funktionierte, sie beide gleichzeitig fragten, der eine bissig, der andere fast sanft: »Warum, warum! – Aber warum bloß?«

Gütlein verfiel wieder in seine geistige Abwesenheit, seine leeren Blicke; er starrte vor sich hin.

Tucher sagte: »Sie hätten doch noch vor Gericht gehen, klagen können ...«

»Es ist mein Ruin, mein Ruin ...«, stammelte Gütlein. »Alles umsonst. Meine Arbeit, mein Häuschen. Nichts wird mehr bleiben.«

»Also doch: vorsätzlich.« Dorneleit triumphierte. »Kaltblütig. Vorsätzlich.«

»Nein ... Ja ... Nein.«

Der Mann schien auch körperlich am Ende. Kommissar Tucher entließ ihn, bevor er sich noch in des Teufels Küche redete.

9

Als Dr. Harald Blinsen das Protokoll in die Hände bekam, dessen ersten Teil, muß man richtiger sagen (denn die Vernehmung war ja wegen der fortgeschrittenen Zeit unterbrochen worden und harrte der Fortsetzung), meldete er sofort massive Bedenken an. Zwar war er vor knapp einem Monat erst zum Bezirksstaatsanwalt berufen worden, doch hatte er längst, clever genug, nach allen Seiten seine Drähte gespannt, unterhielt er seine Kontakte wie ein Netzwerk. Zunächst informierte er Dr. Gral, seines Zeichens Kreisstaatsanwalt in der Stadt, danach auch den Chef der Polizeidirektion von ***, den er übrigens schon von Hannover her kannte. Nein, ihm ging es nicht um die freilich recht eigenwillige, beinahe amtswidrige Art der Jäckli, der freundlichen Polizistin, Protokolle zu schreiben, nicht um ihr blumiges Umranken von Aussagen, wo gewiß eine größere Exaktheit am Platze gewesen wäre (das sogar belustigte ihn: Sieh an, was für begabte Volksschüler sind doch die Ostdeutschen!) – er mißbilligte vor allem die Verfahrensweise, wie die Akte belegte, das Vorgehen der beiden Kommissare, das von Tucher noch mehr als das seines Assistenten. Nachdem er, Blinsen, sich am gestrigen Abend verabschiedet hatte, war offenbar jener – wie sollte er's nennen – außer Kontrolle geraten. Das verriet deutlich diese Kopie, so blaß sie auch abgelichtet war.

Wie konnte, fragte er sich, Gütlein ausgerechnet in dem Augenblick in seine Zelle entlassen werden, als er gerade von Dorneleit, dem es ganz offensichtlich nicht an kriminalistischem Spürsinn mangelte, weich geklopft worden war. Es hätte nur noch einigen Nachhakens bedurft, nach diesem Nein-Ja-Nein auf die Beschuldigung: kaltblütig, vorsätzlich – und es wäre zu einem umfassenden Geständnis gekommen.

Dr. Blinsen machte aus seiner Kritik kein Hehl, auch nicht gegenüber der Presse, die ihn wie alle Beteiligten nun umlagerte, und er hielt auch später mit seiner Meinung nicht hinter dem Berge. Er glaube, die alten Ordnungshüter hierzulande seien noch allzusehr den alten Schablonen verhaftet, und wäre es nicht so, würde man ja auch nicht wirklich von *alt, sozialistisch* oder vom überlieferten *DDR-Denken* in der Justiz sprechen können. Er sei hierhergeschickt worden, habe seine Berufung als Mission verstanden, ohne Rücksicht auf persönliche Belange und unter Inkaufnahme manch ziviler Verluste, um eben gerade *das* zu ändern.

Er drückte es in den Interviews kulanter aus: Unsere Kollegen hier müssen noch lernen. Die Umstellung ist natürlich total. Ziehen Sie doch bitte einmal in Betracht – ich betone: rein formal-logisch, spekulativ –, wir, ich, wir müßten uns über Nacht auf die bisher praktizierten, sogenannten sozialistischen Normen von Recht und Unrecht einpegeln. Das würde doch, bei unserem freiheitlichen Verständnis von Gerichtsbarkeit, nicht weniger zur Katastrophe führen, würde – und halten Sie es in umgekehrtem Maße den hiesigen Polizei- und Justizbeamten zugute – genau so schieflaufen ...

Damit entschuldigte er Tucher zwar vor der Presse, dachte aber bei sich: Der Mann muß suspendiert werden, *abgewickelt*, wollte man dieses Wort auch auf Personen anwenden. Blinsen hatte sich erkundigt. Einundsechzig Jahre (nur um wenige Monate früher geboren als er) war der bis vor kurzem noch den Majorsrang bekleidende, doch bei der Übernahme um einen Dienstgrad zurückgestufte Kriminalhauptkommissar alt, Vopo, Volkspolizist, schon seit der Ostzonenabspaltung, Kind kommunistischer Eltern, wobei der Vater längere Zeit in einem Konzentrationslager der Nationalsozialisten verbracht und bald nach seiner Rückkehr bei Kriegsende gestorben war. Vielleicht hatte ihn das, menschlich durchaus verständlich, dazu bewogen, die Uniform anzuziehen, um während der Wirren nach dem Zusammenbruch des Reiches einigermaßen für Sicherheit zu sorgen. In der Folge hatte er sich hochqualifiziert, besser wohl, selbst wenn er es anders gesehen und in gutem Glauben gehandelt haben sollte: hochgedient unter der SED-Herrschaft – und also war er schon deshalb nicht tragbar, nunmehr erst recht nicht, nachdem er sich einen solch eklatanten Fehler geleistet, einem Mörder die Chance eingeräumt hatte, alles Gesagte noch einmal zu überschlafen, seine Antworten umzubiegen und womöglich zu widerrufen. Mochte es an Tuchers geistiger, seinem Alter geschuldeten Unbeweglichkeit liegen, an seiner Inkompetenz oder anderem, was tat's. Er sollte in den Ruhestand treten; seine Karriere hätte schon mit der Wende beendet werden müssen. Er, Blinsen, würde dafür plädieren, fortan Dorneleit die Federführung bei den Ermittlungen zu überlassen. Der, wie das Protokoll bezeugte, besaß noch Vitalität, war draufgängerisch, ehrgeizig. Der schien die Zeichen der Zeit kapiert zu haben.

Was für ein geradezu klassisches Motiv hätte das ergeben, wenn an dieser Stelle des grauen Papiers statt des Abbruchs die Spur konsequent verfolgt worden wäre! Auch schon vorher. War nicht erst er, Harald Blinsen, auf den Gedanken gekommen und hatte die beiden Ostkommissare darauf hinweisen müssen, nachzustoßen mit der Frage, ob Gütlein denn wisse, daß Dr. Rothenburger bereits mehrere Morddrohungen erhalten habe? Dann das Bekenntnis, ganz nebenbei, er sei Mitglied der Kampfgruppen gewesen, dieser paramilitärischen Organisation, die natürlich an allen möglichen Waffen ausgebildet worden war, an Kalaschnikows, Minenwerfern, sogar an panzerknackenden Geschützen – weshalb also nicht auch an der Pistole Makarow? Und wieso sollte sich daraus nicht eine Verbindung herleiten lassen zur Staatssicherheit, wenn schon die höheren Kommandeure Polizeioffiziere und die Politniks SED-Funktionäre waren? Tucher und Dorneleit hätten den Mann nur noch schärfer unter Druck zu setzen brauchen – und er wäre umgekippt, hätte ausgeplaudert, wer ihn tatsächlich zu seiner Tat motiviert hatte.

Dr. Blinsen glaubte an keinen Zufall. Er war, beim wiederholten Lesen des Protokolls erst recht, überzeugt davon, daß es sich um ein Komplott handelte, dem Erscheinen nach ähnlich den Attentaten der RAF, der Rote-Armee-Fraktion, mit denen er vor Jahren einmal in Niedersachsen befaßt gewesen war. Gütlein, ob bewußt oder nicht (denn weder das eine noch das andere ließ sich vorerst beweisen, spielte aber auch keine entscheidende Rolle), war darauf eingeschworen worden. Die Hintermänner, war zu vermuten, bei deren Raffinesse und Geschultheit in Sachen Diversion, hatten sich einen ausgesucht, der den genügenden Zorn mitbrachte, zugleich jedoch, durchforschte man seinen Lebenslauf, über einen guten Leumund verfügte und politisch als dermaßen unbedarft galt, daß man ihm, würde er gefaßt, die Teilnahme an einer Verschwörung kaum zutraute. Vielleicht war er ein Opfer von Intrigen, ein Täter blieb er trotzdem. Auch für Blinsen stand fest: Gütlein hatte vorsätzlich geschossen, wenn er auch lediglich die verlängerte Hand einer stasigesteuerten Seilschaft war.

Dr. Gral hingegen widerstrebte es, sowohl die Tat als auch deren Motiv derart vereinfachend darzustellen (mit an den Haaren herbeigezogenen Argumenten, empfand er, und eben nicht mit Beweisen), und schloß sich daher am Telefon auch nicht, was bei seiner Vergangenheit, wie gleich zu sehen sein wird, einen gewissen Mut voraussetzte, den Schlußfolgerungen des Bezirksstaatsanwalts an.

Der aber hatte schon früher, sofort nach seiner Ankunft hier, auch das über seine *Drähte* in Erfahrung gebracht: Gral, zwar noch im Amt, stand seit Mitte des Jahres zunehmend unter Beschuß. Fast alle Fraktionen des Stadtparlaments rüttelten, wie an den Sesseln der Richter generell, so auch an seinem. Man warf ihm vor, in mehreren Prozessen als Ankläger gegen Ausreisewillige aufgetreten zu sein und sie der präsumptiven Gegnerschaft zu Staat und Regierung bezichtigt zu haben, worauf stets Gefängnisstrafen von mehreren Jahren gestanden hatten. Er sei alles andere als tolerant, sei *systemhörig* gewesen.

Das im Gedächtnis, rief Blinsen ihn nochmals an: Ich bitte Sie, wir müssen eine gemeinsame Sprache finden ... Sie verabredeten sich zum Mittagessen im Nobelrestaurant ZUM DOM, wo er das Personal bereits kannte (oder es ihn) und ein bevorzugt bedienter Gast war. Kaum hatten sie gewählt, sagte der Hannoveraner, noch halb die Speisekarte vor seinem Gesicht, so daß er sich jederzeit wieder hinter ihr hätte verstecken können, rundheraus: »Lieber Kollege, an Ihrer Stelle würde ich mich zurückhalten. Sie wissen doch, daß Sie im Kreuzfeuer stehen, und allzuleicht könnte man Ihre Zweifel als einen Rest von Subordination auslegen. Ich bitte Sie, Ihre Altlast, wie man das heutzutage zu nennen pflegt, macht Sie in meinen Augen keineswegs unehrenhaft, nicht weniger rechtschaffen. Ich komme von weit, nicht einmal so sehr geographisch – denn Deutschland war beides, ob Bundesrepublik oder DDR – als vielmehr gesellschaftlich, und bilde mir daher ein, in jeder Beziehung neutral zu sein. Aber – sehen Sie – von mir hängt das nicht ab, sondern von der öffentlichen Meinung. Also wäre es Ihrerseits doch nur klug, mir die Ausarbeitung der Anklageschrift zu überlassen. Wir könnten uns selbstverständlich einigen. Oder denken Sie nicht? Ich bitte Sie ...«

Nach diesem Gespräch, schien ihm, fand sich Gral wohl doch mit seinen Argumenten ab. Jedenfalls protestierte er nicht, und er, Blinsen, konnte beruhigt sein; er würde freie Hand haben. Was ihm aber dann am meisten zu schaffen machte (und damit drehte er sich im Kreise, stand wieder am Anfang seiner Bedenken), war, daß durch die schon sträfliche Inkonsequenz der beiden Polizisten nicht einmal eindeutig aus dem Protokoll hervorging, ob es sich denn nun tatsächlich um Mord handelte oder doch nur um Totschlag, ob Gütlein lediglich im Affekt oder mit allem Kalkül, nach vorgefaßtem Plan die Schüsse abgefeuert hatte. Dieses schwammige Nein-Ja-Nein am Ende, dieses eher wie aus Furcht dahergestammelte vorläufige Schlußwort des Delinquenten, das jeder nur einigermaßen gewiefte Rechtsanwalt als Geständnis strikt zurückweisen würde (und für ihn war es ja ebenfalls keins), dieses Nichts von einer Aussage, das besser erst gar nicht hätte protokolliert werden sollen, würde jede Anklage erschüttern, wollte sie auf Mord plädieren. Blinsen wußte es; er mußte sich etwas einfallen lassen, womit er später auch das Gericht überzeugte.

Je länger er darüber nachdachte, desto mehr wurde für ihn Dr. Rothenburger zur Schlüsselfigur. Er mußte den

Prozeß von ihm, dem Opfer, her aufrollen. Sein gewaltsamer Tod, einschließlich der Vorgeschichte, erfüllte alle Bedingungen eines Präzedenzfalles, könnte es werden, wenn ihm nur gelänge, den Nachweis zu führen, daß sich hier der Osten (gewisse Kräfte) gegen den Westen verschworen hatte. Kulminationspunkt: Seit Monaten gab es Morddrohungen gegen den Finanzdezernenten. Vom ersten Tage seines Amtsantritts an war auch er, Harald Blinsen, mit diesem Fakt konfrontiert worden. Nur deshalb hatte man ihn gestern auch sofort nach der Tat verständigt und zur Vernehmung Gütleins hinzugezogen. Rothenburger, das hatte sich längst gezeigt, schien inzwischen einer der meistgehaßten Männer des Magistrats zu sein, und dabei hatte er doch nur die finanzielle Sanierung der Stadt im Sinne gehabt. Demzufolge war er auch nicht bereit gewesen, die nach dem alten Volkskammergesetz geschlossenen Kaufverträge mit den Billigpreisen für Grund und Boden anzuerkennen. Das war sein Recht, nein, war mehr, war das Recht des Rechtsstaats, das er hatte einbringen wollen. Nicht umsonst stammte er aus Kassel und wußte, was es mit Bodenspekulationen auf sich hatte, und anders hätte man ihn auch nicht in der Not vom Westen in den Osten zu rufen brauchen. Rothenburger war es damit ähnlich ergangen wie ihm, Blinsen. Sie hatten beide die Fremde gewählt, sich für unbestimmte Zeit von Haus und Familie getrennt und führten ein Zigeunerleben, wo man doch viel lieber daheim an den Abenden mit Frau und Töchtern Bachsche Sonaten für Klavier und Violine, Klavier und Flöte einüben würde.

Dr. Blinsen war entschlossen, sich mit aller Macht

selber in die Vermittlungen einzuschalten, und das bedeutete wohl, das Protokoll vom 19. September ad acta zu legen.

10

Noch läßt sich zur Person Dr. Blinsens einiges sagen, das, wenngleich es erst später öffentlich wurde, so doch bereits hier vorgezeigt werden sollte, und zwar mit derselben Berechtigung, mit der schon die Robe des Schweigens über der Vergangenheit Dr. Grals gelüftet wurde.

Anfang Oktober nämlich, nach den Interviews Blinsens in der Presse zur desolaten Lage der Ostjustiz im allgemeinen und zum Fall Gütlein–Dr. Rothenburger im besonderen, erschien – ob gezielt oder nicht – in einer sich als linksgerichtet verstehenden Zeitung ein Artikel, in dem ein in Wuppertal lebender Publizist vor der kritiklosen Übernahme von Richtern und Staatsanwälten in die neuen Bundesländer warnte. Diese »Westimporte«, wie er sich ausdrückte, seien durchaus nicht immer jene »moralischen Saubermänner«, als die sie der »sprachlosen, in Ehrfurcht erstarrten« Bevölkerung im Osten »präsentiert« würden. Nein, es befänden sich darunter auch solche, an deren »Händen noch das Blut der Schandurteile während der Nazi-Zeit klebe«.

Er nannte Beispiele, berief sich auf Prozesse, die in der alten Bundesrepublik gegen Kriegsverbrecher, Rassenfanatiker und sonstige menschenverachtende Kreaturen geführt worden seien, sich über Jahre hingeschleppt hätten und meist zum Skandal oder – wie man wolle – zur

Farce geraten waren. Die Ursache hierfür sei darin zu suchen, daß sie – stets gegen die Opfer, sofern sie noch lebten, versteht sich – von Leuten »gelenkt, gebeugt, gezinkt« wurden, die bereits im Dritten Reich von sich hätten sagen können, sie seien von »Amt und Würden«.

In diesem Zusammenhang fiel der Name Dr. Blinsens. Er sei, hieß es, solcherart Herren gelehriger Nachfolger.

Wovon der Wuppertaler Publizist ausging, waren zwei voneinander getrennt geführte Prozesse, die jedoch fast zeitgleich, Mitte der sechziger Jahre, in beiden deutschen Staaten stattgefunden hatten, vor den Großen Strafkammern sowohl in Magdeburg als auch in Düsseldorf, und zwar wegen desselben Verbrechens. An der Elbe wurde gegen einen Toxikologen und Facharzt für Darmkrankheiten verhandelt, den man am Ende zum Tode verurteilte. Er hatte einst in einem mit perversem Zynismus als *Heil*anstalt bezeichneten Institut bei Leverkusen an zwanzig jüdischen Kindern mit dem *bacillus anthracis*, dem Erreger des Milzbrands, experimentiert und sie danach töten lassen. Am Rhein indes stand jener Mann vor Gericht, ein ehemaliger SS-Obersturmführer, der die Ermordung der Kinder befehligte. Er aber blieb unbestraft, unter anderem, wie in dem Artikel behauptet, weil der Düsseldorfer Staatsanwalt *Dr. Harald Blinsen* sämtliches *Belastungs*material als *Entlastungs*material zugunsten des Angeklagten wertete. So habe er befunden, daß bei der Tötung der vier- bis vierzehnjährigen Mädchen und Jungen von Mord schon deshalb keine Rede sein könne, weil das *Mordmerkmal Grausamkeit* fehle, denn sie seien vor dem Erhängen mit Morphium betäubt worden. »Ihnen ist also«, wird aus der Prozeßakte zitiert, »über die Vernichtung ihres Lebens hinaus kein weiteres Übel zugefügt worden, sie hatten insbesondere nicht besonders lange seelisch und körperlich zu leiden.«

Dr. Blinsen, schreibt der Publizist, sei zwar nach diesem Justizskandal, als allerdings das Urteil, der Freispruch schon erfolgt war und auch nie mehr revidiert wurde, gemaßregelt und nach Niedersachsen versetzt worden, doch habe man sein Vorgehen seiner Unerfahrenheit zugute gehalten und es als Jugendsünde betrachtet; er war 1966 fünfunddreißig Jahre alt.

Noch sei hinzugefügt, daß Dr. Blinsen gegen den Verfasser des Artikels Klage erhob, die Verhandlung vor Gericht jedoch bislang aussteht, und auch, daß der später hinzugekommene Verteidiger Gütleins, Dr. Meyer-Goltz, diese Enthüllungen zu nutzen gedachte.

11

Am Donnerstag war die Tat geschehen, am Freitag, wenngleich im Fettdruck und reißerisch plaziert, so aber noch relativ knapp, hatten die Zeitungen sie gemeldet, am Sonnabend erschienen die ersten längeren Artikel, auch die Photos von Gütleins Haus im Grasmückenweg (mit den Schnappschüssen von seiner kittelbeschürzten Frau im Küchenfenster), und in den Tagen danach explodierte dann die Berichterstattung, bis sie schließlich in den Unterhaltungsbeilagen zum Wochenende ganze Seiten füllte, mit Kommentaren, Reportagen, sogenannten Recherchen, die jedoch alles in allem mehr von Vermutungen und Spekulationen lebten und insgesamt ein ziemlich unseriöses Zeug abgaben.

Die SATZ, obwohl gedämpfter als andere Blätter, bildete in diesem gemischten Chor aus Biedermännern, Marktschreiern und Erinnyen keine Ausnahme. Zwar ließ Hagen Ducknitz wenigstens Gütleins Frau verschont, schickte aber dafür seine Redakteure los, um, wie er sich laut rechtfertigte, das soziale Umfeld des Täters, dieses »irregeleiteten Mannes aus dem Volke«, zu hinterfragen. Den Anstoß hierzu, so jedenfalls las es sich zwischen den Zeilen, mußten ihm irgendwelche Indiskretionen gegeben haben, die ihm aus den Ermittlungen zu Ohren gekommen waren, ob sie aber von Dorneleit, der Jäckli oder gar Dr. Blinsen stammten (Tucher und Dr. Gral schienen dazu weniger geeignet) – das bleibt allein sein Geheimnis. Die SATZ erhob für sich den Anspruch, Gütleins Vergangenheit aufhellen zu wollen, die, wie es sich anfangs noch dargestellt habe, politisch so astrein wohl doch nicht sei – und das tat sie rigoros: Immerhin hätten die Verhöre ans Licht gebracht, daß Gütlein – wenn nicht gar mehr, so mindestens – ein gefolgsamer, staatstreuer Diener des alten Regimes gewesen war.

Man interviewte seine Arbeitskollegen, jedenfalls jene, auf die eine solche Bezeichnung noch zutraf, da sie nicht schon wie viertausend andere von den ehemals sechstausend Beschäftigten der früheren volkseigenen Maschinenfabrik und jetzigen MASCHAN-BAU GmbH entlassen worden waren.

Ein Fachmann auf seinem Gebiet, ja, das ist er – das war er, und über ihn als Meister könne man auch nicht klagen. Allerdings sei er ständig vornean gewesen, zum Beispiel, wenn es um die Einführung irgendeines neumodischen Krams ging, damals, Sie wissen schon, diese Methoden, von Bykow, dem Russen, und Seifert, dem Normendrücker aus Zwickau. Da sei er ein rechter Stinkstiebel gewesen, habe bis aufs Komma genau die Vorgabe- mit den Fertigungszeiten verglichen, die Abrechnungen kontrolliert und korrigiert und sich dadurch bei den Oberen einen Namen gemacht. Aktivist is er geworden, ach, gleich viermal, oder war er nich Verdienter Aktivist? Zum Ersten Mai dann und bei allen anderen Feierlichkeiten im Betrieb hat er die Blechorden immer auf der Brust getragen, stolz wie Oskar, der Freddi. Haha, ich glaube, sein Meisterbereich sollte auch noch den Banner der Arbeit kriegen. Sein Bild war schon ausgehängt in der Kantine, zum letzten Oktober, dem vierzigsten Jahrestag. Ja, natürlich, auch bei euch in der Zeitung, wie sie noch Volksmacht hieß, is'n Artikel darüber erschienen. Dann aber ist das Ganze kurzfristig abgeblasen worden. Weil einer, der zu seiner Truppe gehörte, abgehauen war über Nacht, über Ungarn, oder Polen, oder die Prager Botschaft ... Ist ja auch gleich. Auf und davon. Und Freddi hat vor Wut geschäumt. Immerhin hingen da zehntausend Mark dran, alte Währung, versteht sich, und fürs ganze Kollektiv. Gewerkschaft? Selbstverständlich. Wir waren alle in der Gewerkschaft. Nur – Freddi saß mit in der Leitung, war BGLer. Na, da hättet ihr ihn mal sehen sollen. Vor allem montags, bei den Arbeitsbesprechungen. Stets auf Linie, der Mann. Jedes zweite Wort: Planerfüllung, Reserven aufdecken, die Zeiten einhalten. Dafür hat er getrommelt wie'n Buschneger, wenn's brennt im Urwald. Und wehe, es hat mal einer gebummelt. Nich mal pinkeln durfteste richtig ... Nicht doch, auch wennste krank warst und nicht innerhalb von drei Tagen den Schein abgeliefert hast ... Bei der Kampfgruppe? Daran kann ich mich nicht erinnern. Vielleicht früher einmal. Aber jetzt war er doch schon zu alt dazu. Mitte fünfzig. Und sie haben ihm, wie so vielen hier und auch mir, den Vorruhestand angeboten. Da wirste rammdösig. Altes Eisen, ab auf'n Schrott, in die Versenkung. Kampfgruppe, nee, glaub ich nich. Aber sein Sohn, das kann sein. Fallschirmspringer war der. Freilich, seit es hier drunter und drüber geht, hat auch Freddi seine Sorgen gehabt. Mit dem Jungen, ja, dem Luftikus aus den Wolken. Darüber ließ er hier mal was fallen. Mit seinem Grundstück wohl auch. Aber daß er das tut, Mensch, einfach einen abknallen, einen Menschen ... Nein, das hätten wir ihm nicht zugetraut. Dazu war er doch immer zu, zu ... Na, sag's ruhig: zu menschlich.

Offensichtlich stammte der Reporter, der diese Stimmen einfing, nicht aus dem Osten, sondern war – wie mittlerweile in sämtlichen Medien üblich – eingekauft aus dem Westen. Das zeigte sich unter anderem daran, daß er unentwegt seine Schwierigkeiten mit Begriffen hatte, die einst in der DDR durchaus gebräuchlich waren. So hielt er den *Banner der Arbeit* für eine flatternde Fahne, die einer, wurde er damit ausgezeichnet, auf verordneten Demonstrationen vor den Parteigrößen zu schwenken hatte, und Bykow und Seifert (abgesehen davon, daß er den russischen Namen fortgesetzt falsch schrieb: Pikoff) waren für ihn in der »Arbeitnehmerschaft« eingeschleuste Angestellte des KGB und der Stasi. Merkwürdig nur bleibt, warum Hagen Ducknitz, der es doch besser wissen mußte, dem auch die *Arbeiterklasse* so fern noch nicht sein konnte, ihm nicht hilfreich unter die Arme gegriffen, ihm die Feder geführt hatte. Das aber konnte schon an seiner Frustration liegen, denn auch in der Redaktion der SATZ hatte inzwischen das Gerangel um die Plätze an der Sonne, die einträglichsten Pöstchen begonnen.

Dennoch: Was man der SATZ in diesem Fall anrechnen sollte, ist, daß sie versuchte, wenigstens den Anschein von Objektivität zu wahren, indem sie auch die lobenden Worte der Kollegen über Gütlein nicht verschwieg. Anders sah es schon in folgenden Beiträgen aus. Darin entsprach sie schon eher den Auffassungen von nunmehr freiheitlicher Berichterstattung in der journalistischen Marktwirtschaft, obgleich sie dazu – zu ihrer Entschuldigung sei es gesagt – allein durch das harte Geschäft, das gnadenlose Konkurrenzgebaren der anderen Blätter gezwungen worden sein könnte. In ihrer Wochenendausgabe nämlich stürzte sie sich auf die Kinder Gütleins. Der Sohn also – ein Fallschirmspringer (*-jäger* hieß es dort mehrmals, statt *-springer*). Wie das? Und die Tochter – eine Lehrerin für Staatsbürgerkunde. O Gott!

Der Artikel über Fritzgerald Gütlein erschien unter einer dreispaltigen, in zwei fette Balken gesetzten Überschrift: NACH RANGERAUSBILDUNG / ABSPRUNG IN DEN WESTEN. Am Schluß (und zwar mit idiotensicheren Wiederholungen) war zu lesen:

Fassen wir zusammen! Aus all den Fakten, die unsere Reporter herausgefunden haben, ergibt sich ein recht seltsames Bild von dem flotten Burschen. In der Schule, von ehemaligen Klassenkameraden bezeugt, nicht gerade der Fleißigste. Folglich, da aus Mangel an geeigneten

Zensuren, für drei Jahre freiwilliger Dienst in der sogenannten Nationalen Volksarmee. Erst dieser berechnende Schritt, wie jeder im Lande weiß, privilegierte ihn nun, ein Studium aufzunehmen, und zwar an jeder beliebigen Hoch- und Fachschule. Unklar ist, was Fritzgerald Gütlein wirklich in der unteren Lausitz getan hat, dem Stützpunkt der DDR-Luftwaffe. Von dieser Gegend in den dünnbesiedelten Wäldern ist bekannt: Hier wurden Spezialeinheiten ausgebildet, Ranger für den Ernstfall. Dafür spricht, daß er bei der GST, der sogenannten Gesellschaft für Sport und Technik, die unter dem Kommando von Reserveoffizieren der NVA stand und der berüchtigten Sportvereinigung Dynamo mit ihren vielfach gedopten Olympiasiegern angehörte, ein begeisterter Fallschirmspringer war. Über tausend Absprünge, auch das erfuhren die SATZ-Reporter, stehen für ihn zu Buche, wobei allerdings sein letzter in den Westen führte, in die Nähe von Nürnberg oder daselbst hin. War das Flucht? Aus Furcht davor, als Mitwisser im Mordfall seines Vaters enttarnt zu werden? Diverse Zweifel sind wohl erlaubt.

In Klammern stand darunter noch der Hinweis: Lesen Sie dazu auch auf Seite 26: ALS LEHRERIN GEKÜNDIGT / WEGEN STASIMITARBEIT. Mit zwei ähnlich dicken Balken war dort der Artikel überschrieben, der sich nun mit Gütleins Tochter Simone befaßte, einer verheirateten Fach, wie eine Fortsetzung klang und wohl nur deshalb getrennt erschien, weil ihn ein anderer Autor geschrieben hatte. Im Text hieß es:

Es fiel keineswegs schwer, in dieser typisch mecklenburgischen Provinzstadt nördlich Berlins ihre Adresse zu er-

kunden. Nahezu jeder auf der Straße kennt sie, macht doch die rote Dame noch immer in PDS, und zwar dermaßen engagiert, daß es, was wir zeigen wollen, schon fast an Selbstzerstörung grenzt. Nicht einmal Rücksicht auf ihre zwei Kinder nimmt sie, die im Alter von acht und elf Jahren sind, wenn sie Flugblätter verteilt und sich als Mahnwache anläßlich irgendwelcher Bürgerinitiativen öffentlich zur Schau stellt. Ihr Mann, Holger Fach, steht in Kurzarbeit und ist zur Zeit in einem Betrieb beschäftigt, dem, da die Treuhand bereits ein Auge auf ihn geworfen hat, um ihn zu privatisieren, das Ende droht. Nachbarn und Bekannte aus ihrer näheren Umgebung erzählten uns übereinstimmend: Die, *na, hören Sie mal,* die *lassen sich nicht unterkriegen,* die *tragen den Kopf mit der Nase nach oben, als seien jetzt sie die Opfer und nicht die Täter. Umgekehrt wird wohl ein Schuh draus: Gütleins Tochter Simone, bezeichnenderweise Lehrerin für Staatsbürgerkunde in der Rosa-Luxemburg-Schule am Orte, war dort auch jahrelang unter Honecker, von 1980 bis 1988, Parteisekretärin der SED. Mag sie auch damals an irgend etwas geglaubt haben: Weltfriedens-Utopie, Gorbatschow-Sozialismus, Ökologie-Gesellschaft, sie ist trotzdem eine Unbelehrbare geblieben. Von der Stadtverwaltung Neuenbrietzen bereits gekündigt, strengt sie dagegen einen Prozeß an. Wegen des gegen sie mit Verweis auf den Einigungsvertrag verwendeten Paragraphen 53 BAT-Ost, der sie als Mitarbeiterin der Staatssicherheit beschuldigt. Während ihre früheren KollegInnen sich in diesem Punkt uneinig sind, bestreitet sie das, ja, sie* überspielt *das alles, und zwar wörtlich genommen. Wie wir erfuhren, hat sie, gleich dem Rattenfänger von*

Hameln, eine Menge Kinder um sich geschart, mit denen sie Puppenspiele einübt. Diese »Truppe« ist auch schon aufgetreten, in Altersheimen und vor anderen Kindern, und leicht läßt sich denken, daß die Jungen und Mädchen natürlich auf ihre »Intendantin« schwören, bei »Schneewittchen und die sieben Zwerge«, bei »Hänsel und Gretel«, denn welcher Fratz würde daran wohl keinen Gefallen finden? Doch Herr Lilie, zuständiger Amtsleiter, schätzt die Dinge sehr klar ein: Diese Frau sei für den Schuldienst schon deshalb untragbar, »weil sie – Sie sehen es ja – weiterhin versucht, unsere Kinder im alten marxistisch-leninistischen Sinne zu infizieren«. Damit aber sei Schluß, und die Stadt handle übrigens in Übereinstimmung mit dem Ministerium für Bildung, Jugend und Sport des Landes Mecklenburg-Vorpommern.

Die Reporter der SATZ hatten auch Gütleins Nachbarn in der FROHEN ZUKUNFT befragt, stießen jedoch bei ihnen reihum auf Ablehnung. Die Leute schwiegen verstockt. Kuhnt erwiderte lediglich: Ich sag nichts. Freddi ist mein Kumpel. Frau Kusch aus der Nr. 11 des Grasmückenweges und Rudi Hagenau aus Nr. 14 erklärten: Er hat sich immer für die Siedlung eingesetzt.

Eine Stimme allerdings fand sich dann doch, und zwar anonym in einem Leserbrief an die Redaktion: Ich bedanke mich für Ihre Recherchen. Sie zeigen, daß wir einen Blutsauger unter uns haben, einen Wurm, der nur so tat, als sei er über alle Dinge erhaben, politisch und menschlich. Gut, daß Sie ihm die Maske vom Gesicht gerissen haben! Ich bin Demokrat.

Als die SATZ diese Zeilen veröffentlichte, brachten sie ihr zwar Ärger ein, aber den konnte sie verkraften.

12

Inge Gütlein war es gelungen, sich aus der Wohnung zu stehlen. Durch Hof und Garten schlich sie sich zur Laube, stieg über zwei Jagdzäune hinweg in das Grundstück Nr. 14 des Kohlmeisenweges und war somit der Horde von Zeitungsreportern vor ihrem Haus endlich entkommen. Nach kurzem Verschnaufen und einigem Abwarten half ihr die dortige Nachbarin, unerkannt auf die Straße zu gelangen, und von hier, noch immer geduckt, halb das Gesicht unter einem Kopftuch verborgen, lief sie dann weiter zum Bushalteplatz eingangs der Siedlung. In ihrem Alter, Mitte fünfzig, und bei ihrer Leibesfülle war ihr die Flucht über die spitzen Stakete nicht leichtgefallen, aber was machte das schon, daß sie nun mit zerrissener Strumpfhose und zerschundenem Knie die Polizeidirektion im Innern der Stadt erreichte. Hauptsache, sie war pünktlich. Sie wollte Freddi nicht zusätzlich in Schwierigkeiten bringen und hoffte vor allem, ihn sehen und sprechen zu dürfen. Wie geht es dir, Lieber, ach, Liebster, in welche Not hast du uns gestürzt und wieviel Leid auf die anderen geladen ... Sie mochte es noch immer nicht glauben. Aber Otto Kuhnt, er war Zeuge! Schon im Bus (und sie tat es auch jetzt) war sie ständig bemüht gewesen, die blutverschmierte und inzwischen verklebte Wunde an ihrem Knie mit den Zipfeln des Sommermantels zu bedecken, den sie trotz der brütenden Hitze noch schnell über ihren verräterisch leuchtenden, grellroten Pullover gezogen hatte, um nicht erneut den Photographen als Zielscheibe zu dienen. Das verlieh ihrem Schritt ein leichtes Hinken.

Ein Polizist begleitete sie über mehrere Treppen und einen schummrigen, von Tageslicht nur spärlich erhellten Flur mit zahllosen, grün abgepolsterten Türen rechts und links zur *Mordkommision*. Dieses gräßliche Wort, das ihr einen jähen Schreck einjagte, hatte sie während des kurzen Telefonats aus dem gläsernen Pförtnerverschlag entnommen, mit dem ihr Erscheinen gemeldet worden war. Ja, wie anders, wie viel bedrohlicher klang es doch jetzt als in den Krimis im Fernsehen. Schon war ihr zumute, als würde sie fortwährend beobachtet, als richteten sich aus all den Spionen in den Türen argwöhnische Augen auf sie, und fast fühlte sie selbst sich wie eine Mörderin.

Doch als sie das Zimmer betrat, erschien ihr plötzlich alles verwandelt. Strahlendes Sonnenlicht durchflutete den Raum, und durch das schräg geöffnete Fenster drang Straßenlärm herauf, der, nach der unheimlichen Stille auf den dunklen Korridoren, wie erlösend wirkte. Eine Frau empfing sie (es war die Jäckli) und bot ihr mit freundlichen Worten an, Platz zu nehmen. Inge Gütlein setzte sich, dennoch beklommen, nur auf die Kante des Stuhls. Dabei verrutschte ihr Mantel, die Wunde mit dem verschorften Blut wurde sichtbar.

»Um Gottes willen«, sagte die Frau. »Sie haben sich verletzt.«

»Nein, nein, is ja man nich so schlimm.«

»Trotzdem. Warten Sie ... Ich gebe Ihnen ein Pflaster.« Sie kramte in einem Schrank, reichte ihr einen breiten Streifen Hansaplast und eine Schere. »Da, ein paar Türen weiter nach rechts ist die Toilette. Bitte, bedienen Sie sich. Aber Vorsicht, nicht auswaschen.«

Als Inge Gütlein zurückkam, fand sie ihren Stuhl vor

den Schreibtisch gerückt, und hinter dem saß ein Mann mit hagerem, von steilen Falten beiderseits der Nase gezeichnetem Gesicht, Oberlippenbart und bürstenförmig geschnittenem Haar, Dorneleit, Kriminalkommissar, wie er sich vorstellte. Aber auch er, bemerkte sie bald, verhielt sich ihr gegenüber trotz seines strengen Aussehens keineswegs unfreundlich, von oben herab oder gar bärbeißig, na eben nicht, wie man annimmt, daß solche Leute zu sein hätten. Da war der Streifenpolizist, dachte sie noch, der sie vor zwei Jahren einmal zur Rechenschaft gezogen, belehrt und ihr zehn Mark Bußgeld abgeknöpft hatte, nur weil sie hinter einem haltenden Bus auf die andere Straßenseite gelaufen war, weitaus grimmiger gewesen.

Das war denn auch das einzige Mal, daß sie mit der Polizei zu tun gehabt hatte und bestraft worden war. Jetzt aber dies: Freddi, Freddi, die ganze Stadt zeigt mit Fingern auf uns, und morgen wird es in allen Zeitungen stehen. Sie erwachte wie aus einem Traum, oder fiel sie in ihn zurück? So unwirklich erschien ihr die Tat, doch schon die nächsten Worte des Kommissars erinnerten sie hart, obwohl er leise sprach, an das Geschehene.

Währenddessen hatte die Jäckli an einem Seitentisch den Deckel von der Schreibmaschine geklappt und schnarrend Papier eingespannt. Dann ratterte sie auf dem Bogen ein paar Zeilen herunter, was Dorneleit nebenhin zu dem Fluch veranlaßte: Verdammt, hast du wieder den Recorder verpumpt? Und wer trägt ihn jetzt spazieren? Die Jäckli antwortete nicht, und er hatte damit wohl auch nicht gerechnet. Für ihn war es reine Routine. Die Frau, sah er auf den ersten Blick, würde nichts hergeben, was von Bedeutung wäre. Sie fiel ja vor Angst fast vom Stuhl. Und außerdem hatte er sich wieder einmal die halbe Nacht um die Ohren geschlagen.

Müde rieb er sich die Augen, öffnete den Hemdkragen, lockerte den Schlips und hob nun doch etwas seine Stimme, um seine Fragen zu stellen.

Zunächst das Übliche, zur Person: Geborene Watzke, 17.4.1937, in Aschersleben, wohnhaft Grasmückenweg 16, Postleitzahl, ***, verheiratet mit Manfred Gütlein, zwei Kinder aus dieser Ehe, Simone und Fritzgerald, und so weiter, und so fort. Er belehrte auch sie, daß sie die Aussage verweigern könne, was allerdings sie wohl nicht einmal wahrnahm, und kam dann zur Sache.

»Wußten Sie von der Waffe, die Ihr Mann – nach eigenen Angaben – seit geraumer Zeit bei sich trug, in seiner Jackentasche?«

»Was für 'ne Waffe?«

»Nun, die Pistole. Typ Makarow. Kaliber neun Millimeter.«

»Herr Kommissar. Nein. Ich weiß nichts. Ich kenne mich überhaupt nich aus mit solchen Dingen. Nie hat Freddi – mein Mann geschossen. Immer hatte er was gegen das Militär, und auch, als unser Gerald sich für drei Jahre verpflichtete, war er dagegen. Sogar Streit gab's. Das Kriegspielen, schimpfte er, bringt nichts ein. Dein Großvater ist dran krepiert. Und selbst, wennste dadurch studieren kannst, was Besonderes, wo es knapp is mit den Plätzen ... Dann bleib lieber, waste bist. Ingenieur geht immer. Oder machst 'n Meister später wie ich – also er, mein Mann.«

»Aber in den Steinen ... Wir haben inzwischen die Felsen und den Buschwald hinter der Frohen Zukunft, wo er die Waffe gefunden haben will, inspiziert. Es wäre durchaus möglich, daß er sich dort, ohne aufzufallen, im Schießen geübt hat.«

»Nie hab ich einen solchen Revolver bei ihm gesehen, Herr Kommissar, ich schwör's Ihnen. In seinen Anzügen nicht, nirgends. Denn für die bin ich doch immer zuständig. Hab sie regelmäßig gebürstet und die Taschen abgesucht. Nach Tabakskrümeln und sonstigem Zeug, was er mit sich herumträgt, Schlüssel, Nägel, Schräubchen und allerhand Firlefanz, so daß sie immer verbeult sind, seine Taschen. Auch ein Messer zum Aufklappen, mit Korkenzieher und Flaschenöffner, das ich ihm mal geschenkt hab ... Aber doch nich ein solches Mordinstrument zum Töten...

»Also doch: Mordinstrument. Vielleicht im Keller, in der Voliere zwischen den Futtersäcken, sonstwo im Haus. Da gibt es doch tausend Verstecke.«

Nein, nein. Sie wußte nichts. Aus ihren Augen sprach ein ängstliches Flehen. Sie bettelten ihn an, ihr zu glauben. Und wirklich, sie wagte keinen Gedanken, um etwas zu vertuschen, gar zu lügen. Sie unterwarf sich völlig. Versuchte nur, ihren Mann zu verteidigen, und wollte gerade noch sagen: Freddi, er hatte nie Böses im Sinn. Aber das ging wohl nicht, angesichts des Vorgefallenen.

Spätestens hier spürte Dorneleit, sonst ein Jäger, der jede Fährte verfolgte, daß es keinen Zweck hätte, sie länger zu vernehmen. Weder die Tat noch das Motiv vor allem würden dadurch erklärbarer. Man erschießt doch nicht einen Mann, nur weil der nach seinem Verständnis von Recht und Gesetz ein paar Mark mehr für Grund und

Boden eintreiben will. Das konnte man doch anders regeln, vor Gericht beispielsweise. Und lief nicht deswegen schon ein Prozeß?

Müde gab er der Jäckli zu verstehen: Laß es gut sein, Liesa. Es reicht.

Sie aber wunderte sich trotzdem, daß hiermit das Protokoll bereits beendet sein sollte. Nicht ohne jedoch zuvor als Revanche auf Dorneleits Fluch ihre längst fällige Antwort loszuwerden: Den Philips hat uns heute früh der Herr Hauptkommissar persönlich geklaut, sagte sie: »Willst du sie nicht wenigstens noch fragen – entschuldigen Sie, Frau Gütlein –, wie sie den Zustand ihres Mannes vor der Tat empfunden hat? Ich denke, das wäre wichtig.«

»Also gut.« Noch einmal raffte sich Dorneleit auf. »Sind Ihnen irgendwelche Besonderheiten im Verhalten Ihres Mannes aufgefallen, sagen wir: seit einer Woche?«

Nicht, daß sie wüßte. Gesprächsfaul sei er schon immer gewesen. Herr Kommissar, ich plappere den ganzen Tag vor mich hin, rede selbst mit den Hühnern und Papageien. Freddi, mein Mann aber, Manfred, schweigt dazu. Er mault: Wie kann man schon morgens, noch voll von Schlaf, die halbe Nachbarschaft durchhecheln. Der hat dies, und der habe das ... Oder doch. Wenn ich ehrlich bin, ist er mir in letzter Zeit noch wortkarger vorgekommen als sonst, war auch beim Fernseher manchmal ganz abwesend. Ich fragte ihn: Is was? Haste Sorgen, die du mir nich verraten willst? Das Haus, Simone, Gerald? Von den beiden, Herr Kommissar, haben wir zuletzt viel Schreckliches gehört ... Er schüttelte nur den Kopf, lag im Bett neben mir und drehte sich auf die andere Seite. Ich werd schon einen Weg finden, hat er gemurmelt, ich finde einen Weg. Die werden uns nicht kaputtmachen. Doch, das hab ich noch in den Ohren. Und ganz bedrückt schien er mir, wie der September anfing. Mit den Demonstrationen auf'm Marktplatz. Aber wissen Sie, Herr Kommissar, das war nicht das erste Mal. Ich bin daran gewöhnt. Irgendwann kommt er dann schließlich doch zu mir mit seinen Problemen, um sich mir anzuvertrauen. Bei Freddi muß erst alles durchs Gehirn.

»Und? War es auch diesmal soweit, daß er sich Ihnen anvertraute?«

»Nein. Nicht, wenn Sie das meinen, was mit dem Schießen zu tun hat.«

Fräulein Jäckli hieb demonstrativ ihren letzten Punkt aufs Papier. Jetzt, schien ihr, war das Protokoll rund und konnte sich sehen lassen. Auch ohne den aus Hannover gespendeten Philipsrecorder. Inge Gütlein legte sie jedes Blatt einzeln zur Unterschrift vor.

»Aber bitte«, sagte die, als Dorneleit sie verabschieden wollte, »darf ich nicht meinen Mann einmal sprechen?«

Der Kommissar überlegte kurz, ehe er antwortete: »Kommen Sie heute abend wieder. Und bringen Sie einige Sachen für ihn mit. Persönliches. Wäsche, Handtuch und Seife, Zahnbürste, na, und so weiter. Frau Jäckli wird's Ihnen sagen.« Er blickte auf seine Armbanduhr. »Vorher noch, in ein paar Stunden, wird Ihr Mann dem Bezirksstaatsanwalt zugeführt.«

13

Die Zelle war zwei Meter vierzig breit, knapp vier Meter lang. Das vergitterte Fenster führte in Augenhöhe zum Hof, jedoch in einen Kellerhals, über dem manchmal Motoren tuckerten und Gesprächsfetzen von Polizisten zu hören waren. Sonst drang von der Stadt her ein undefinierbares Rauschen in das Karree, und die Sonne, unsichtbar für Manfred Gütlein, prallte mit voller Hitze gegen die Wände des mehrstöckigen Gebäudes. Er hatte das Fenster geöffnet, durch das Gitter strömte warme Luft. Er hielt sein Gesicht dagegen, wanderte auf und ab. Doch meist lag er auf der Pritsche, starrte an die Decke, deren weiße Tünchung schon abblätterte, und sann. Bereute er seine Tat? Er wußte es nicht, wußte nur, daß er keinen anderen Weg mehr gesehen und mit den Schüssen all seinen Haß, nein, sein Elend, seine Verzweiflung aus sich heraus hatte schleudern wollen. Doch die bedrängte ihn jetzt mehr als zuvor. Seine Gedanken schweiften ab, zu Inge, zu den Kindern, ins Haus am Grasmückenweg. Sie quälten ihn seit der Nacht. Immer wieder war er aufgeschreckt. Mit dem Frühstück am Morgen hatte ihm der Wärter die Zeitung zugeschoben, die SATZ. Er las die Meldung, und nun wartete er, was weiter geschehen würde. Verhöre wie gestern abend. Fragen über Fragen. Die Kriminalisten würden nicht ruhen, ehe sie nicht erfahren hatten, wie alles gekommen war. Und was sollte er antworten?

14

An den Demonstrationen im Herbst neunundachtzig hatte Freddi zum ersten Mal Anfang November teilgenommen. Da fanden sie schon jeden Montag in schöner Regelmäßigkeit statt, friedfertig, streckenweis sogar heiter, Volksfesten ähnlich. Er entsann sich genau: Es war am Sechsten gewesen. Denn zwei Tage zuvor, am Sonnabend, hatte er vor der Bildröhre gesessen und sich die Übertragung aus Berlin angesehen. Von Leipzig und Dresden war ja schon einiges herübergedrungen. Im Betrieb stritt man sich daran die Köpfe heiß, und auch in der Siedlung sprach man davon, über die Zäune beim Buddeln im Garten, beim Bier in der Kneipe, der Sportlergaststätte AM BALL, die hinter der Kinderkrippe am Weg zum Flecken Baalau hin liegt. Die Polizei, hieß es, sei aufmarschiert, mit Schlagstöcken und Hunden. Es habe Verletzte gegeben und Verhaftungen. Freddi wollte es noch nicht glauben. Alles wurde in diesen Tagen übertrieben, wenn nicht von dieser Seite, dann von der anderen. Doch nun das. Alexanderplatz. Live. Die Kameras konnten doch wohl nicht lügen. Eine halbe Million Menschen, sagte der Westen. Schriftsteller und Künstler redeten, auch Pfarrer. Er sah es selbst. Jene auf der Tribüne, und die Menge davor brodelte, pfiff, lachte, klatschte Beifall. Witzige Sprüche auf Transparenten. Und auf grüngelben Schärpen immer wieder die Aufschrift: KEINE GEWALT. Was soll da noch passieren, dachte er, als ihm seine Kollegen am Morgen des Sechsten zuriefen: Heute abend ist es wieder soweit, Freddi. Siebzehn Uhr auf'm Markt. Nu sei mal keen Frosch. Meester! Das kam aus dem Kran von Benthaus. Der mit seinen Pinupgirls in der Kabine...

Also, er ging. Dennoch, ganz schlüssig war er sich immer noch nicht. Und wenn er umkehrte, lieber Inge beim Muskochen half? Er wollte zwar nicht als Feigling gelten, aber wohin das alles noch treiben würde, vermochte ihm niemand zu sagen. Unvorstellbar, daß sich die Sowjets das würden gefallen lassen. Trotz Gorbatschow und seinem: Wer zu spät kommt, den bestraft das Leben. Ginge es erst ans Eingemachte, würden sie ihre Panzer auffahren. Argwöhnisch äugte er hinüber zur Kaserne. Da blieb alles ruhig, stiegen nur Rauchfahnen auf von brennendem Laub. Und er hatte auch noch den Siebzehnten Juni in Erinnerung. Honecker, ja, der hatte inzwischen abgedankt. Einige mit ihm. Anders als damals Ulbricht. Und Rumänien? War nicht auch schon Rumänien gewesen? Schauschesku, den nicht einmal die SED-Mitglieder hatten leiden können, der, sein Geheimdienst und seine Toten? Nein, das wohl nicht. Denn wenn, wäre Freddi wohl doch zu Hause geblieben.

So aber saß er im Bus, ließ sich von ihm durch die Straßen schaukeln und hing seinen Gedanken nach. Zwölf Stationen bis zur Innenstadt, und er könnte an jeder noch aussteigen. Im Oktober, hatte es geheißen, war auch dort geprügelt worden. Leute, die sich unters Dach der Johanneskirche hatten flüchten wollen, wurden abgefangen, niedergeschlagen, mit Stiefeln getreten, auf Lastkraftwagen geladen und abtransportiert in Garagen und Keller. Und wenn es auch heute dazu käme, irgendein Befehlsgewaltiger die Nerven verlor und die Polizei ihre Visiere herunterklappte? Er, Freddi, nein, er würde sich bestimmt nicht in die vorderste Reihe drängeln. Das war er Inge schuldig. Sie hatte ihn zurückhalten wollen. Sie hatte nur deshalb den Kessel angeheizt und mit dem Apfelmus zu kochen begonnen, damit er ihr nicht davonrannte und sich Beulen holte. Aber, meine Liebe, ich kann mich nicht ausschließen. Sie gehen alle. Und wenn ich kneife, mach ich mich lächerlich und bin ab morgen auf Arbeit 'ne Schießbudenfigur.

Plötzlich stockte der Bus, hielt mitten auf der Strecke. Es sei kein Durchkommen mehr, rief der Fahrer in den Raum, alles blockiert. Freddi hatte bereits durch die nieselnassen Scheiben gesehen, daß sich auf den Bürgersteigen immer dichtere Menschenknäuel bildeten. Jetzt folgte er den anderen Fahrgästen und stieg aus. Sofort geriet er in ein Gedränge, das ihn, ob er wollte oder nicht, unnachgiebig voranschob. Es gelang ihm nur mühsam, sich daraus zu befreien und wenigstens seinen eigenen Weg zu gehen. Doch es half nur flüchtig, bald war er wieder von allen Seiten umringt. Die Menge schlurfte und trappelte, schnaufte und schwatzte sich dem Marktplatz entgegen, dessen langgezogenes Rechteck zwischen den beiden Gotteshäusern, St. Johannes und Dom, sie kaum noch aufzunehmen vermochte. Denn auch dort, wo die *Demo* beginnen sollte, herrschte bereits ein undurchdringliches Gewimmel. Von den Türmen dieses noch reichlich mittelalterlichen Stadtkerns strahlten mehrere Scheinwerfer über die Köpfe, durchfurchten die Dämmerung und ließen das gelbliche Natriumlicht der auf dem Platz installierten Peitschenlampen unter sich verblassen. Freddi versuchte – doch bald sah er ein: vergeblich – einen Bekannten auszumachen, seine Kollegen aus dem

Betrieb zu finden. Dort, am Portal von St. Johannes hatten sie sich treffen wollen. Nichts, er entdeckte niemanden. Vor den beiden Kirchen war eine schier endlose Masse von Kerzen angezündet worden, manche armdick und halbmeterhoch. Ihr Geflimmer spiegelte sich auf den feuchten Quadern der alten Gemäuer. Die kleineren Kerzen wurden von Menschen getragen, dicht am Körper und abgeschirmt mit den Händen, um sie vor dem Sprühregen zu schützen. Dennoch zuckten ihre Flämmchen leicht im Wind und leuchteten schwankend und geisterhaft in fahle Gesichter.

Wie auf Kommando – und wenn es eins gab, mußte es von der Rathaustreppe auf der Gegenseite erfolgt sein, so daß Freddi es nicht hatte hören können – setzte sich die Menge in Bewegung. Erneut, und wiederum schien jede Gegenwehr zwecklos, wurde er mit dem Strom hinweggeschwemmt. Ja, er kam sich vor wie inmitten eines gewaltigen Sogs. Hoch über der engen, von Schaufenstern links und rechts gesäumten Geschäftsstraße, die vom Markt hinwegführte und in die der Zug nun drängte, gewahrte er mehrmals zwischen den Giebeln breitgespannte Tücher mit den Aufschriften: KEINE GEWALT und WIR SIND DAS VOLK. Um sich herum las er auf dürftig zusammengezimmerten Papptafeln und Spruchbändern Texte, die, fand er, durchaus von der Berliner Kundgebung auf dem Alexanderplatz hätten abgeschrieben sein können: *Privilegierte aller Länder – beseitigt euch! – Es geht nicht um Bananen, es geht um die Wurst. – Wir lassen uns nicht BRDigen. – Das Volk steht auf – die SED bleibt sitzen. – Die DDR – keine Kohl-Plantage. – Nazis raus! – Lieber rot als rechts. – 40 Jahre Kraut und*

Rüben. Das genügt. Den Kohl laßt drüben. – Und immer wieder: WIR SIND DAS VOLK und KEINE GEWALT.

Es sprach sich herum. Aber im selben Moment hatte auch Freddi es schon geahnt. Die Demontration steuerte in Richtung Thälmannplatz, den zur Hälfte der Rundbau der Bezirksleitung der SED umgab. Ihm wurde ein wenig schwummrig zumute, und er überlegte erneut, ob er sich nicht davonstehlen sollte. Denn wenn das stimmte, ging es direkt vor die Höhle des Löwen. Und dort wären Zusammenstöße wohl kaum zu vermeiden.

Während er noch so mit sich haderte: ab in die Büsche oder nicht, sich somit doppelt in der Klemme wähnte, da auch sein Körper ihm nicht mehr gehorchen wollte, denn von hinten wurde er gestoßen und vorn ständig mit der Nase gegen die breiten Rücken einer Gruppe kräftiger, Jeansjacken tragender Burschen gestupst, tauchte ein Mann neben ihm auf und zerrte ihn am Arm aus dem gröbsten Gewühl. Erstaunt blickte Freddi ihn an und glaubte sofort, sein Gesicht zu kennen, obwohl es von der Straßenbeleuchtung mit ihren defekten Lampen an der Kreuzung Erfurter Turm, die der Zug nun erreicht hatte, nur spärlich enthüllt wurde. Der Mann war nicht älter als er, auch nicht größer, von ebensolch untersetzter Gestalt, und wenn er jetzt seine Schirmmütze gelüftet hätte, wäre nach Freddis Überzeugung darunter gewiß ein halber Glatzschädel zum Vorschein gekommen.

Er brauchte nicht länger zu rätseln. Der Mann sprach ihn an, und schon mit den ersten Worten, als er sagte, er sei von der Presse, erinnerte Freddi sich deutlich: Es war Ducknitz, der stellvertretende Chefredakteur der VOLKSMACHT. Vor ein paar Wochen erst war er in der

Maschinenfabrik erschienen, um einen Artikel zu schreiben, und hatte dabei, mit einem Photographen zur Seite, auch ihn interviewt. Ducknitz hingegen entsann sich wohl nicht, daß sie sich schon einmal begegnet waren, oder – er erkannte ihn nicht, bei diesem diffusen Licht aber auch und inmitten einer (wie nächsten Tags in der Zeitung stand) dreißig-, vielleicht sogar vierzigtausend Menschen zählenden Menge. Also mußte er ihn rein zufällig aus der schwappenden Woge der Demonstranten, unter deren Aufprall soeben eine Schaufensterscheibe zerbarst, gefischt haben. Anders hätte er ihn doch beim Namen genannt und sich nicht von hintenherum mit seinen Fragen an ihn herangeschlichen. Oder wie sonst verhielten sich Presseleute?

Seine Erfahrung mit Ducknitz hatte bei Freddi ohnehin einen bitteren Geschmack hinterlassen. Seit jenem Tage, als er von ihm in der Zeitung mit Lob überschüttet und für jedermann sichtbar konterfeit worden war (peinlich genug, weil seinem Meisterbereich dann trotzdem das BANNER DER ARBEIT gestrichen wurde), hatte er stets dessen Artikel gelesen, letzten Dienstag erst seinen Kommentar zur Demo vom Abend zuvor. Auch in der Montagehalle hatte man sich darüber aufgeregt. Der Text war ans Mitteilungsbrett gepinnt worden, rot umrandet und mit deftigen Sprüchen versehen: SED-Schmierfink! So verarscht man uns!

Die Überschrift lautete: *Dieses Szenario kennt seit Jahrzehnten viele Akte*, und sinngemäß hieß es darunter nach alter Begriffswelt, die Demos dienten allein dem »Gegner«, dem »Klassenfeind«. Dann (was man jederzeit nachlesen kann) wörtlich: Der Sozialismus auf deutschem

Boden ist ihnen unerträglich, weil er nicht, wie sie vom ersten Tag an prophezeiten, zusammenbrach. Deshalb nun soll ein neues Kapitel in der Schlacht gegen ihn geschrieben werden. Doch die Lehren unserer Geschichte lassen uns wachsam sein. Die Macht des Volkes ist unantastbar. Das müssen auch jene Randalierer zur Kenntis nehmen, die von westlichen Medien gern zu Hauptpersonen hochstilisiert werden. Doch wir gestatten niemandem, an unserem Volksstaat zu rütteln, ins Visier zu nehmen, was wir uns in harter Arbeit aufgebaut haben...

Ja, gezeichnet Hagen Ducknitz. Und sollte Freddi ihm antworten jetzt, in einer Haustürnische, die vorübertreibende Menge vor Augen, als der ihn nach dem ersten Blablah mit seinen Fragen geradezu überfiel? »Warum marschieren Sie hier?« – »Was denken Sie, was Sie damit erreichen werden?« – »Welche Gründe haben Sie persönlich, und wer hat Sie zu dieser Demo eingeladen?«

Freddi hatte Ducknitz schon im September nicht besonders gemocht, nach dessen Artikel von damals und der verhinderten Auszeichnung erst recht nicht. Nein, er würde sich erneut nur blamieren, wenn er sich ausgerechnet von diesem Mann, diesem *Schmierfinken*, auf den Leim locken ließe. Außerdem: Die VOLKSMACHT besaß ja, wie fettgedruckt aus dem Impressum mit dem Namen Hagen Ducknitz darin als stellvertretendem Chefredakteur ersichtlich, das BANNER DER ARBEIT, dazu den VATERLÄNDISCHEN VERDIENSTORDEN IN GOLD und die FRANZ-MEHRING-MEDAILLE, und unter ihrem Kopf gab sie an, *Organ der Bezirksleitung der Sozialistischen Einheitspartei Deutschlands* zu sein.

»Nein«, knirschte Freddi. »Hau ab, Mensch. Mit dir will ich nischt mehr zu tun haben.«

Er schob ihn beiseite, mischte sich wieder unter die Demonstranten und vernahm noch in seinem Rücken die Worte: »Aber warum denn? Kennen wir uns nicht? Habe ich nicht mal über Sie ...«

Schon nach wenigen Metern jedoch schien der Zug auf der Stelle zu treten. Zwar drängten die Leute von hinten nach, doch hatte sich vorn ein undurchdringlicher Stau gebildet. Frauen wimmerten, jemand kreischte, er kriege keine Luft mehr, und irgendwo splitterte wiederum Glas.

»Umkehren! Umkehren!« schollen Rufe. »Seid doch vernünftig, Freunde! Kehrt um!«

Es hörte sich an, als sei es am Thälmannplatz nun doch zur Gewalt, zum Zusammenprall mit der Polizei gekommen. Doch kurz darauf schon hieß es, daß sich mehrere Staats- und Parteifunktionäre, der Oberbürgermeister, Ratsmitglieder des Bezirkes und der Stadt und vor allem der Erste Sekretär der SED, auf dem Marktplatz der Diskussion stellen wollten. Endlich! Wird auch Zeit!, so lief es durch die Reihen. Das war schon seit Wochen gefordert worden, Montag für Montag.

Freddi Gütlein sah sich nun, was ihm gar nicht behagte, an der Spitze des Zuges, wohingegen seine Anführer, Bürgerrechtler und der inzwischen stadtbekannte Pfarrer Habernuß von der Gemeinde St. Georg, nachdem sich die Demo gedreht hatte, an seinem Ende schritten. Das wollten sie ändern, doch die Enge der Straße, vollgestopft mit den Menschen, ließ sie so schnell nicht nach vorn kommen, obwohl man versuchte, für sie eine Gasse zu öffnen. Auch Freddi beteiligte sich daran und stemmte sich in einer Kette mit anderen gegen die zappelnden Leiber in seinem Rücken. Konnte er doch dadurch wieder ein wenig aus der »Schußlinie« geraten.

Vor der Treppe zum Rathaus aber stand er dann immer noch so nah dem Geschehen, daß ihm nichts entging, er jede Bewegung dort oben verfolgen, jedes Wort würde hören können. Da war ein Rednerpult aufgebaut (wie in alten Zeiten, dachte er, bloß ohne rotes Fahnentuch), bestückt mit einem Mikrofon. Doch schon, als der Erste Sekretär der Bezirksleitung herantrat, seine Stimme sich durch die Lautsprecher über den Marktplatz schwang, wurde er von gellenden Pfiffen und Buh-Rufen überdröhnt. Was aber wollte er denn sagen? Nein, Freddi sah sich enttäuscht, er konnte ihn nicht verstehen. Und plötzlich rannte eine Frau die Stufen hinauf, fuchtelte wild mit einem zusammengeklappten, zum Spieß umgeformten Regenschirm um sich, stach mit ihm und boxte, bahnte sich so einen Zugang zu den hohen Herren auf der Tribüne und spuckte dem Sekretär mehrmals ins Gesicht. Sie warte seit Jahren, schrie sie ihn an, vergeblich auf eine anständige Wohnung, auf eine, wo es nicht durchs Dach regne bis in die Betten ihrer Kinder, und sie werde ausreisen. Die Menge gröhlte, brach in schallendes Gelächter aus und klatschte rasend Beifall. Daraufhin riß Pfarrer Habernuß das Mikrofon an sich und mahnte, wobei auch seine Stimme sich fast überschlug, zu Ruhe und Besonnenheit. Keine Gewalt…Und bleiben wir doch fair…

Aber auch ihm gelang es nicht, die Zehntausende auf dem Platz zum Zuhören, gar zum Schweigen zu bringen. Sooft der Sekretär das Wort ergreifen wollte, fegte es wie ein Sturm über den Markt, hallte nach zwischen den

Gemäuern der beiden Kirchen, scholl zurück aus den abzweigenden Straßen und zerfetzte ihm jeden Satz. Er gab auf, mit ratloser Miene, bleichem Gesicht, und drückte sich in die Gruppe hinter dem Pult, wo er, wie Freddi noch sah, mit einem Taschentuch nervös seine Brille putzte.

Bald danach jedoch schien die Wut der Menge ausgetobt. Hatten die Menschen nun erreicht, weswegen sie ihren Montagabend geopfert hatten? Immer mehr jedenfalls verließen den Marktplatz, anfangs noch einzeln, doch bald in Schüben, die Demonstration zerbröselte, die Kerzen waren längst erloschen, die vor den beiden Kirchen eingeräumt, und mit einem Mal kroch auch wieder der erste Omnibus an die Haltestelle gegenüber dem Rathaus.

Zweihundert, dreihundert Unentwegte vielleicht harrten noch aus, sie scharten sich um die Treppe. Und erst jetzt kam es zu dem, was man, wie angekündigt, eine Diskussion nennen konnte, wenngleich es, sprach der Sekretär, weiterhin empörte Zwischenrufe hagelte.

Das also hatte er schon vorhin den Zehntausenden sagen wollen (und nun verstand Freddi auch jedes Wort): Man müsse den großflächigen Abriß von Althäusern in der Stadt stoppen, sie statt dessen restaurieren, und er wolle sich im Politbüro der SED dafür einsetzen, daß ab sofort die an die Neugestaltung Berlins gebundenen Baukapazitäten wieder in den Bezirk und in die Kreise zurückgeführt würden. Überhaupt, man solle auf allen störanfälligen Gebieten Arbeitsgruppen bilden, denen Vertreter sämtlicher politischen Kräfte angehörten, um die dringendsten Probleme zu lösen. Die Gemüseversorgung etwa. Dadurch könne gesichert werden, daß künftig mehr von dem, was die Landwirtschaft im Bezirk produziert, auch im Bezirk auf den Ladentisch kommt. Nötig sei gleichfalls, dafür zusätzliche Fahrzeuge bereitzustellen, besonders vor den Festtagen, den staatlichen wie den christlichen, da erfahrungsgemäß gerade dann das Warenangebot einer Verbesserung bedürfe. Es wäre doch gelacht, sagte er, wenn wir das nicht alle gemeinsam schaffen würden, wir mit Marxens – es sollte ein Witz sein – und Sie mit Gottes Hilfe. Das betreffe genauso auch den Schutz und Erhalt der Umwelt, die leidige Staubentwicklung zum Beispiel, wie sie von den umliegenden Chemiewerken und Kokereien ausgehe. Hier müsse man ebenfalls eine Kommission aus interessierten Bürgern und Volksvertretern gründen, die in gemeinsamer Beratung die Rang- und Reihenfolge der Umweltvorhaben der Stadt festlegen sollte und Vorschläge zu deren Verwirklichung erarbeitet...

Zwischendurch hatte er mehrmals zur Brille gegriffen, ihre Gläser angehaucht, mit dem Taschentuch geputzt, ohne daß es nötig gewesen wäre, und sie wieder aufgesetzt. Offenbar war dies die von ihm bevorzugte Geste, um seine Komplexe zu überspielen. Vor Wochen, ja, als er sich noch als der mächtigste Mann im Bezirk gefühlt hatte, als ein Vollender revolutionärer Geschichte, mochte sie ihm vielleicht noch nicht gekommen sein, doch jetzt, angesichts der soeben erlittenen Angriffe, angespien sogar, zeigte er sich verunsichert, beinahe schon verängstigt, alles andere jedenfalls als standhaft, wie man es von einem *Revolutionär* im einst so viel gepriesenen Sinne von Liebknecht und Rosa Luxemburg hätte erwarten können. So, teils verbittert, teils angewidert, lautete nächsten Tags das Urteil über ihn im Betrieb.

Freddi Gütlein freilich ging das nichts an. Aber die Marxisten auf dem Platz, die zweifellos ebenfalls geblieben waren, sie mußten sich doch fragen (und fragen lassen), wem sie da in all den Jahren die Treue gehalten hatten.

Es schien selbst Pfarrer Habernuß zu ärgern. Ungeduldig war er bereits während der Rede des Sekretärs von einem Fuß auf den andern getreten, hatte seinen Vollbart gekrault und in ihn hineingestöhnt. Einmal auch hatte er sich noch lautstark gegen allzu heftige und nicht ganz stubenreine (oder nicht gottgefällige) Flüche verwahrt, doch jetzt riß auch bei ihm der Geduldsfaden, er fand, seine bisher streng gehütete Höflichkeit sei genug strapaziert.

Er unterbrach den Sekretär, schnitt ihm das Wort ab. »Ach, wissen Sie, verehrter Herr. Sie und Ihre Partei ... Was Sie da alles vorbringen, ist doch längst überholt. Danach wird doch bereits in den unterschiedlichsten Initiativen der Bürgerbewegung gehandelt. All diese Pläne existieren. Im Neuen Forum, bei den Grünen, auch bei uns unterm Dach von Sankt Georgen... Darauf kommt es doch schon gar nicht mehr an, und wenn Sie es erst jetzt begriffen haben, im Nachtrab, wo Sie doch immer die Vorhut sein wollten, so vermag ich Sie – ehrlichen Herzens – nur noch zu bedauern. Zugleich aber habe ich das Gefühl, daß Sie mit dem, was Sie hier vortragen, die ersten Schritte zu wirklicher Demokratie nur zerreden. Haben Sie denn nicht gespürt, was unser beider Landsleute nun tatsächlich bedrückt? Was sie wollen, wonach sie lechzen? Wie einst unser Herrgott, nachdem man ihn, ans Kreuz geschlagen, gezwungen hatte, die Dornenkrone zu tragen, und ihm einen Schwamm mit Essig in den Mund stopfte, wo er doch seinen Durst hatte stillen wollen ... Es muß die Verfassung geändert werden, mein Herr! Nicht die Gemüseversorgung, so besch ... sch ... scheiden sie sei, sondern die grundsätzlichen Dinge im Zusammenleben der Menschen innerhalb einer Gesellschaft wie dieser stehen zur Debatte. Vornan der Artikel eins, der die führende Rolle Ihrer Partei im Staatsgefüge festschreibt, im sozialistischen Staat, jawoll! Das muß fallen. Und als beste Begründung hierfür dienten soeben Sie selbst mit Ihrem Auftritt. Ihre Partei ist erstarrt, unfähig seit langem, sich noch selber der Kritik zu öffnen und sich zu verändern, geschweige denn die Verhältnisse in der DDR.«

Ihn hatte man ausreden lassen. Während seiner Worte war eine nahezu andächtige Stille auf dem Marktplatz eingezogen, so daß sogar die sieben Schläge der Turmuhr am Dom wie störend wirkten. Und erst jetzt bekundeten die noch verbliebenen Zuhörer dem Pfarrer ihre Zustimmung, indem sie ihm brausenden Beifall spendeten.

Er hatte wohl alles gesagt, und danach verzettelte man sich im Streit nur noch hier und dort, bildete Grüppchen, wobei mancheiner, sah Freddi, einen anderen bereits umarmte, sie sich gegenseitig auf die Schulter klopften. Er ging, zum ersten Mal nun mit sich zufrieden, ohne Reue, sich an der Demo beteiligt zu haben.

Mit dem Bus fuhr er nach Haus, die zwölf Stationen zurück. Unterwegs, in der Nähe des Flusses, erblickte er noch einmal einen Zug von mehreren hundert Menschen, die fortgesetzt Sprechchöre skandierten, und wenn er sie richtig entschlüsselte, so forderten sie auf, das Gebäude der Staatssicherheit zu belagern, der STASI, das protzig am felsigen Ufer stand. Schnell wandte er sich ab, als fürchtete er, sich allein schon beim bloßen Hinsehen in Gefahr zu begeben.

15

Fortan, noch bis weit in den Januar hinein, war er auf jeder Montagsdemo zu finden, weniger als engagierter Bürgerrechtsmann und schon gar nicht (darin blieb er sich treu) in vorderster Reihe, aber auch nicht nur aus platter Neugier. Nein, irgendwie glaubte er etwas zu verpassen, wenn er sich ausschlösse. Das alles besaß viel mehr Pfeffer als die Demonstrationen früher, beispielsweise die eher zur Pflichtübung gewordenen Maiumzüge, und außerdem, da damals wie heute die meisten seiner Arbeitskollegen mitgingen, ging auch er.

Einmal hatten sie sich sogar zu viert, allesamt an die acht Zentner schwer, in seinen Trabant gezwängt und waren nach Dresden gefahren. Das geschah am Dienstag vor Weihnachten; sie hatten sich extra einen Tag Urlaub dafür genehmigt. Zwar sträubte sich Freddi zunächst, als Atze Blatter, sein bester Schweißer, mit diesem Vorschlag kam, hielt die Idee für verrückt, ließ sich dann aber überreden. Das Wetter versprach, mild zu bleiben, und so sagte er zu, denn wenn es geschneit und gestürmt hätte, gar Glatteis zu erwarten gewesen wäre, hätte er die dreihundert Kilometer hin und zurück über meist holprige Straßen schon Inges wegen nicht wagen dürfen. So jedoch lockte ihn schließlich die Aussicht, ebenfalls einmal Zeuge eines »historischen Augenblicks« zu sein, des »deutschen Wunders«, wie Blatter sich ausdrückte, der schon in Berlin dabeigewesen war, in der Nacht, als die Mauer am Brandenburger Tor fiel. In Dresden wollten sich Modrow, der neue Regierungschef, und der Bundeskanzler treffen.

Schaute Freddi zurück, nur die zwei Monate vom Januar bis Anfang November vorigen Jahres, so war, empfand er, die Landschaft (natürlich rein auf politischer Ebene) nicht wiederzuerkennen. Längst gab es die offene Grenze, man konnte reisen, wohin man wollte. Überall wurde vom Umtausch des Geldes gemunkelt, Mark Ost in Mark West, vier zu eins, drei zu eins – oder? Und auch die Losungen auf Transparenten und Spruchbändern hatten sich zunehmend geändert. Breit über allem stand jetzt: WIR SIND E I N VOLK! Es hieß: *Rote raus aus der Demo! – Wählt nicht jeden Dreck – die SED muß weg!* – Hin und wieder freilich las man noch anderes: *Es lebe unsere sanfte Oktoberrevolution von 1989!* (Als sei die schon tiefste Vergangenheit.) – *Demokratie statt Anarchie! – Deutschland vereint und wieder groß – die Scheiße geht von vorne los!* Doch sichtlich überwog: DEUTSCHLAND – EINIG VATERLAND!

Auch die VOLKSMACHT war nicht mehr dieselbe. Unterm Kopf nannte sie sich nun *Sozialistische Tageszeitung für den Bezirk*. Sie hatte sämtliche Orden abgelegt, nichts davon war noch im Impressum zu finden. Der Name des alten Chefredakteurs war verschwunden, seinen Platz hatte ein anderer eingenommen, einer allerdings, der auch schon früher dem Kollegium angehört hatte, und Hagen Ducknitz – siehe da! – fungierte nach wie vor als einer seiner Stellvertreter. Aber er schrieb ja jetzt auch ganz andere Artikel als noch im November, zwar nur mit seinen Initialen *H. D.* unterzeichnet, doch Freddi war fest überzeugt, daß allein er, sein »alter Bekannter«, den Bericht über die letzte Montagsdemo verfaßt haben konnte.

Die friedliche Revolution ist unumkehrbar, lautete diesmal die Überschrift, und wie ein Jubelgesang klangen seine kommentierenden Worte: Welcher vernünftige Mensch wollte sich wohl den erneut zwanzigtausend Demonstranten vom gestrigen Abend und ihren Forderungen widersetzen? Mit tosendem Beifall und rhythmischem Klatschen zu Sprechchören gaben sie immer wieder ihrer Grundstimmung Ausdruck, dem sehnlichsten all ihrer Wünsche, der Hoffnung auf baldige Wiedervereinigung der beiden deutschen Staaten. Schwarz-rotgold, in strahlender Reinheit, ohne daß die düsteren Symbole von Hammer und Zirkel, die über vierzig Jahre von dem Kranz wie umzingelt, ja, wie eingemauert wirkten, die Farben verschandelten, flatterten die Fahnen zu Hunderten über den Köpfen der nun endlich von Stasi-Knechtschaft und SED-Arroganz befreiten Bürger. Ja, ja und nochmals ja! Nicht die Partei hat immer recht, wie es in einem ihrer Lieder heißt, sondern das souveräne Volk!

Vielleicht, dachte Freddi, hat Ducknitz sich diesmal doch nicht im Ton vergriffen, hat er sich nur (wie es manche seiner Kollegen kommentierten) ein Scheibchen von dem abgeschnitten, was die Sieger so gern für sich in Anspruch nehmen: auf der Seite des Rechts zu stehen oder, zumindest, der Wahrheit näher als die Besiegten zu sein.

Alles Bisherige stank ja weiß Gott zum Himmel! Die Nachrichten auf der Titelseite der Zeitung, die den Artikel umrahmten, oben und unten, vorne und hinten, brachten immer schäbigere Missetaten der alten Funktionäre ans Licht. Am *Runden Tisch*, wurde gemeldet, hatte der Generalstaatsanwalt mitgeteilt, daß die Strafverfahren gegen Honecker und Mielke erweitert würden und Anklage gegen sie wegen Hochverrats und Verfassungsfeindlichkeit erhoben werden sollte. Der Erste Sekretär der SED-Bezirksleitung – oh, dieser blasse, eher einem Nervenbündel denn einem Provinzdiktator gleichende Mann, dem der Pfarrer von Sankt Georgen auf dem Marktplatz wie Donnerhall die Leviten gelesen hatte – war verhaftet worden, und auch gegen ihn wurde ermittelt, wegen Untreue und Amtsmißbrauchs, da er sich auf Kosten staatlicher Betriebe irgendwo im Grünen eine fürstliche Jagdhütte hatte bauen lassen. Natürlich konnte man angesichts solcher Enthüllungen nicht länger davon sprechen, daß die Partei recht gehabt hätte, besonders nicht mit ihrer Behauptung, auch von Ducknitz lauthals bis vor kurzem noch vertreten, es habe sich hierzulande um einen »Volksstaat« gehandelt ... Manfred Gütlein aber verwunderte nur, wieso einer wie er, H. D., derart fix seine Worte zu drehen vermochte, lediglich ein paar Wochenenden bis nach dem Jahreswechsel gebraucht hatte, um in sich zu gehen und das Gegenteil von dem zu schreiben, was er noch vor seinen stillen, heiligen Nächten verkündet hatte.

Später freilich sollte er da schon klüger geworden sein, klarer sehen über Stil und Marktwert des neuen Journalismus, wie er nun alle Keuschheitsgürtel im Lande sprengte und es in bunter Welle, obenan fleischfarben, überschwemmte, später, als mitten in diesem Freibad der politischen Pornographie Ducknitz den Dr. Rothenburger interviewte und die VOLKSMACHT längst die SATZ hieß, *S*achsen-*A*nhaltische *T*ages-*Z*eitung, und statt des Machtwortes: *Proletarier aller Länder, vereinigt euch!* den Werbespot: *Unabhängig + Überparteilich* über dem Kopf trug.

Auf der Fahrt nach Dresden allerdings, noch ganz den Text der christlichen Sprechchöre im Ohr: keine Gewalt, wäre er bereit gewesen, selbst den allerärgsten Bösewichtern zu verzeihen. Er fühlte sich selber wie vom Fieber geschüttelt, wie benommen vom Rausch der großen Versöhnung, der jetzt sogar schon die Regierungschefs der beiden deutschen Staaten ergriffen hatte. Ja, stimmte er Atze Blatter zu, der neben ihm auf dem Beifahrersitz saß, mehrmals zwar fluchte, er komme sich vor wie beinamputiert, dann jedoch wieder leise die Melodie vor sich hinpfiff: Brüder, zur Sonne, zur Freiheit – ja, es gibt Stunden im Leben, die einen tief bis ins Mark erschüttern und dich von Grund auf umkrempeln, von den Socken bis zur Mütze und mit allem, was darunter ist. Der heutige Tag, hoffe er, würde dazu gehören.

Blatters Schwager, der Zweieinhalbzentnermann im Fond, war gebürtiger Dresdener, kannte die Schleichwege durch die von Einbahnstraßen völlig verbaute Innenstadt und versuchte, Freddi so nah als möglich an den Kulturpalast zu lotsen, wo das Treffen nach dem Gespräch unter vier Augen im Hotel BELLEVUE öffentlich fortgesetzt werden sollte. Jedesmal ächzte die Polsterung unter seinem Gewicht, wenn er sich vornüberbeugte und ihm über die Schulter mit haarsträubend widerlichem Atem, da er unterwegs mehrere Brote mit Speck verschlungen und rohe Zwiebeln dazu gekaut hatte, die Fahrtrichtung ansagte. Jetzt links, jetzt rechts, stieß er ihm in Ohr und Nase, da vorn, Mensch, paß doch auf, du hast 'n Stoppschild ... Endlich war die Tortur beendet, es gab kein Weiterkommen mehr. Freddi fand gerade noch eine Parklücke und öffnete sofort die Tür, um seinen Trabi vom Zwiebelgestank zu entlüften. Sie stiegen aus; ihre Glieder schmerzten, meckerten seine Begleiter, und es sei eine Wohltat, wieder die Beine bewegen zu können.

Zehn Minuten noch würden sie laufen müssen, doch von hier, auf dem Boulevard der Prager Straße, hätte selbst ein Blinder den Weg nicht verfehlt. Man brauchte nur den dichter werdenden Menschengruppen zu folgen und auf das Stimmengewirr zu achten. Die Leute schienen in Festtagslaune, zogen wie zum Rummel, und so war auch der Platz vor dem Kulturpalast, der Altmarkt, bereits zum Bersten gefüllt. Von den vorderen Reihen her klangen Rufe: Helmut! Helmut!

Lange verrenkte sich Freddi den Hals, ohne daß er etwas Außergewöhnliches bemerkte. Zum einen geschah wohl nichts, zum anderen stand er zu weit ab, und dann, als er sich im Schlepptau von Blatters Schwager, der sich rigoros durch die Menge kämpfte, seine Fäuste schwang, sobald ihn jemand beschimpfte, ebenfalls nach vorn wühlen wollte, wurde er abgedrängt. Atzes roter Haarschopf entfernte sich mehr und mehr, und auch sein Koloß von Schwager schien jetzt wie mit Ruderschlägen seiner Arme durch die wogende Masse davonzuschwimmen. Der vierte in ihrem Bunde, Mulle Benthaus, der Kranführer mit seinen Nackedeis, wie aus den Illustrierten an seine Kabinenwände gepinnt so auch in die Haut tätowiert, war schon längst außer Reichweite. Da stand er nun ganz allein, obwohl eingequetscht zwischen den Hunderten um sich herum, und mußte wohl oder übel selber sehen, was er aus diesem »historischen Augenblick« für sich machte.

Ein Ruck ging durch die Menge. Der Kanzler, hieß es, habe sich gezeigt, und sofort begann ein Stampfen und Stoßen, Schieben und Schubsen, das auch Freddi mit fortriß, ihn mal hierhin, mal dorthin warf, zur Seite, geradeaus, bis es schließlich verebbte, das Gebrodel sich glättete und er sich am Fuße eines Denkmals wiederfand (Luthers, wie er später erfuhr), unmittelbar vor einer gespenstisch in den dunklen Himmel ragenden Ruine, die (doch das kannte er von Bildern) die im Krieg zerbombte Frauenkirche sein mußte. Indessen hatte ständig, verzerrt durch die Lautsprecher, eine Stimme über den Platz gebellt, mit einem leichten Zungenanschlag, der ihm vertraut vorkam.

Ansonsten, bis auf ein paar Au-und-Weh-Rufe hier und dort, hatte Stille geherrscht, wohingegen ihn jetzt ein ohrenbetäubender Lärm empfing. Die Menschen reckten die Köpfe, rissen ihre Münder auf, schrien wieder: Helmut, Helmut ... Ganz nahe mußte der Kanzler sein. Und wippte da nicht auch schon, hinter einem Spalier von Ordnungshütern, sein Gesicht vorbei, wohlgenährt, wie man es vom Fernsehen her kannte? Ein Glucksen entrang sich mancher Kehle, wie vom Schluckauf geplagt, Stimmen, die vor Erregung versagten. Die Männer und Frauen, sogar Kinder, die in der Reihe vor Freddi standen, versuchten unter Aufbietung all ihrer Kräfte, den Kordon zu durchbrechen. Ein jeder wollte dem Kanzler die Hand schütteln, ihn wenigstens einmal berühren, seine Kleidung anfassen, wenn ihm schon mehr nicht gelänge.

Es war wie ein Taumel, und Freddi steckte er an. Plötzlich hörte auch er sich rufen: Helmut! Helmut! Ihm selber klang es wie ein heiserer Aufschrei. Ein inneres Beben durchrann seine Brust. Er drängte sich ebenfalls vor, verteilte Hiebe mit den Ellenbogen, schlug fast um sich.

Und dann sah er ihn. Seine breite, bepackte, kräftig wie die von Atzes Schwager wirkende Gestalt. Nur würdiger, steifer. Er befand sich bereits auf dem Rückweg von der Ruine der Frauenkriche. Dort hatte er zum Gedenken an die Opfer der Bombennacht über Dresden einen Kranz niedergelegt und schon die vom Jubel begleiteten, nächsten Tags in allen Zeitungen nachzulesenden Worte gesprochen: Wir wollen eine enge Zusammenarbeit auf allen Gebieten ... Ich habe Verständnis für die Sorgen und Ängste im Osten ... Doch wir wollen, daß sich die Menschen hier wohl fühlen, daß sie in ihrer Heimat bleiben, auch in dieser wunderschönen alten Stadt, und hier ihr Glück finden können ... Die Einheit der Nation bleibt für uns wie für mich das höchste politische Ziel ...

Freddi begriff, daß es seine Stimme gewesen war, die über den Platz hallte, als er sich noch mitten im Gedränge befand und bis ans Lutherdenkmal geschwemmt wurde. War er zu spät gekommen? Hatte er schon den großen historischen Augenblick verpaßt?

Aber nein! Jetzt stand er dem Kanzler ganz nah gegenüber. Nur eine Armlänge trennte sie beide. Freddi streckte die Hand nach ihm aus, hoffte, daß er sie annähme und schüttelte. Er tat es nicht. Wenigstens an seinem Ärmel, seinem Mantel wollte er ihn zupfen. Auch das mißlang. Dennoch! Der mächtige Mann hatte ihn bemerkt und schaute ihn an. Er lächelte, und für Sekunden trafen sich ihre Blicke, waren sie beide eins Auge in Auge.

Der Kanzler und sein Gefolge schwebten vorüber. Wie eine Front schritten sie die winkende, jubelnde Menge ab. Und schon, als von der hohen Delegation aus Bonn niemand mehr zu sehen war, Freddi aber noch, halb versunken, glücklich über diese Begegnung, an seinem Platz verharrte, trat ein jüngerer Mann auf ihn zu. Er löste sich aus einer Gruppe, die soeben noch lautstark gesungen hatte: So ein Tag, so wunderschön wie heute ..., und drückte ihm eins von den Pappschildern in die Hand, die hundertfach über den Köpfen geschwenkt worden waren.

»Noa, Kamrad«, sagte er, »wüllst ned a unser neuen Paroln tragn? Mir san extra von München kumme, weils an rechts Gaudi sollt werdn. Isses doch a, oder ned? Nun san mir doch eins, ihr Preißn, ihr Sächsischn, und mir. Noa, bhüt di Gott, Alter!«

Mit zwei Fingern tippte der Mann an sein Hütchen und eilte den anderen nach.

Freddi betrachtete das Schild und las den Text darauf: WIR SIND E I N VOLK!

16

Am Abend des 20. September besuchte Inge Gütlein ihren Mann in der Haft. Eine Viertelstunde lang durfte sie mit ihm sprechen, unter Aufsicht eines Beamten, versteht sich, und nachdem sie belehrt worden war, nichts, was in irgendeiner Weise mit der Tat in Beziehung gebracht werden könnte, zu erwähnen. So saßen sie sich an einem Tisch gegenüber, krampfhaft bei den Händen haltend, sahen sich an, sie mit tränenverschleierten Augen, und schwiegen die meiste Zeit. Einige Male nur ließ Freddi in abgehackten Sätzen ahnen, was ihn bewegte: »Was wird nun werden? Ach, daß ich euch das angetan habe ...« – »Simone, sie hat schon genug am Hals ...« – »Das Haus, der Garten ... Hältst du jetzt auch die Voliere sauber ...«

17

Das Haus, der Garten, das Grundstück also! Allein darauf war schon ein Vierteljahr nach der DRESDENER BEGEGNUNG, wie er nun stolz bei sich, nein, nicht Modrows, sondern *sein* Zusammentreffen mit Kohl nannte, all ihr Sinnen und Trachten gerichtet. Seit dem März 1990, nachdem soeben die Wahlen zur Volkskammer stattgefunden hatten (und Manfred und Inge Gütlein stimmten natürlich für die CDU), verschworen sie sich vor allem dem Grundstück, und zwar mit einem solch besitzergreifenden Eifer, daß er nur noch mit jenem von damals zu vergleichen war, als sie ihr Haus hatten bauen wollen. Ihm konnten die Montagsdemos fortan gestohlen bleiben; sie flachten ohnehin ab, und ihre Transparente und Losungen hatten bereits im Wahlkampf die Politiker aller Parteien (auch des Westens) mit ihren überlebensgroßen Keep-smiling-Porträts und den dazugehörigen, auf Stimmenfang ausgehenden Sprechblasen an allen

Wänden der Stadt ersetzt. Jetzt gab es Wichtigeres zu tun, galt es unentwegt auf der Hut zu sein, denn endlich konnte man den Boden kaufen, worauf man schon ein halbes Leben lang saß. Es war, so sah es Inge, als brauche man nicht mehr in fremden Betten zu schlafen.

Wie ein Lauffeuer verbreitete sich die Nachricht in der Siedlung, züngelte von Zaun zu Zaun, schlug zunächst hoch als Gerücht, machte den Leuten rote Köpfe und erhitzte erst recht die Gemüter, als sie öffentlich per Erlaß bestätigt wurde: Noch vor der Wahl hatte die Modrow-Regierung, wohl in nüchterner Einschätzung der Lage, daß sie würde abtreten müssen, aber auch mit Billigung des Runden Tisches, dieses für alle Eigenheimbauer so einmalige, befreiende Gesetz geschaffen. Doch Eile täte sicherlich trotzdem not, denn wer konnte schon wissen, was in diesem Tohuwabohu des Zusammenfalls, der versinkenden DDR eines Tages von ihr noch bleiben würde? Zumindest war zu fürchten, daß jetzt ein Sturm auf das Katasteramt der Stadt einsetzen würde, sich vor ihm eine Schlange bildete, gegen die jene vor den Sparkassen neulich beim Geldumtausch von eins zu eins auf hundert Mark pro Person Regenwürmern gleichkämen.

Freddi erfuhr es zuerst von Otto Kuhnt. Naja, Rentner haben eben Zeit, auch dafür, solchen Gerüchten nachzurennen und für alle den Straßenfunk zu spielen. Und wie er und all die anderen, erneut vom Schicksal zur Gemeinschaft verdonnerten Bewohner der FROHEN ZUKUNFT, machten auch Inge und Freddi sich noch am selben Abend über die Familienakten her, begannen sie zu sortieren und zu sichten. Die lagen im Wohnzimmer, verstaut in zwei Schubfächern der Zeulenrodaer Schrankwand, abgeheftet in Mappen oder auch nicht, und fristeten dort seit Jahren ein Schlummerdasein, da man geglaubt hatte, sie höchstens beim Staubwischen hin und wieder zur Hand nehmen zu müssen.

Mein Gott, was da nicht alles, woran man sich kaum noch erinnerte, zum Vorschein kam! Photos en masse, die alten Mitgliedsbücher von Gewerkschaft, FDJ, Deutsch-sowjetischer Freundschaft und dem Züchterverein, bald aber doch, nun etwas abgehoben, in der Schublade mit den Aktivistenmedaillen und dem Familienstammbuch, die schöne, von blauen Ornamenten umrandete URKUNDE.

Die mußte, um festzustellen, ob sie auch alle Voraussetzungen für den Kauf enthielt, genau studiert werden. »Mit Wirkung vom 17. 3. 1979«, hieß es darauf, »verleiht der Rat der Stadt an …« – es folgten ihrer beider Namen mit den Geburtsdaten und Berufsangaben, er: Maschinenschlosser, sie: Verkäuferin – »ein NUTZUNGSRECHT«. Es ist »unbefristet und berechtigt die Eheleute, das Grundstück entsprechend den Wohnbedürfnissen in ehelicher Vermögensgemeinschaft zu nutzen«. Hiermit besaßen sie es, wenngleich, was die Farben betraf, im Blaudruck auf mittlerweile leicht angegilbtem Papier, *schwarz auf weiß*. Ja, die Urkunde erwies sich wahrhaftig als Kleinod, weshalb Freddi auch sofort der Gedanke kam, sie unter Glas zu legen, einzurahmen und an markanter Stelle im Hausflur aufzuhängen. Wichtiger aber als die Adresse: *** (bei diesem Zeichen sei es belassen), Grasmückenweg 16, waren wohl noch die anderen, das Grundstück exakt benennenden Vermerke, die Freddi, wie von Kuhnt empfohlen, für seinen *Antrag auf*

Erwerb volkseigenen Grund und Bodens brauchte. Sorgfältig schrieb er sie heraus. »*Eingetragen im Grundbuch von:* ***, *Blatt*: 16224, *Liegenschaftskartei von*: Connewitz, *Best.-Blatt Nr.*: 1106, *Flur*: 17, *Flurstücke*: 2/63, 2/81, *Größe*: 847 m^2.« Nach dem Datum der Ausstellung: 24. 6. 1980, besiegelte der Stempel des Rates der Stadt das Dokument, und seinen Abschluß fand es in der (allerdings unleserlichen) Unterschrift eines Herrn oder einer Frau *Matz*, 1. Stellv. d. Ltr. der Abt. Finanzen.

Warum sie diese Urkunde erst so spät erhalten hatten, obwohl bereits 1968 das Haus bezugsfertig gewesen war, wußten beide nicht mehr zu sagen. Sie vertrauten damals blind den Behörden, da sie auch nie das Gefühl hatten, von ihnen übers Ohr gehauen zu werden, und vielleicht hing die Verleihung des Nutzungsrechts allein von dem Termin ab, an dem sie ihren Kredit, den sie zur Finanzierung des Baus bekommen, abgezahlt hatten. Er betrug 60000 Mark und war zinslos, wobei der Vertrag vorsah, daß das dritte Drittel, also in Höhe von 30000 Mark, mit Eigenleistungen einzubringen sei. Die stammten zum Teil aus ihren Ersparnissen, und den Rest hatte Freddi ja dann mit seiner Schufterei Tag und Nacht und an allen Sonn- und Feiertagen besorgt, sogar weit über das Maß hinaus, so daß am Ende für ihr Heim ein Wert von 120000 Mark ermittelt wurde. Peu à peu tilgten sie den Kredit, immer dann, wenn sie über eine größere Summe verfügten und sich nicht zu übernehmen brauchten, und löschten ihn endgültig 1980. Damit waren sie gut bedient gewesen, und wie damals rechneten sie auch jetzt. Aus einem anderen Beleg in den Akten, dem *Einheitswert- und Gemeindesteuerbescheid* (und in diesem Moment erinnerten sie sich wieder daran), ging hervor, daß der Grund und Boden unter ihren Füßen, besser: der die Mauern ihres Hauses trug, den Hof, die Gemüsebeete, den Teich, die Voliere, die Weinlaube, alles, was sie auf ihm in mühevoller Arbeit errichtet hatten, mit einem Preis von drei Mark pro Quadratmeter veranschlagt war. Das ergab summa summarum *847 × 3 = 2541 Mark.* Sie schauten sich an, das zu bezahlen, fanden sie, wäre für sie ein Leichtes, und sie dankten – der Modrowregierung, nachträglich, denn inzwischen war sie ja abgewählt.

Am nächsten Abend formulierte Freddi, nach einem Schema, das H.-J. Tropian aus dem Goldammernweg 11, von Beruf Kaufmännischer Direktor in einem Großbetrieb, entworfen und den juristisch weniger bewanderten Siedlern zur Nachahmung überlassen hatte, seinen Antrag an die Abteilung Finanzen des Rates der Stadt. Nachdem er ihre beider Personalien aufgeführt, ausdrücklich ihre eheliche Vermögensgemeinschaft betont und die genauen Daten des Flurstücks benannt hatte, bezog er sich auf den *Einheitswert- und Gemeindesteuerbescheid, incl. Meßbetrag, ausgestellt am 13. 12. 1980, Aktenzeichen 14 III 2132*, und schloß: »Entsprechend der sich ergebenden Möglichkeit, dieses Grundstück käuflich zu erwerben, bin ich an dem Kauf interessiert und möchte Sie hiermit bitten, mir die dafür erforderlichen Aktivitäten mitzuteilen. Hochachtungsvoll! Manfred Gütlein. ***, d. 30. 3. 1990.« Inge suchte eine ihr bekannte Sekretärin auf und ließ den Text mit der Maschine abschreiben.

Über mehrere Wochen danach geschah nichts. Unter den Siedlern verbreitete sich zunehmend Unruhe, einige protestierten bereits beim Finanzamt, telefonisch und brieflich, doch schließlich erhielten die ersten eine Antwort mit der Post, zugleich einen Termin vom Staatlichen Notariat. Anfang Juni waren auch Freddi und Inge Gütlein an der Reihe. Von den Nachbarn hieß es, man müsse sich einen halben Tag Zeit dafür ans Bein binden, so stark sei der Andrang vor dem Zimmer im Ratsgebäude, wo die Formalitäten erledigt würden.

Nicht anders erging es ihnen, nachdem sie sich durch den verwinkelten Bau gefragt hatten und endlich, treppauf, treppab, im dritten Stock über dem Hinterhof das Büro fanden. Schon von weitem vernahmen sie ein Geräusch, das sich, je näher sie kamen, als ein vielstimmiges Gemurmel erwies, und indem sie dann um eine letzte Ecke der Gänge bogen, sahen sie vor sich eine Menge Menschen, an die dreißig oder gar vierzig, wie Freddi später zu zählen versuchte. Zwar wurden sie nach und nach, die meisten zu zweit, da es sich vorwiegend um Ehepaare handelte, von einer Angestellten des Hauses abgerufen, doch stießen immer wieder nächste Besucher hinzu. Der Korridor schien hoffnungslos überfüllt, die Luft war zum Schneiden, das Warten wurde zur Qual. Dennoch blieb man noch rücksichtsvoll, überließ die wenigen Sitzplätze auf Bänken und Stühlen entlang der Wände den älteren Frauen und Männern, Greisen, die sich an Krückstöcken herangeschleppt hatten, nun erschöpft vor sich hinstarrten, sich manchmal bei den zittrigen Händen faßten und ansonsten ergeben darauf lauschten, daß das blonde Fräulein wieder einmal die Tür öffnete und ihre Namen nannte: Herr und Frau sowieso, bitte … Aus allen Gegenden der Stadt waren die Leute gekommen, aus all den

Siedlungen, in denen der Grund und Boden nun ebenfalls zum Kauf angeboten wurde, vom ROSENGARTEN im Süden, aus dem HEIDERAND im Osten, der Ortslage FREIIMFELD.

Hin und wieder gewahrten Inge und Freddi auch bekannte Gesichter, die von Nachbarn. Ole Gingel aus dem Rotkehlchenweg tauchte auf, mit seiner Frau, und auch er, obwohl er als reizbar galt, sobald ihm nur das geringste Ärgernis widerfuhr, übte sich in Geduld. Er stützte sich auf einer der entfernteren Fensterbänke, nickte herüber, lächelte sauer und zerbiß sich seinen Groll über das allzulange Anstehen hier wohl nur zwischen den Zähnen.

Einmal allerdings schlug jemand Lärm, rauschte an allen vorbei, ohne auch nur zu fragen, ob er an der Reihe sei, stürzte in das Zimmer, kehrte aber nach wenigen Minuten schon wieder zurück. Es war eine Frau in seinem und Inges Alter, wie Freddi nun sah, ziemlich beleibt, mit fuchsrot gefärbtem Haar und Modeschmuck, bis auf die Schultern herabhängenden Glitzerdingen an den Ohren. Sie schrie: »Das lasse ich mir nicht bieten, nicht von diesen Habenichtsen hier im Osten. Das Haus und das Grundstück gehören mir. Und ich bin nicht umsonst schon seit Mitternacht von Köln unterwegs ....«

Sie hielt inne und wandte sich erst jetzt an die Versammelten: »Wollen auch Sie Ihren rechtmäßigen Besitz wiederhaben?«

Als jene, die ihr am nächsten standen, nur stumm den Kopf schüttelten, lief sie davon, mit klackenden Absätzen und nicht ohne sich nochmals zu echauffieren: »Denen werde ich's zeigen. Ich geh vor Gericht.«

Für zehn Uhr waren Inge und Freddi bestellt worden.

Bereits um neun hatten sie sich eingefunden. Jetzt endlich, um Viertel nach eins, wurden sie aufgerufen.

An zwei zusammengerückten Schreibtischen saßen sie nun einem Mann und einer Frau gegenüber, die vor sich bereits die erforderlichen Akten zu liegen hatten. Er stellte sich nach der Begrüßung mit Markefka vor, kurz und bündig, als Vertreter des Staatlichen Notariats, und sie hieß Annegret Krause, war Justitiarin beim Rat der Stadt und die Bevollmächtigte des Oberbürgermeisters. Das jedoch kam Inge und Freddi erst später zu Bewußtsein, erst, nachdem sie ihren GRUNDSTÜCKSKAUFVERTRAG in Händen hielten und in Ruhe darin auch beider Namen und Amtstitel nachlesen konnten. Denn während der gesamten Prozedur, die nun folgte, beschlich sie natürlich eine gewisse Erregung. Zunächst mußten sie sich von dem Notar eine längere Erklärung (oder Belehrung) anhören, danach das vier Seiten umfassende Papier mit all seinen vorgedruckten und hand- sowie maschinenschriftlich eingefügten Bemerkungen und Klauseln durchgehen und auf jedes Wort dabei achten – was ihnen ebenfalls erst zu Haus gelang –, ehe sie schließlich mit einem Dokumentenstift unterschreiben durften. Sie taten es wie erlöst, nunmehr auch mit wiedergewonnener Sicherheit, denn was sie vor allem beruhigte, war, das offenbar sämtliche Angaben über das, wie es dort hieß, »in *** gelegene Grundstück Grasmückenweg 16« stimmten: Gemarkung Connewitz, Flur, Flurstück, Größe, eingetragenes Eigentum des Volkes. Die wohl entscheidenden Sätze aber lauteten: »Der Veräußerer zu 1. (Frau Annegret Krause, inklusive Titel, Ausweisung, Vollmacht etc.) verkauft das vorstehend näher bezeichnete Grundstück an die Erwerber zu 2. und 3. (das waren Freddi und Inge mit ihren Personalien), auf die es in ehelicher Vermögensgemeinschaft übergehen soll. Es wird beantragt, diese Rechtsänderung in das Grundbuch einzutragen.«

Frohen Herzens (was sonst, wenn nicht frohen Herzens!) bezahlten sie noch die *Gebühr für die Beurkundung und die Auslagen*, 44 Mark für beides, und verließen gegen vierzehn Uhr das Gebäude. Es war der 9. Juni 1990, ein Glückstag ihres Lebens, und ohne zu zögern suchten sie auch noch ihre Sparkasse auf, um von ihrem Konto die 2541 Mark für die 847 Quadratmeter Grund und Boden, der fortan ihnen gehören würde, an den *Veräußerer*, den Rat der Stadt mit seinem Finanzamt, zu überweisen.

Wenn das kein Anlaß zum Feiern war! Da konnten sie sich schon mal am Abend einen guten Tropfen Wein genehmigen, obgleich es dabei nicht blieb, Freddi lieber die zweite Flasche Lindenblättrigen Inge überließ und zu seinem gewohnten Sternburger Pils griff. »Weißt du eigentlich noch«, fragte er, »wie die beiden überhaupt aussahen?«

»Ja«, sagte sie, »die Ju ... Ju ...«, ein leichtes Lallen behinderte schon ihre Zunge, »die Juschtischarin war so 'ne schwarze Spillige mit Brille, und auch der Notar war man so'n Dünner, Knorriger mit 'ner Nase wie unsre Rosellas, spitz und krumm, richtig wie einer, der vom Gesetz is ...«

»Wie unsre Rosellas? Wie welcher?«

»Ach, mein Dickerchen«, kicherte sie, »da haste doch viel mehr zum Knuddeln«, fuhr ihm unters Hemd und streichelte seinen Bauch.

18

Das Grundstück war bezahlt, kurz vor Torschluß noch in Ost-Mark, und als mit der Währungsunion im Juli das GROSSE Geld kam, haten sie noch runde Zweiundzwanzigtausendfünfhundert auf der Kasse. Zwar war ihr Kontostand, bis auf die ersten Achttausend, die für sie beide im Verhältnis eins zu eins gewechselt wurden, um die Hälfte geschmolzen, doch zählte ab jetzt alles in D-Mark, und die legte die Welt zu Füßen. Wie die meisten hierzulande ordneten auch die Gütleins ihre Finanzen und begannen neu zu rechnen. Sie konnten nicht sagen, daß sie zu den Reichen gehörten (doch wieviele – nach westlichen Maßstäben – gab es davon schon im Osten), aber da sie nie von der Hand in den Mund gelebt hatten, standen sie bei dieser Summe auch nicht mit leeren Händen da, und außerdem, sie verdienten ja jeden Monat hinzu, Freddi brachte immerhin gut seine eintausendvierhundert netto nach Haus, sie ihre siebenhundertunddreißig, machte zusammen zweitausendeinhundertunddreißig Mark, mal etwas mehr, mal weniger, je nach dem.

Inge fand, damit könne man sich durchaus einiges leisten, darben brauchte man nicht, zumal, wenn sie – na, und darin war sie schon von Berufs wegen firm – nicht auf die erstbesten Angebote hereinfiel und die nunmehr der Nachfrage unterliegenden Preise der neuen, schnuckligen Waren aus dem Westen, mit denen die Geschäfte seit dem Juli überschwemmt wurden, sorgfältig miteinander verglich. Nein, sie kaufte nicht einmal mehr wie früher alle Artikel in ihrer Markthalle ein, wo sie am Fleischstand arbeitete, und die, wie man schon flüsterte, bald von der

Handelskette PFANNKUCH übernommen werden sollte. Im KONSUM zwei Straßen weiter war die Wurst viel billiger, gab es auch noch frische Hausschlachteware, worauf Freddi so sehr erpicht war, und selbst die aus Gießen in Hessen täglich (gewiß, als hätten die DDR-Kühe plötzlich die Maul- und Klauenseuche) herangekarrte H-Milch in Tüten kostete dort je Liter zehn Pfennig weniger.

Immer öfter nutzte sie auch die Gelegenheit, das eine und andere von Versandhäusern zu beziehen. Der Briefkasten klemmte, als eines Tages gleich zwei Kataloge darin steckten, von OTTO und QUELLE, völlig umsonst, als Werbeexemplare. Jeden Abend saß sie nun vor ihnen, konnte sie stundenlang wälzen, und was für verlockende Sache aber auch strahlten ihr da von den jeweils weit über tausend Seiten Glanzpapier entgegen! Von der Babywäsche bis zu Möbeln, vor allem aber die hübschesten Kleidungsstücke für Frauen. Schade nur, daß sie nicht ebenso schlank war wie die Mädchen darin, und einmal gar mußte sie Freddi auf die Finger klopfen, als er sich allzusehr in die Bilder mit den Spitzendessous vergaffte. Dann aber nahm sie Maß an sich beiden, füllte den Bestellschein aus und forderte als erstes eine Jeanshose für ihn und zwei Pullover für sich an, einen in knalligen Farben quergestreiften (der ihrer Figur freilich später nicht sonderlich stand) und einen in leuchtendem Rot, und für die Enkel noch ein paar Kleinigkeiten, mit denen sie sie demnächst überraschen wollte.

Ja, es machte einen Riesenspaß, daß man jetzt so aus dem vollen schöpfen konnte! Auch Freddi war davon angesteckt. Als nächstes, sagte er, schaffen wir uns eine Satellitenschüssel an. Guck, Ole Gingel und die beiden

Sportsfreunde im Rotkehlchenweg haben schon welche am Haus. Alle Welt steht jetzt darauf, man kann mit den Dingern auch noch die anderen Fernsehprogramme empfangen, SAT und PLUS und was weiß ich, wie sie noch heißen. Nur mit unserer Antenne, da verblödet man ja. Tausend Mark mit allem Drum und Dran, die blättern wir doch hin ...

Und dann sagte er eines Tages, unter der Weinlaube, wo er meist seine wichtigen Entschlüsse faßte: »Ich hab's mir überlegt, meine Süße. Wir verkloppen unsern Trabi, der hat seine Schuldigkeit getan, und kaufen uns 'n richtiges Auto.«

Inge erschrak. Doch vorsichtig, als traute sie seinen Worten noch nicht, fragte sie: »Und was für eins wär das?«

»Wir werden sehen. Wolfgang Horn – seit gestern hat er vor unserer Nase das Reklameschild zu stehen, drei Meter breit: Auto-Horn. Er führt sie uns doch nun ständig vor, auf dem Stück Feld da von der LPG Roter Stern. Die schönsten Modelle. Marken, die de sonst nur aus'm Märchenbuch kennst.«

»Biste überjeschnappt? Was denkste, was die kosten! Auch gestern, auf'm Nachhauseweg von der Haltestelle, hab ich mal hingeluchst. Das is ja 'ne Sünde. Unter achtzehn-, neunzehntausend ist da keiner.«

»Immer noch nich so teuer wie der Wartburg früher ...«

»Aber dann ist unser Konto leer, Freddi, und wir sind pleite.«

»Ingelein, Ingelein! Natürlich 'n Gebrauchtwagen. Da gibt's schon phantastische Schlitten. Wolfgang wird uns beraten. Schließlich is er ja unser Nachbar, und erst im Frühling vor zwei Jahren hab ich ihm geholfen, sein Dach neu zu decken. ’n Gebrauchtwagen. Oder wir leasen einen ...«

»Was is’n das?«

»Kommste ganz billig bei weg. Also, der Atze Blatter hat es gemacht und schwärmt davon. Der hat’s mir erklärt. Leasing – das is englisch, oder amerikanisch. Der Wagen gehört zwar nich dir, du mietest ihn nur, sozusagen, und bezahlst jeden Monat ’ne bestimmte Summe dafür, bis ...«

»Biste meschugge?«, unterbrach sie ihn grob. »Das kommt nu erst recht nich in Frage. Schulden machen, mein Gott. Gerade sind wir froh, daß wir unser Grundstück gekauft haben und dazu unsre eignen vier Wände besitzen. Wir wohnen ja auch nicht zur Miete. Das war von Anfang an unser Streben. Wo die doch nun, wie man hört, immer teurer werden soll.«

»Aber – das is doch was anderes ...« Er suchte nach Worten, fand sie nicht. »Das mit dem Auto. Leasen, das is ...«, stotterte er.

»Und wenn de dann arbeitslos wirst? Und die Abzahlungen ständig am Hals?«

»Arbeitslos? Biste denn noch zu retten?« Allein schon ein solcher Verdacht, auf ihn bezogen, konnte Freddi in hellste Aufregung versetzen. »Ich doch nicht. Schlosser – noch dazu solche wie ich – die werden immer gebraucht. Da geht die Arbeit nich alle. Aber das begreifst du wohl nich. Dein Mann ist ein *Fach*mann!«

»Nee, nee!« Nichts vermochte sie umzustimmen. »*Jeliest* wird nich!«

Sobald sich ihr Streit um Geld drehte, stieß Freddi bei ihr auf Beton. Aber auch er besaß einen Dickschädel, wenn er sich etwas in den Kopf gesetzt hatte. Dann zog er durch, hieß es von ihm, dann kannte er keine Verwandten, und also, dachte er, müßte er nur, wollte er seine Frau erweichen, umso hartnäckiger sein, je mehr sie den Geizhals herauskehrte.

AUTO-HORN. Das blitzte auf und verschwand, blitzte auf und verschwand, nachdem inzwischen keine zwanzig Meter von ihrem Haus entfernt die Reklame in der Wilhelm-Raabe-Straße mit grünen und rosa Neonlichtbuchstaben installiert war, so daß sie auch nachts in ihr Schlafzimmer flackerte und Freddi bis in seine Träume verfolgte. Er hatte Wolfgang schon auf den Knien geschaukelt, als der noch Junger Pionier gewesen war und mit Simone in derselben Schulklasse gesessen hatte. Jetzt, nachdem Hannes, sein Vater, gestorben war und er seine Mutter in die oberen Kämmerlein geschickt hatte, gehörte ihm das Sagen in Nr. 8, was ihm gerade recht kam, als er sich als einer der ersten in der Siedlung selbständig machen wollte. Autohandel, damit protzte er beim Frühschoppen im BALL, dem Sportlerheim, Autohandel – das habe Zukunft. Denn die Leute hier seien ausgehungert, und wonach? Die Kommunalwahlen im Mai hätten es deutlich gezeigt: Von den Bananen mal abgesehen, sind's Reisen, wohin man will, und Autos. Mit dieser Philosophie – Unternehmergeist nannte er sie – erwarb er auf das Haus einen Kredit, schwatzte der LPG in Connewitz, die aus Absatzschwierigkeiten schon den Kohl und die Möhren auf ihren Gemüseflächen unterpflügte, das brachliegende Stück Feld zwischen den Nummern 4 und 5c in der Wilhelm-Raabe-Straße ab, zäunte es ein, ließ es plattwalzen und mit einer Schotterschicht bedecken und stellte darauf alle möglichen Wagentypen aus, funkelnagelneue und gebrauchte. Bald hatte er es auch geschafft, als Firmenvertreter für BMW, die BAYERISCHEN MOTOREN WERKE, zu fungieren. Seitdem flatterten auch noch deren blauweiß karierte Fahnen vor dem Platz.

»Er is ein Filou«, versuchte Inge noch, sich zu wehren. »Der war schon als kleiner Junge 'n Lümmel und hat betrogen. Erinnerste dich nich? Wie er Simone für'n verrosteten Puppenwagen aus'm Müll die Rollschuhe abknöpfte, die wir ihr gerade zu Ostern geschenkt hatten?«

Es nützte nichts. Freddi nahm sie an die Hand, und sie gingen hinüber.

Er brauchte nicht lange zu suchen. Seit Tagen schon hatte es ihm ein Audi 80 Coupé angetan. Horn lächelte, ganz das verschmitzte Lächeln von seinem Vater, bat beide in sein Büro, das er sich vorerst noch provisorisch in einem Campinganhänger eingerichtet hatte, und griff nach den Papieren, dem Fahrzeugschein und der Betriebsanleitung: 96 kW/130 PS, Erstzulassung im Oktober sechsundachtzig, nur knappe 90 000 Kilometer gefahren, Servolenkung, Alu, und so weiter, 12 950 Mark inklusive Mehrwertsteuer. »Was willst du mehr«, sagte er, »ich bitte dich, Vater Gütlein, das is'n Schnäppchenpreis.«

»Und wie, Wolfgang? Bar auf die Hand?«

»Na, weil du es bist, Nachbar, und ich schon als Kind Äpfel bei dir geklaut hab ...« Horn grinste wieder. »Mach 'ne anständige Anzahlung, den Rest in Raten.«

Fünftausend Mark hoben sie von der Sparkasse ab, fünfhundert erhielten sie noch für den Trabant, den Mulle Benthaus, der Fahrer der Laufkatze, kaufte, und seitdem stand nun in der Garage ihr *richtiges* Auto. Sie putzten und wienerten es im Vorgarten und konnten sich nicht satt sehen an ihm. Der Wagen flimmerte in einem herrlichen Rot, Inges Lieblingsfarbe, vom Hersteller Lava getauft. Auch die Form wirkte ungemein schnittig, noch flach zwar am Heck, da älteren Jahrgangs – doch was für ein Kofferraum verbarg sich darin! –, alles andere aber rundum, von den breiten Rückleuchten bis zum Grill mit den vier ineinander verschlungenen Ringen, schien zu sagen: Hoppla, da bin ich ...

Freddi untersuchte wohl jede Schraube – ja, er erwies sich tatsächlich als *Fachmann* – und zündete, rein zum Vergnügen, hin und wieder den Motor. »Darin steckt doch Musik«, frohlockte er jedesmal.

Und Inge, schon nach der ersten Fahrt ins Blaue, durch die Landschaft getragen wie auf Kissen in der weichen Polsterung, so daß sie nicht einmal mehr ihre Spondylose spürte, war nun ebenfalls überzeugt, daß Freddi sich richtig entschieden hatte. »Weißte was«, sagte sie. »Am Wochenende, noch eh ich einen Brief an sie schreibe, besuchen wir damit Simone. Die werden staunen ...«

19

Das nächste Reizwort (diesmal im positiv verstandenen Sinne), das zwischen ihnen fiel, nahm, nachdem sie sich bereits über ähnliche die Augen zum Leuchten animierende Namen wie *Lago Maggiore* und *Schiefer Turm von Pisa* herangetastet hatten, einen nahezu exotischen Klang für sie an und lautete: SPANIEN.

Es scheint jedoch angebracht, diesen Vorgang ein wenig auch aus der Sicht von Otto Kuhnt zu betrachten, der, während seiner Vernehmung als Zeuge von Kommissar Dorneleit gebeten, doch einmal einen solchen Abend zu schildern, wie er sich des öfteren in der Weinlaube der Gütleins abgespielt habe, angab, daß ihm Freddi schon damals in seiner »total verblendeten Begeisterung für die Einheit Deutschlands ziemlich überdreht« vorgekommen sei und er ihn deshalb »vor allzu großen, an die Versprechen des Bundeskanzlers geknüpften Erwartungen« gewarnt habe. Umso böser, habe er ihm gesagt, könne dann eines Tages das Erwachen sein. Ja, er sei Kommunist und werde es bleiben. Fast sieben Jahre in den Zuchthäusern der Nazis und im Konzentrationslager Buchenwald, weil er als Bursche in vierzig Metern Höhe an einem Schornstein ein Plakat gegen Hitler und den Einmarsch seiner Truppen in die Tschechoslowakei aufgehängt habe, hätten ihm gereicht, auch für den Rest seines Lebens nicht, wie massenweise jetzt andere, umzufallen. Was wohl könne ihm noch passieren. Die Antifaschismus-Rente werde man ihm kürzen oder gar streichen, das ist alles, ansonsten sei er ein alter Mann, der schon seit langem um seine Ideale betrogen wurde. Punktum.

»Eigentlich begann es mit *Euplectes orix*, Herr Kommissar, wenn Sie wissen, was ich meine ...« Fragend sah er ihn an, und als Dorneleit etwas verblüfft dreinschaute und seinen Bürstenkopf schüttelte, fuhr er fort: »Mit dem Feuerweber ... Ach, den kennen Sie wohl auch nicht? Na, dann kommen Sie mal zu mir in die Voliere. Ich halte Prachtfinken, Witwen und eben auch Feuerweber. Das sind so kleine niedliche Vögelchen mit schwarzrotem Gefieder ...«

»Und was hat das mit Gütlein zu tun?«

»Gemach, gemach. Wir beide sind Zuchtfreunde. Doch er ist auf Sittiche spezialisiert. Und da behauptet er doch an diesem Abend allen Ernstes, *Euplectes orix* sei neuerdings auch an der ostspanischen Küste bis hinüber nach Mallorca beheimatet. Du spinnst, sagte ich ihm. Wovon du redest, das waren ein paar Irrgäste, die an der Costa Dorada, in der Nähe von Tarragona gesichtet wurden. Ich weiß es aus der wissenschaftlichen Literatur. Nach wie vor ist der Feuerweber, wie die meisten seiner Familienmitglieder, die *Ploceidae*, in den Tropen und dem Süden Afrikas zu Hause. Eine rühmliche Ausnahme bildet allein unser lieber Spatz mit seinen Verwandten. Der ist eine Art Weltenbummler und zeigt sich bei uns als *Passer domesticus* und *Passer montanus*, der Haus- und der Feldsperling.«

Dem Kommissar mochte dieser unvorhergesehene ornithologische Vortrag genügen. Auch wußte er nicht, ob der Alte nur quasselte, um ihn auf den Arm zu nehmen, und also kehrte er mit seinen Fragen auf den Donnerstag zurück, den neunzehnten September, an dem Otto Kuhnt Gütlein in den BÜRGERHOF begleitet und als letzter vor der Tat gesprochen hatte.

Jener Abend im Oktober aber bedarf trotzdem noch seiner Fortsetzung. Es scheint nicht ohne Belang, wie Freddi auf Spanien verfiel.

Das Datum war wichtig: Freitag, der Fünfte. Diesmal kam Inge zuerst die Idee. Eine kleine Nachfeier sei es schon wert, meinte sie noch am Mittwoch, darauf, daß Deutschland sich heute vereinigt hat. Du brauchst ja am Sonnabend nicht auf Arbeit, und ich mache mal blau und schlafe mich richtig aus.

Sie buk, was sie stets zu Feiertagen tat, einen Kuchen, mit Äpfeln und Streusel darüber, aber wohl mehr für ihren Appetit, da Freddis eher nach etwas Herzhaftem stand. Nun gut, auch er sollte seinen Willen haben. Sie brachte ihm Stichfleisch von frisch Geschlachtetem mit, nahm dazu Sauerkraut aus der Konserve, brutzelte dann in der Pfanne, bevor sie sich in die Laube setzten, Bratkartoffeln, während er bereits anderweitig vorgesorgt und mit dem Audi einen Kasten hochfeines Tucher Pilsener, gebraut nach dem *Bayerischen Reinheitsgebot von 1516*, geholt hatte, was ja nun ebenfalls täglich – aus Nürnberg – angeliefert wurde.

Zwar wehte am Abend von den Feldern schon eine empfindliche Kühle herüber, doch sie ließ sich ertragen, wenn man sich nur entsprechend kleidete. Inge trug ihren roten Pullover, darunter, selbst auf die Gefahr hin, noch fülliger zu erscheinen, einen zweiten, und er seine grobflächig rot und schwarz karierte Farmerjacke, die sie über den Katalog beim Ottoversand bestellt hatte. Das Laub über ihren Köpfen glomm im Licht der untergehenden Sonne in allen Farbschattierungen zwischen rostbraun, rot und gelb, und die Trauben des Weißen Gutedels im Spalier waren gerade reif und hingen zum Greifen nahe. Man konnte sie pflücken und die Süße der Beeren langsam auf der Zunge zerschmecken. Wahrhaftig, besonders an solchen Tagen im Herbst gab der Fleck einen Hauch von Schlaraffenland her. Die Enten im Teich platschten, schnatterten, sammelten eifrig mit ihren Schnäbeln die vorgeworfenen Kuchenkrümel auf, und die Sittiche in der Voliere unmittelbar nebenan plusterten ihr Gefieder und schwatzten vor sich hin. Freddi hatte wie üblich im Kamin ein Feuer angezündet; die Birkenholzkloben krachten, sobald die Hitze sie sprengte, und auch daran erwärmten sie sich, obgleich, je kühler es wurde, sie sich wie Grillwürste auf dem Rost hin und wieder der Glut zuwenden mußten, um nicht auf der einen Seite zu braten und auf der anderen zu frieren. Dann rückten sie auch schon mal dicht aneinander.

Doch nachdem sie so ihr privates Bankett auf die Wiedervereinigung lange genug ausgekostet hatten und von dem Apfelkuchen, dem Stichfleisch und Bier noch jede Menge vorhanden war, fragten sie sich, ob sie nicht den Rest des Abends mit Nachbarn verbringen sollten, wenigstens mit Otto Kuhnt und seiner Frau Hete.

Freddi, schon leicht angeschickert, ging hinüber, sie einzuladen, und da sie vor der Flimmerkiste glatt eingenickt wären, sagte Hete, wenn er nicht geklingelt hätte, brauchte er sie erst gar nicht zu nötigen. Sie warfen sich sofort in Winterkluft, banden Schals um den Hals und folgten ihm, obwohl dann Otto, als er den Grund für ihre Feier erfuhr, leise vor sich hinmuckerte, was Freddi denn auch heftigst monierte und ihn hinriß, seinen Nachbarn mit den dumm schwatzenden Papageien hinter dem Maschendraht zu vergleichen. Offenbar war Otto nicht gar so fest davon überzeugt, daß Deutschland nun seine Einheit, wie er sich ausdrückte, »vor aller Welt in Ehren« bestehen würde.

Vielleicht lag es daran, daß plötzlich die *Welt* im Gespräch war, vielleicht auch nur daran, daß sich lediglich Inge erneut an einen ihrer sehnlichsten Wünsche erinnert sah, den sie bereits, bevor die Kuhnts erschienen waren, geäußert hatte. »Jetzt haben wir zwar einen schönen

Audi«, hatte sie gesagt, »aber weiter als bis Neuenbrietzen, zu Simone, sind wir mit ihm noch nicht gekommen. Wir müßten mal eine ganz tolle, eine wirkliche Weltreise machen. Nach dort, wohin ich schon immer wollte. *Lago Maggiore*. Das ist Italien, und hör bloß, wie das klingt. Alle Filmstars, international, sonnen sich dort, und manche besitzen sogar eine Villa an dem See ...«

»Ladscho Madschore?« Freddi kannte zwar ebenfalls diesen Namen, doch entsprach es nicht unbedingt seinem Geschmack, mit Sophia Loren womöglich und Bud Spencer ins selbe Badewasser zu tauchen. »Hm. Nee. Wenn schon, denn schon nach Pisa, zum Schiefen Turm. Da möcht ich an Ort und Stelle mal sehen, wie das Wunderwerk tatsächlich noch hält, ohne daß es nach allen physikalischen Regeln nich umkippt.«

Das also war schon so gut wie beschlossen gewesen. Im Frühjahr würden sie beide ihren Urlaub nehmen. Und dann ab zum Lago Maggiore *und* nach Pisa. Das wäre ein Abwasch.

Und dann kam Kuhnt. Und nach den aufgewärmten, überfetten Scheiben Stichfleisch, zu denen nicht nur Sauerkraut, Senf und Bier, sondern auch, der besseren Verdauung wegen, ein paar Nordhäuser Doppelkorn gehörten, überdies wohl noch verärgert über Freddis Vergleich mit den Papageien im Käfig, platzte er heraus: »Und wißt ihr, wie ihr auf mich wirkt? Du mit deiner Jacke, Freddi, und Inge mit ihrem Pullover? Wie meine Feuerweber, wenn sie balzen. Schwarz und rot, piep – piep ... Schwarz und rot. Haha!« Dazu breitete er die Arme aus und ahmte einem flügelschlagenden Vogel nach.

Seine Frau, die immer bescheiden war, lächelte auch

diesmal bescheiden, zog aber schnell den Schal über ihre Lippen.

So also kam es zum Stichwort. Denn Freddi sann auf Rache und erwiderte: »Deine Feuerweber ... Glaub bloß nicht, du hast noch was Exotisches!« Und dann verstieg er sich zu jener Behauptung, über die noch ein Jahr später sogar Kommissar Dorneleit sich einen Vortrag anhören mußte: Die Feuerweber, in den von ihnen bekannten Schwärmen, so daß sie manchmal wie eine Wolke die Sonne verdunkelten, lebten schon längst nicht mehr nur hinterm Äquator, sondern bereits im Umfeld der Costa Dorada, an der Ostküste Spaniens.

»Du spinnst.«

»Nein. Ich sage die Wahrheit. Und um dir das zu beweisen, fahr ich im Frühling nun nich an den Ladscho Madschore und nach Pisa, sondern dorthin. Mit meinen eigenen Augen werd ich sie zählen, deine Euclepti – tae orix, deine ... Na eben, deine afrikanischen Spatzen.«

Wenn die Frauen nicht gewesen wären, hätten sie sich gewiß noch länger gestritten. »Wie die Kinder seid ihr«, entfuhr es beiden. »Nu is aber Ruhe«, schalt Inge, und auch Hete Kuhnt hatte dazu einen Spruch: »Sup di vull und frät di dick und holl din Mul von Polletik«, was freilich Otto erneut zu einem protestierenden Knurren veranlaßte.

Fortan jedoch drehte sich das Gespräch nur noch um die Reise.

Spanien. Ja. Die Costa Dorada. Und, Moment, was liegen denn dort für Nester?

Freddi eilte ins Haus und kehrte mit einem erst kürzlich erworbenen Shell-Atlas und einem Stoß Werbeprospekte zurück, Wurfsendungen, wie sie jetzt jeder in der Siedlung im Briefkasten fand. Nach einigem Suchen entdeckten sie darin auch Angebote für Flugreisen an die sonnigsten aller Sonnenstrände. Tarragona, Mallorca ... Aber nein! Fliegen, das käme garantiert nicht in Frage. Unser Audi gibt's her. Wozu haben wir ihn? Keine tausendsiebenhundert Kilometer von Tür zu Tür. Man hat auch noch was von Frankreich. Und in Spanien? Da ruhen wir aus, aalen uns. Nehmen ein Schiff übers Mittelmeer. Von Barcelona, wie hier steht, bis Palma nur achteinhalb Stunden. Morgens hin und am übernächsten Tag retour. Spottbillig die Hotelpreise. Wir fahren ja nicht zur Hochsaison. Guck mal. Für eine Übernachtung im Sant Jordi, Tarragona, Via Augusta, nur tausendfünfhundert Ptas – das sind runde vierzig D-Mark. Können wir uns doch leisten für zwei Wochen. Das ist doch geschenkt. Aber vielleicht finden wir noch einen kleineren Ort, mit einer ganz stillen Pension. Dann verzichten wir auf all den Rummel, Modenschauen, Nachtbars und Tanzabende. O, diese herrlichen Bilder! Das entschädigt. Ein Ausflug in eine echt spanische Hazienda. Und auf Mallorca erst! Palmen, Olivenhaine. Da kann man von den Bäumen die Orangen pflücken wie wir jetzt hier unsere Weintrauben. Blauer Himmel und glasklare Wellen. Und überall, soweit das Auge reicht, weicher, weißer Sand ...

»Und trotzdem«, nörgelte wieder Otto. »Ich würde mein Geld lieber festhalten. Wer weiß, was noch kommt.«

»Nee, nee. Davon bringt mich keiner ab. Das wird unsere verspätete Hochzeitsreise, nicht wahr, mein Täubchen? Der Mensch muß sich auch mal was gönnen.«

Ja, die Feuerweber verschonte er jetzt. Aber beim Abschied, mit etwas verklärten Blicken, ob nun bewirkt durch seine Zukunftsträume oder die Promille im Blut, wahrscheinlich durch beides, wollte er doch noch daran erinnern, daß er feldornithologisch durchaus Bescheid wußte und nicht umsonst neben Otto Kuhnt im Spartenvorstand der Ziergeflügel- und Exotenzüchter saß. Über die Straße rief er ihm nach: »Auf Mallorca, Otto, und an der Costa Dorada, da gibt's aber eine Menge Verwandte von unseren Grasmücken hier im Garten, dem Müllerchen und dem Mönch. So die Samtkopf- und die Weißbartgrasmücke beispielsweise und vor allem die seltene Sarden...«

Selbstverständlich. »Na, dann grüß sie mal recht freundlich.«

Otto kannte sich ebenfalls aus. Man war es ja dem Namen des Weges, in dem sie wohnten, verpflichtet.

20

Zu allem Unglück aber, das nun über sie hereingebrochen war, indem Freddi einen Mann getötet hatte, kam hinzu, daß auch ihre Kinder darunter leiden mußten, Fritzgerald und Simone öffentlich ausgeschmiert, von der Presse sozusagen in Sippenhaft genommen wurden. Die SATZ, die viertgrößte Abonnentenzeitung in Deutschland, wie sie stets betonte, übertrieb nicht nur, sie log. Wie die Hyänen, so sah es Inge Gütlein, stürzten sich ihre Reporter auf die am Boden liegende Familie und beteiligten über dreihunderttausend Haushalte mit wer weiß wieviel

Lesern am Fraß. Zumindest der Herr Ducknitz hätte sich, wenn er sich nur ein bißchen umgehört und Außenstehende befragt hätte, die Nachbarn beispielsweise, ein besseres Wissen und Gewissen verschaffen können.

Ganz und gar, das alles, was die Skandalblätter schrieben, sagten übereinstimmend Kuhnt, die Witwe Kusch und der Maurer Hagenau, sei aus den Fingern gesaugt. Fritzgerald sei nicht der Luftikus, als den man ihn hinstellte. Tausend Absprünge mit dem Fallschirm – die spinnen!, hundert höchstens und nur zum Spaß, bis er zur Fahne mußte, denn sonst wäre er ja in der Weltmeistermannschaft gewesen, und somit hielten sie auch die Behauptung, er habe sich nach Nürnberg abgesetzt, um einer eventuellen Anklage wegen Mittäterschaft zu entgehen, für ein reines Hirngespinst. Vielmehr glaubten sie Freddi und Inge aufs Wort. Der Junge hatte nur zu packen versucht, was vor ihm schon Hunderte getan und nach ihm gewiß noch Zigtausende tun würden: Arbeit zu finden im Westen. Außerdem war er bereits im Frühjahr gegangen, drei oder vier Monate vor der Tat.

Wie ein »geprügelter Hund«, ein »streunender Kater« (so die Vergleiche Hagenaus und der Kusch, die beide aus Erfahrung wissen mußten, wovon sie sprachen) sei Freddi herumgelaufen, nachdem ihm sein Sohn mitgeteilt hatte, er werde nicht länger im Osten bleiben, um auf Almosen angewiesen zu sein, sondern mit seiner Verlobten den Schwiegereltern folgen.

Ihr Verhältnis war stets ein gutes gewesen, wenngleich der Junge, anders als Simone, nein, nur weniger geschickt als sie, schon frühzeitig seinen eigenen Kopf gegenüber dem Alten hatte durchsetzen wollen. Den ersten größeren Krach zwischen beiden, jetzt zwischen *Männern* aus Fritzgeralds Sicht, gab es, als er gerade fünfzehn geworden, ein halbes Jahr zuvor die Jugendweihe hinter sich gebracht und in der Erweiterten Oberschule die ersten paar Wochen Englischunterricht genossen hatte. Da hänselten ihn plötzlich die Mitschüler wegen seines Namens, seine Eltern hätten wohl nicht einmal gewußt, wie sich Fritzgerald richtig schreibe, nämlich *Fitz*gerald, ohne *r*, wie bei Kennedy. Scheiß auf den amerikanischen Präsidenten, entgegnete er, Fritz heiß ich nach meinem Großvater. Doch weder väterlicher- noch mütterlicherseits existierte ein Opa, Ur- oder Ururopa, der je diesen Namen getragen hatte. Seine Eltern verzichteten ja auch stets auf dieses Fritz und riefen ihn Gerald, seine Klassenkameraden übrigens seit jeher Gerry, was sich fortan allerdings änderte und in Fitzi umgetauft wurde. Darüber tief beleidigt, kam er nach Haus, und Inge und Freddi mußten nun Rechenschaft ablegen. Tatsächlich, stellte sich heraus, hatte er es seinem Vater zu verdanken, in einer Marotte von ihm, einer Art stillen Verehrung für den Ermordeten, nach dem Präsidenten der Vereinigten Staaten benannt worden zu sein. Nur hatte damals der Standesbeamte nicht im mindesten eine ähnliche Sympathie für Amerikas Oberhaupt empfunden und zu bedenken gegeben, daß Fitzgerald – und wie wollen Sie das später denn ausgesprochen haben, *Ge* oder *Sche*? – irischer Herkunft sei, also kein deutscher Name, wohingegen Fritz ein sehr bedeutender, um den es sogar schade wäre, wenn er nicht wieder in Mode käme. Was Freddi Gütlein von seiner über den kalten Krieg hinweg gutgemeinten, philantropischen Geste allein hatte retten können, war, Fritzgerald wenigstens ohne Bindestrich in die Geburtsurkunde eintragen zu lassen. So also verhielt es sich, und zunächst begann Gerald zu flennen, da er sich nun auf ewig imperialistisch gebrandmarkt sah, und dann beschimpfte er seinen Vater, sparte auch nicht mit seinem politischen Protest gegen die USA, so daß Freddi sich fühlte, als sei er selber Weltpolizist, und dann setzte es Ohrfeigen, worüber wiederum Inge in Rage geriet, den Jungen schützend in ihre Arme schloß und ihren Mann ganz so behandelte, wie es im Sinne ihres Sohnes die überseeische Großmacht verdiente: »Ja, ja, immer druff auf die Kleinen. Daß de dich nich schämst, du, du – Gängster! Das haste nu davon, daß de damals wie verbohrt auf den Kennedy warst. Rainer, wie ich wollte, das hätte eben schöner und *reinlich* geklungen, nich wie nach Hauen und Schießen, und *er* hätte heute damit keinen Ärger …«

Einmal erst hatten sie Gerald in Nürnberg besucht, und auch das nur kurz, Anfang August auf der Durchfahrt in die Bayerischen Alpen. Sie wußten selbst nicht zu sagen, weshalb sie nicht auf der Rückreise erneut dort Station gemacht hatten, warum überhaupt sie sich nicht öfter, seit er im Westen wohnte, bei ihm, seiner Verlobten und seinen Schwiegereltern blicken ließen. Zuerst fiel es Inge auf, als sie im Shell-Atlas die günstigste Strecke nach Neuenbrietzen errechnen wollte, ob es nicht spritsparender sei, statt wie bisher westlich vorbei an Berlin quer durch die Stadt zu fahren, die Kilometerzahlen addierte und verglich und anschließend ein paar Karten weiterblätterte. Zweihundertundneunzig, mein Gott, staunte sie, und bis Nürnberg ist es sogar näher, zehn Kilometer, sind es nur zweihundertundachtzig?!

Umgekehrt aber war es nicht anders. Im Mai hatte Gerald die Heimat, sein Elternhaus, wo noch immer sein Mansardenzimmer für ihn bereitstand, obwohl er schon während des Studiums an der Ingenieurschule in Köthen zu Bylle, seiner Freundin, gezogen war, endgültig verlassen und ward seither im Grasmückenweg nicht mehr gesehen. Woran aber mochte das liegen? Es gab nichts, was zwischen ihnen Abneigung oder gar ein Zerwürfnis hätte hervorrufen können, nichts, was ihr Verhältnis zu ihm von dem unterschied zu Simone; sie liebten den Sohn wie die Tochter. Zu ihr jedoch fuhren sie aller zwei Monate, wenngleich auch sie ihre Besuche nur selten mit Mann und Kindern erwiderte. Das allerdings war wohl eingetaktet seit langem, war zur Gewohnheit geworden, rührte noch her, so nannte es Inge, vom Rhythmus aus Trabi-Zeiten. Doch jetzt, mit dem Audi, und Gerald immerhin mit einem Ford Fiesta, wie er schrieb! Die Fremde ... Anders konnte sie es sich nicht erklären. Kam sie nach Neuenbrietzen, war ihr dort alles vertraut, die Straßen, die Wohnblöcke, die Geschäfte, auch wenn die nun längst innen und außen aufpoliert waren und vor Reklame nur so strotzten, die Leute ... Es war wie daheim. Nürnberg hingegen, das blieb ihr fremd, schon in Gedanken. Es war eine andere Welt, und daran änderte auch nichts die fast gleiche Zahl an Fahrkilometern. Es drängte sie beide nicht, noch einmal in Langwasser einzukehren, erst recht nicht, nachdem sie sich in den Bayerischen Alpen wie die letzten Neandertaler hatten vorkommen müssen.

Gerald jedoch, ja, ihm, sofern sie ihm glauben konnten, daß er sich wohl fühlte dort, würden sie keine Steine in den Weg legen. Er gehörte jetzt ohnehin zu seinem

Mädchen wie das zu ihm. Dergleichen teilte er mit Simone, teilte er mit allen jungen Leuten, die flügge werden und ans Heiraten denken. Vielleicht war auch Sibylle der einzige *Licht*blick in Nürnberg gewesen, und das nicht nur wegen ihres schmucken, schulterlangen und leuchtend blonden Haares, sondern von ihrem Wesen her, sanft, still und trotzdem energisch. Sie paßte zu ihm, sie würde ihn auch von seinen letzten Kapriolen noch heilen. Seit er sie kannte, trieb es ihn nicht einmal mehr zu seinen Luftsprüngen mit dem Fallschirm. Und wenn er erst gar eine Arbeit fände, wie vor kurzem in Aussicht gestellt, wer könnte ihm dann noch verübeln, daß er dem Osten den Rücken gekehrt hatte und nun im Westen sein Glück versuchte? Seit es ihn selbst betraf, verstand ihn Freddi viel besser.

Lustlos hatte Gerald vor dem Abitur, mitten in der elften Klasse, die Erweiterte Oberschule verlassen und in der volkseigenen Industrie eine Klempnerlehre begonnen. Danach verpflichtete er sich für drei Jahre zum Dienst in der Nationalen Volksarmee, den er in den Wäldern um Cottbus ableistete, als Mechaniker beim Bodenpersonal einer Jagdfliegereinheit. Er brachte es bis zum Unteroffizier und bewarb sich noch während seiner Soldatenzeit für ein Studium zum Ingenieur für Pumpen und Verdichter. Von seinem Betrieb zwar mit den besten Empfehlungen delegiert, sah dieser jedoch nach seiner Rückkehr, obgleich mit blendend bestandenem Examen und trotz aller vertraglich vereinbarten Zusagen, keine Möglichkeit mehr, ihn bei sich unterzubringen. Die Pumpenwerke, in die Verwaltung der Treuhand überführt, erlitten das Schicksal der meisten ihresgleichen, wurden, wie es inzwischen im Wendedeutsch hieß, »abgewickelt«, so daß ihre sämtlichen wirtschaftlichen Beziehungen zu den sozialistischen Staaten auseinanderbrachen und ihre einst im Osten durchaus begehrten Produkte zu Schrott verkamen. Gerald Gütlein, der von diesem, wie er meinte, »Schlachtfest« nicht die geringste Hoffnung mehr erwartete, zögerte deshalb nicht lange und folgte mit Bylle, die als Technische Zeichnerin ebenfalls um ihren Arbeitsplatz bangen mußte, den Schwiegereltern nach Nürnberg-Langwasser, dem Ortsteil im Süden der Stadt.

Die waren bereits im Sommer vorigen Jahres dorthin gegangen und hatten, von Verwandten vermittelt, in den Blöcken im Viertel um die Dichterstraßen eine winzige und überdies schon leicht ramponierte Eigentumswohnung gemietet. Als Gerald und Bylle kamen, rückten sie alle zusammen; sie wollten in dieser Enge ja nicht bis in alle Ewigkeit hausen. Die Mutter half, was vorher anvisiert war, in der Wirtschaft – gelegentlich wohl auch im Laden – eines Nürnberger Zucker- und Lebkuchenbäckers. Härter hingegen traf es vorerst den Vater; mit seinen achtundvierzig Jahren fiel es ihm trotz aller Bemühungen schwer, eine gesicherte Anstellung zu finden. So jobte er mal hier, mal dort und stocherte zur Zeit für eine Recycling-Firma in Müllbergen herum, sortierte, wenn Freddi ihn richtig verstand, Gläser und Flaschen, die er – pfiffig, nicht wahr? – nebenbei nach Schnapsresten absuchte, diese dann heimlich zusammenschüttete, umfüllte und nach getaner Arbeit in den Regnitzwiesen, wo er bereits eine feste Kundschaft besaß, an Stadtstreicher verhökerte.

Schon nach dem zweiten Abend in Langwasser aber, an

dem Freddi Bylles Vater erlebte, hegte er den Verdacht, daß der sich ausgiebig selbst der Neigen bediente. In Köthen war er Gütekontrolleur gewesen. Und jetzt wiederholte er, schnapsselig grinsend und aus heiterem Himmel oft, mehrmals leiernd: Keine Angst, mein Alterchen, deine Hand für dein Produkt, dein Gerry – ein Erzeugnis ohne Fehl und Tadel, genehmigt, haha, und auch ich werd's schon noch packen. Auch hier brauchen sie welche mit Argusaugen ... Dabei zog er mit beiden Zeigefingern seine prallen Tränensäcke nach unten.

Um Gottes willen, dachte Freddi, wenn ich bloß selber nicht so verkomme wie der, nach allem, was jetzt der Maschan-Bau mir angetan hat ...

Er blickte besorgt auf Inge. Doch die zwinkerte ihm zu. Sie hatte ihm fest versprochen zu schweigen.

21

Mit Simone war über Geralds Entschluß, nach Nürnberg zu gehen, kaum zu reden. Ein Jahr lang hatte sie ihn nicht gesehen, nur von ihm gehört, über ihre Eltern und aus mager beschrifteten Glückwunschkarten; sie kannte weder seine Freundin noch interessierten sie beider Beweggründe, und fast schien es, als verachte sie jetzt ihren Bruder.

»In den Westen! Nie und nimmer! Mich brächte nichts und wieder nichts dazu, in den Westen zu ziehen!« Es klang, als begehe derjenige, der es trotzdem tat, in ihren Augen noch immer Verrat, *Republikflucht*. »Hier ist mein Platz und der meiner Familie. Widerstand ist gefragt. Damit die von drüben uns nicht ganz und gar ihr scheinheiliges, verkommenes, nur nach Geld stinkendes System überstülpen können. Was ist denn inzwischen aus uns geworden?« Sie belegte das Territorium, auf dem sich ehemals die DDR befunden hatte, mit wahrlich vernichtenden Namen, entlehnt der deutschen Geschichte, in der sie sich auskannte, und selbstverständlich von ihr als Synonyme gemeint: *Ostmark* – wie es schon einmal für Österreich nach der Angliederung durch den Braunauer Hitler geheißen hatte, *Protektorat Sachsen und Vorpommern* – im Vergleich mit jenem von Böhmen und Mähren nach dem faschistischen Überfall auf die Tschechoslowakei, *Kolonie Nordost* – als Pendant zum damaligen Deutsch-Südwest in Afrika zu Kaiser Wilhelms Zeiten, gar *Kohl-Archipel* – womit sie ostentativ an die einst nach Bismarck benannte Inselgruppe der Melanesier mit ihren fünf (fünf!) Verwaltungsdistrikten – Neupommern, Neumecklenburg und so weiter – unterm Wirtschaftsdiktat der großmachtbesessenen Neuguinea-Compagnie erinnern wollte. Sie konnte sich nicht zu erwähnen verkneifen, daß gerade dort Ende des vorigen Jahrhunderts nach einem gewaltigen ausbeuterischen Schwindelunternehmen Zigtausende von Eingeborenen, Sklaven und Knechte (und Gott sei Dank auch ein paar Dutzend Okkupanten), durch Hunger und ein verheerendes Fieber umgekommen waren. Und gelegentlich, mitten im Redefluß, griff sie auch zu einem ihrer dicht mit Merkzetteln versehenen Bücher in den Regalen der Schrankwand und las daraus vor. Was hatten Marx gesagt, Lenin, Bebel und Luxemburg? Einmal zitierte sie Sartre, aus seiner Schrift »Der Kolonialismus als System«.

»Das ist aus uns geworden. Hört es euch an. Was er über Algerien schreibt, trifft auch auf uns zu, den Osten: Zuerst die Widerstände brechen, die Kader zerschlagen, unterwerfen, terrorisieren. Erst dann wird das Wirtschaftssystem etabliert. Und worum geht es? Industrien in den unterworfenen Ländern zu schaffen? Keineswegs! Das Kapital wird in Frankreich bleiben, es wird einfach in neue Industrien investiert, die ihre Fertigwaren dem kolonisierten Land verkaufen ...«

Sie glühte, sobald sie sich dermaßen ereiferte und von einer rhetorischen Improvisation in die andere steigerte. Nicht, daß sie hektisch wirkte, sie sprach auch nicht laut, eher verhalten, wenngleich mit einer eindringlichen Schärfe, aber ihr schmales Gesicht überzog eine leichte Röte, verlief von den Wangen bis zu ihrer von dunklen Locken umrahmten Stirn. Ihre Lippen, sonst fein geschwungen, zuckten, man sah ihnen an, ob etwas aus ihrem Munde spöttisch, abfällig oder andererseits idealisch gemeint war, und manchmal unterbrach sie sich, lächelte plötzlich wie schuldbewußt, ihre schiefergrauen Augen nahmen wieder den Ausdruck gezügelten Ernstes an, und sie sagte: »Ich merke schon, ihr wollt mir nicht folgen, und ich möchte mich nicht streiten.«

Damit traf sie, was vor allem Freddi dachte. Als Kind und noch bis in ihr Backfischalter hatte er sie, wohl ihres Sanftmuts wegen und weil er stets mit Kosenamen sentimentalen Gefühlen nachgab, seinen »Goldsegen« genannt. Doch schon, während sie mit aller Leidenschaft Lehrerin hatte werden wollen und in Halle Geschichte studierte, war ihm dieses Wort immer schwerer gefallen. Sein Abstand zu Simone, anders als zu Gerald, empfand er, war von Jahr zu Jahr größer geworden, und tatsächlich, es lag daran, daß sie ihm mit dem Zuwachs an Wissen, mit ihrer zunehmend philosophischen Art, das Leben und selbst die tausend kleinen Dinge des Lebens zu beurteilen, ständig davoneilte. Manchmal hatte er sogar Sorge gehabt (und mit ihm auch Inge), sie könnte eines Tages vergessen, woher sie kam, wer Vater und Mutter waren. Das allerdings geschah dann doch nicht und stellte sich spätestens an jenem Abend während der Semesterferien heraus, als sie ihnen mitteilte, sie habe sich verliebt – unsterblich (was bedeutete: ein für allemal, und, wie alles bei ihr, Endgültigkeit einschloß), und zwar in einen *Arbeiter*, Holger Fach, und nächstes Wochenende besuche er sie im Grasmückenweg. Da, ja, da fiel ihnen beiden ein Stein vom Herzen. Wer sich solch einen Mann nimmt, dachte Freddi, der wird seine Herkunft nicht leugnen, und was machte es da schon aus, wenn sie von der Universität ihren Idealismus mitbrachte und von ihm – sie war eben Lehrerin! – selbst ihre Eltern überzeugen wollte.

Mit dieser Haltung war sie auch in die SED eingetreten, der übrigens Holger schon vorher angehörte. Sie aber ging weiter als er, meldete Ansprüche an, sie wolle, lautete damals ihre Begründung, nicht nur zahlendes Mitglied sein, sondern *verändern*. Natürlich die Welt (unter dem machte sie's nicht), die Schule, das Erziehungswesen, sogar die *Partei*. Sie konnte sich immerzu aufregen, über Bürokraten, Faulenzer, Karrieristen, vor allem über Duckmäuser, und auch bei solchen Gelegenheiten hatte sie bereits Marx und Lenin zitiert, war des öfteren, entsann sich Freddi, von einem gewissen Feuerbach die Rede gewesen. So erzog sie ihre Kinder, Tatjana, jetzt elf, Andreas, drei Jahre jünger, und ein wenig wohl auch ihren Mann, der daran – obgleich praktischer als sie, Starkstromanlagen baute, hin und wieder auch meinte, in seinem Betrieb käme sie damit nicht weit, dort müsse man Kompromisse schließen – zumindest keinen Anstoß nahm, nicht mit seiner rundum nahezu heiteren Geduldsfähigkeit. Soll sie so bleiben, sagte er, ich *liebe* ihren Dickkopf – für den Ausgleich sorge ich.

Ohne zu zögern, voll aus *Einsicht in die Notwendigkeit* (wie sie *ihren* Begriff von *Freiheit* stets definierte), ließ sie sich nach dem Staatsexamen in den – laut Kommission – »weniger gesegneten« Norden versetzen, nach Neuenbrietzen, wo es an Fachkräften für den Geschichtsunterricht mangelte. Holger, in seinem Beruf überall begehrt, ging mit ihr. Da aber Simone zugleich Staatsbürgerkunde studiert hatte, was nahezu automatisch die Option für gesellschaftliche Funktionen einschloß, wurde sie, kaum daß sie sich an ihrer Schule eingelebt hatte, zur Parteisekretärin gewählt, mit dem Blick bereits darauf, bald auch höhere Ämter zu bekleiden. Man brauchte sie nicht lange zu bitten, verhalf ihr doch diese Funktion zu größerem Einfluß, um ganz nach ihrer Fasson für mehr Gerechtigkeit eintreten zu können. Vielleicht aber verhielt sie sich dann zu kritisch, gar widerborstig und schoß mit der Zeit übers Ziel hinaus – jedenfalls wurde sie, so empfanden beide es heute, von ihrer übergeordneten Dienststelle (der Kreisleitung der SED oder dem Schulrat persönlich) hinweggelobt und diesmal – nach kurzem Ausflug in eine Berufsschule – wider ihren Willen vergattert, in einem Großbetrieb, den Armaturenwerken der Stadt, eine Bildungsstätte für Hinz und Kunz aufzubauen. Dort arbeitete sie knapp zwei Jahre, bis Ende neunundachtzig, und als diese Einrichtung dann wie viele andere ihresgleichen den gesellschaftlichen Umwälzungen zum Opfer fiel, bemühte sie sich, in ihren Beruf zurückzukehren.

Entgegen den später sehr luschig (oder tendenziös) geführten Recherchen der SATZ jedoch, nahm man sie nicht wieder als Lehrerin in der Rosa-Luxemburg-Schule auf, sondern wimmelte sie, indem man ihr ihre politische Vergangenheit vorrechnete, mit einer Anstellung als Hortnerin ab. Simone freilich war nicht von der Art, daß sie darüber verzagte, sich gar entmutigen ließ. Sie folgte nach wie vor ihrem Programm, das darin bestand, schon Kinder sehr ernst zu nehmen und sie kritisches Denken, Selbstbewußtsein und Aufrichtigkeit zu lehren. Auch in der Freizeit beschäftigte sie sich mit ihnen und genoß daher bald sowohl bei ihren Schülern als auch deren Eltern den allerbesten Ruf. Sie gründete eine Theatergruppe für Puppenspieler, in die sie jeden einbezog, der dafür Interesse zeigte, ob als Akteur, Bühnenbildner, Requisiteur oder Figurengestalter, inszenierte Märchen und Sketche, deren Texte sie meist selber schrieb, war auch schon dabei, den »Kleinen Prinzen« und die »Vorstadtkrokodile« zu dramatisieren und dafür die Puppen basteln zu lassen, und suchte unentwegt nach Gelegenheiten, bei denen sich ihr Ensemble öffentlich präsentieren und bewähren konnte und fand sie in Altersheimen und Kindergärten. Das alles, sagte sie, mache den Schülern – und ihr – einen Heidenspaß. Und Jana und Andi, die selbstverständlich der Truppe angehörten, sie als Darstellerin gräßlichster Charakterrollen (je böser, desto besser!), als Hexe, Wolf oder ewige Nörglerin, er als Kulissenschieber, klatschten dazu vor Freude in die Hände.

Holger Fach sah auch das mit Wohlwollen. Inzwischen hatte ihn sein Betrieb (ihn und die halbe Belegschaft) auf einen Platz gesetzt, für den der merkwürdige Terminus *Nullarbeit* erfunden worden war. »Was soll das denn nun heißen?«, fragte er. »Bin ich eine Null, ein Nichts – oder ist es die Arbeit?« Er hatte jedenfalls nur noch wenig zu tun; Starkstromanlagen, sofern sie im Lande überhaupt noch benötigt wurden, bauten längst andere Firmen, jene aus dem Westen mit den rennomiertesten Namen. Zwar durfte er sich kaum aus der Stadt bewegen, mußte auf Anhieb zur Verfügung stehen, sobald man ihn rief, doch oft genug saß er zu Haus, und statt dort zu verkümmern, gesund und im besten Mannesalter, statt herumzulümmeln, wie er es nannte, von morgens bis abends die Mattscheibe zu wischen oder sich wie andere seiner Kollegen in Kneipen zu tummeln, vollaufen zu lassen und über Gott und die Welt zu klagen, machte er sich in Simones Puppenspielkiste ebenfalls nützlich, übernahm die Rolle des Beleuchters und Geräuschemeisters und war für Blitz und Donner und das höllische Spektakel beispielsweise, wenn der Wolf die Großmutter verschlang oder die Hexe – von Jana furchterregend imitiert – Hänsel und Gretel im Knusperhaus braten wollte, zuständig.

Sprachen sie davon, konnte sich Freddi nicht satt hören, so auch beim letzten Mal, während ihres Besuchs im Juli. Für Simone und die Enkel hatten gerade die Sommerferien begonnen.

Inge wippte Andi auf ihren Knien, sang das Hoppehoppe-Reiter und ließ ihn jeweils am Ende des Liedes, indem sie die Beine spreizte, in den »Sumpf plumpsen«. Zwar fiel er weich, da ihr gespannter Rock ihn auffing, doch er tat nur widerstrebend mit, entwand sich schließlich ihrem Griff und maulte: »Ach, Oma, ich bin doch kein kleiner Junge mehr, aus dem Spielalter bin ich raus.«

»Soso, du Naseweis«, sagte sie etwas pikiert. »Aber so ist die Jugend heute. Viel früher erwachsen. Und paß bloß auf, Simone, daß er nich eines Tages auf krumme Wege gerät ... Man liest so schreckliche Dinge. Bei uns sollen es schon um die fünfzig Kinder sein, die obdachlos durch die Stadt streunen, von den Eltern verlassen. Wo hat es das früher gegeben ...«

»Das ist die *Freiheit*«, erwiderte ihre Tochter, verzog jedoch spöttisch den Mund, so daß Freddi sofort wußte, wie sie es meinte, und also nicht zu fürchten brauchte, sich erneut einen Vortrag von ihr anhören zu müssen, gespickt mit allen möglichen Zitaten aus ihren schlauen Büchern. »Na gut, ihr könnt sie ja nun demnächst in voller Pracht bewundern, dort, wo sie zu Hause ist, in Bayern. Und grüßt dann auch mal recht schön meinen Bruder.«

Freddi war froh, daß sie weiter darüber kein Wort verlor und ihn nicht auch noch einmal an Spanien und Mallorca erinnerte. Auch an Geralds Entschluß schien sie sich allmählich zu gewöhnen. Viel mehr Sorge hingegen bereitete ihm, daß sie nicht wenigstens ein paar Pflöcke von ihrer Gesinnung zurücksteckte. Dauernd in Opposition, gegen die Bonner Regierung und ihre Parteien, immer noch Mitglied der PDS und wer weiß welcher linken Heilsarmeegruppen. Was aber brachte ihr das schon ein? Dir schmeißen sie nochmal die Fensterscheiben ein, dachte er, verschwieg's jedoch, denn er hütete sich, sie zu reizen. Sie würde nur wieder ihre Radikaltour fahren, mitsamt Holger und den Kindern im Gepäck.

Und trotzdem, seine Sorge um sie war ehrlich, und zum Glück fand er in Inge eine Verbündete. Beim letzten Mal hatte es einige Andeutungen gegeben, die sie beide noch lange bedrückten, bis zum August dann, nach ihrer Reise, als ihnen Simone ihr Gedächtnisprotokoll schickte. Doch schon im Juli war ihren Worten zu entnehmen gewesen, daß sie von der Stadtverwaltung in Neuenbrietzen, da der Schulhort künftig ihr unterstellt werden sollte, eine Vorladung zu einem Personalgespräch erhalten hatte. Mitgeteilt wurde ihr das telefonisch von einem Mann namens Lilie, Amtsleiter seines Zeichens, der sich ihr gegenüber, wie sie sagte, höchst arrogant aufgeführt habe und den sie von früher her (woran freilich er sich nicht mehr zu erinnern schien) kannte: als Spitzenfunktionär der einst nicht gerade sehr unbotmäßigen, eher kaderschindenden Sportvereinigung Dynamo, der sich aber jetzt als eine Art Widerstandskämpfer aufspielte.

Freddi wußte natürlich von Leuten ähnlichen Kalibers in seiner Umgebung. Wieder einmal fiel ihm Ducknitz ein. Doch nicht das versetzte ihn in Unruhe. Nein. Etwas weit Schlimmeres lag in der Luft. Offenbar rechnete Simone damit, daß ihr gekündigt werden sollte.

22

Ohnehin scheint der Juli 1991 sich heute als jener Monat herauszustellen, in dem es für Manfred Gütlein hart auf hart kam, eine Hiobsbotschaft die andere jagte. Schon zum Quartalsbeginn hatte die MASCHAN-BAU GmbH über zweitausend ihrer Beschäftigten entlassen, Hilfskräfte, Angestellte, Arbeiter, und weitere sollten folgen. Zwar glaubte Gütlein, ihm könne ein Gleiches nicht widerfahren, auf seine Kenntnisse würde niemand verzichten, auch nicht die neuen Besitzer, und zur Not ließe er sich vom Meister zum Schlosser zurückstufen, doch noch ehe er sich darüber den Kopf zerbrechen konnte, traf es ihn wie ein Hammer aus anderer Richtung.

Soeben zurück von Neuenbrietzen, flatterte ihm mit der SATZ ein Artikel auf den Tisch, der zum ersten Mal die Forderungen Dr. Rothenburgers bekanntgab. Manfred Gütlein entsann sich genau; es war am selben Tag, an dem sich Atze Blatter, sein bester Schweißer, der Hühne, mit feuchten, verschwommenen Augen seine Papiere abholte.

23

Wenig später erschien das Interview, das auch den letzten Zweifel ausräumte. Und von diesem Tag an, bis zur Tat und womöglich noch bis zur Verurteilung, wollte ihn das Gesicht Dr. Rothenburgers nicht mehr verlassen.

Der Finanzdezernent, bisher nur im stillen wirkend, wurde mit einem Schlage bekannt, in der Region fiel fortan sein Name nicht weniger oft als der des Oberbürgermeisters von ***. Dafür sorgte bereits der Rummel der Medien; er trat vor diversen Fernsehkameras auf, und die Zeitungen veröffentlichten sein Porträt, jedesmal, wenn er zu seinen Thesen wieder etwas Neues zu sagen hatte oder besser: sie nur wiederholte. Es spukte durch Gütleins Hirn, verwirrte seine Sinne, erst recht, nachdem er ihm dann persönlich gegenübergestanden hatte, als Mitglied der Delegation, die ihm, dem Finanzgewaltigen der Stadt, im Rathaus den Protest sämtlicher Eigenheimbauer vortrug, an die eintausendzweihundert in der Kommune, wie sich herausstellte, die sich durch Dr. Rothenburgers Geldforderungen bedroht fühlten (und zählte man alle Familienangehörigen hinzu, kamen über fünftausend zusammen), erst recht, als er dabei für sich entdeckte, daß er nicht einen Zug in diesem Gesicht, wie es sich ihm von der Mattscheibe und vom Druck eingeprägt hatte, zu korrigieren brauchte. Es verfolgte ihn bis in den Schlaf, in die Träume, was man nun annehmen muß, obgleich es ihm jetzt, in der Zelle, manchmal wohl auch unter einem Blutschleier erschien, mit dem zerschmetterten Kinn, das sich ihm, halb unterbewußt, bei seinem letzten Blick auf den Toten noch ins Gedächtnis gegraben hatte.

Der Photograph der SATZ, die als erste den Dezernenten im Bild vorstellte, hatte ihn gut getroffen, was man von Pressephotos (dachte Freddi nur an sein eigenes Konterfei vor zwei Jahren) nicht immer sagen konnte. Eineinhalb Spalten breit stand es mitten im Text des Interviews und zeigte einen Mann in den Vierzigern. Natürlich hatte er sich im Sakko porträtieren lassen, trug darunter ein helles Hemd, gewiß schneeweiß, mit sorgsam gebügeltem Kragen, und eine exakt gebundene Krawatte. Seine Augen richteten sich, gleich wie man die Zeitung hielt, direkt auf den Betrachter, und obwohl sie hinter einer dunkelumrandeten Brille lagen, gaben ihre Gläser sie eher frei, als daß sie den im Moment des Blitzlichts eingefangenen Blick verbargen; Pupillen und Iris wirkten vergrößert, überdeutlich. Wohl auch daher fiel eine gewisse Strenge an ihnen auf, aber doch gepaart mit jener Art Gütigkeit, wie Freddi sie noch von manchem seiner Lehrer her kannte und die er Rothenburger, da er ihn bereits zu hassen begann, lieber nicht hätte zugestehen wollen. Die Lippen, weder schmal noch voll, normal geformt, waren unbewegt; von den Mundwinkeln verlief jeweils eine Falte nach unten, zu fein allerdings, um sie als Ausdruck von Verdrießlichkeit oder, wie von Freddi gewünscht, von Arroganz, gar Verachtung werten zu können. Schon eher besaß das Kinn, hier noch unversehrt, nicht zerschossen, hingegen kräftig, überproportional zum gesamten Gesicht, mit einer Kerbe in der Mitte und leicht nach vorn gereckt, jene Gestalt, von der es allgemein heißt, sie sei ein Zeichen von besonderer Energie. Den Kopf bedeckte, sofern man dem Schwarzweißraster trauen durfte, dunkelblondes gepflegtes Haar.

Schon in der ersten, dem Interview vorausgegangenen redaktionellen Meldung über eine vom Magistrat der Stadt einberufene Pressekonferenz war er mit seinen auch später für ihn typisch harschen Worten zitiert worden. Die Kaufverträge, erklärte er, die vor einem Jahr abgeschlossen wurden, entbehrten jeder Gesetzlichkeit und seien daher null und nichtig. Gott sei Dank, könne er da nur sagen, und zwar in Anbetracht des katastrophalen Finanzdefizits im städtischen Haushalt, sei bisher noch keine Eintragung in die Grundbücher erfolgt, was allein als Nachweis für die Rechtmäßigkeit von Besitz an jedem Quadratmeter Land zu gelten habe …

Das löste sofort Unruhe aus und erhob sich schließlich zu einem Aufschrei aller Betroffenen, der Häuslbauer in den Siedlungen ROSENGARTEN, AM HEIDERAND, VOGELSANG, in der Ortslage FREIIMFELD und selbstredend der FROHEN ZUKUNFT. Sein Echo hallte über die Telefone in die Amtsstuben des Finanzdezernats, blockierte für mehrere Tage die Leitungen, ließ bei jedem Anruf die Sekretärinnen erzittern, weil sie ihre Herren Bürovorsteher, die schon nicht mehr an die Apparate gingen, verleugnen und selber die Leute abwimmeln mußten, und überschüttete selbst die nun wirklich recht arg- und schuldlosen Putzfrauen dort, sobald niemand sonst noch im Rathause war, mit Beschimpfungen, Zornausbrüchen und sogar Drohungen. Ob übertrieben oder nicht, so jedenfalls schilderte es Dr. Rothenburger, wenngleich andererseits ziemlich herablassend, ungerührt, als er vor den Kameras begründete, warum er sich nun gezwungen sehe, vor die Öffentlichkeit zu treten. Er sei ja kein Feigling, sondern gelernter Realpolitiker und als solcher aus dem hessischen Wirtschaftsministerium hierher nach *** geholt worden, um im Gegensatz zu seinen drei Vorgängern im letzten Jahr, die ihm statt einer Kasse ein Chaos hinterlassen hätten, für Ordnung zu sorgen, was nichts anderes bedeute, als schwarze Zahlen zu schreiben, und freilich zugleich den Mut erfordere, auch unbequeme Wahrheiten auszusprechen, wovon eine denn laute: Wenn der Geldbeutel leer ist, muß man ihn wieder füllen. Das beginne beim Rechnen, und nicht anders verhalte sich jede gescheite, das heißt aufs Sparen bedachte Hausfrau. Er als Stadtkämmerer habe dieselbe Funktion, und außerdem erstens: Er handle lediglich nach bundesdeutschem Recht, das ja bekanntlich nun, nachdem sich die Brüder und Schwestern hier freiwillig spätestens bei den Landtagswahlen im Oktober vorigen Jahres ihm unterworfen hätten, auch im Osten gelte und woran die Leute sich, wohl oder übel, endlich gewöhnen müßten. Zweitens: Wer überdies sich so lautstark einst für die harte Währung der D-Mark entschieden habe, der dürfe sich jetzt weder wundern noch sollte er klagen, sobald Schritte unternommen würden – auch von ihm –, um sie nicht hinterrücks durch Spekulationen, beispielsweise in Form spottbilliger Grundstückspreise, aufzuweichen. Wenn in einer vergleichbaren Gegend etwa in München der Quadratmeter Land vierhundert, fünfhundert Mark und mehr koste, in Kleinstädten Niedersachsens immerhin noch hundert bis hundertundzwanzig, dann sei doch nicht einzusehen, daß er hier für ein Trinkgeld, für den Gegenwert einer Schachtel vermaledeiter Zigaretten (er war Nichtraucher) verschleudert würde.

Dr. Rothenburger, daran ließ er nicht den geringsten Zweifel, fühlte sich als Westmann und benahm sich auch so. Er machte daraus keinen Hehl, und jedes Wort meinte er ehrlich. Er war nun einmal in der Marktwirtschaft groß geworden; sie hatte ihn erzogen, er sie studiert und in ihr seinen Beruf gesucht, fand sie freilich reformbedürftig, wollte sie sozialer haben und trat deshalb der SPD bei – alles in allem aber blieb er in sie verliebt, wenn nicht geradezu verknallt. Ein nicht unwesentlicher Grad von Ehrgeiz mochte ihn ebenfalls getrieben haben, als er sich entschloß, die vakante Stelle des Finanzdezernenten in *** zu besetzen. Vielleicht sah er darin eine Möglichkeit, nicht länger, gar bis ins Rentenalter die Rolle irgendeines dritten Mannes, mehr oder weniger anonym, im hessischen Ministerium zu spielen, sondern sich zu profilieren. Dafür sprach, daß er, kaum eingetroffen im Frühjahr, mit dem Kassensturz begann.

Mitte Juli also erschien in der *Sachsen-Anhaltischen Tages-Zeitung* das Interview, und darin konnte man pur jeden seiner Gedanken und Sprüche nachlesen, besaß sie nun schwarz auf weiß, womit auch alles Gerüchteflüstern verstummte. Befragt wurde er von einem Lokalredakteur, denn Hagen Ducknitz nahm sich seiner mitsamt der Vorgeschichte erst an, nachdem er getötet worden war.

SATZ: *Herr Dezernent, es scheint, als würde es um die Grundstücksverkäufe aus dem Jahr 1990 zum Rechtsstreit kommen, was den sozialen Frieden in der Stadt beträchtlich stören könnte.*

DR. ROTHENBURGER: *Das ginge dann nicht von der Stadt aus, sondern von jenen, die nicht begreifen oder wider besseres Wissen nur so tun, als begriffen sie nicht, daß die Gesetze im vereinten Deutschland nun auch für alle Deutschen verbindlich sind.*

SATZ: *Um dem nachzugehen, baten wir Sie um dieses Gespräch, um Erläuterungen aus Ihrer Sicht. Sie haben neulich vor dem Plenum der Stadtverordneten, und zwar im Namen des Magistrats, Ihre diesbezügliche Vorlage eingebracht. Bleiben Sie bei dem Text oder würden Sie ihn auch noch einmal überdenken?*

DR. ROTHENBURGER: *Er ist, bis auf wenige Schönheitskorrekturen, endgültig. Was ich allein noch bewirken kann, ist, den Käufern nochmals deutlich zu machen, was eigentlich rechtens ist. Daß Sie mir dazu Gelegenheit geben, dafür danke ich Ihnen. Also: Gesetze, gleich welcher Art, behalten auch dann ihre Gültigkeit, wenn sie den Vertragspartnern nicht bekannt waren. Un-*

kenntnis, lautet ein altes Sprichwort, schützt nicht vor Strafe – auch, muß ich in unserem Falle hinzufügen, nicht vor der Annullierung falsch abgeschlossener Verträge. Konkret: Bereits am 17. Mai 1990 wurde die Kommunalverfassung verabschiedet, die den bis dahin unter Volkseigentum geführten Grund und Boden den Städten und Gemeinden zuschlug und sie verpflichtete, Grundstücke nur zum vollen Wert und mit Zustimmung der Rechtsaufsichtsbehörde zu veräußern. Beides wurde bei den vorliegenden Kaufverträgen, deren Abschluß ja erst nach jenem Stichtag im Mai vorigen Jahres erfolgte, umgangen.

SATZ: *Aber die Schuld hierfür liegt doch beim Magistrat, damals noch Rat der Stadt genannt!*

DR. ROTHENBURGER: *Selbst wenn es stimmt, was Sie sagen, so hat dennoch kein Bürger das Recht, sich daraus einen Vorteil zu verschaffen, sich daran privat zu bereichern. Der Kaufpreis für die 1200 Grundstücke, um die es sich etwa handelt, orientierte sich nicht am vollen Wert und kam daher faktisch einer Schenkung gleich. Zu fragen ist, da diese Vorgehensweise immer wieder mit einem Beschluß der Modrow-Regierung begründet wird, was die damit bezweckte. Wem wollte sie damit dienen? Wen wohl gar belohnen? Es riecht nach Unrecht! Und deshalb wird auch die Bezirksregierung als Rechtsaufsichtsbehörde diese Verträge nicht genehmigen.*

SATZ: *Nochmals: Die Verträge wurden seinerzeit durch Notare bestätigt, und die Stadt ließ sie von ihren Justitiaren mit Siegel und Unterschrift absegnen. Wieso also soll jetzt der Käufer für die Versäumnisse der Stadt büßen?*

DR. ROTHENBURGER: *Weil der Gesetzgeber so entschieden hat. Von ihm werden besonders die Städte und Gemeinden geschützt, obwohl sie durchaus gegenüber dem Bürger die Stärkeren sind und gewiß auch über die besseren Rechts- und Wirtschaftskenntnisse verfügen. Er läßt sich davon leiten, daß die Kommunen die Gemeinschaft aller ihrer Einwohner sind, und will verhindern, daß daraus einzelne Nutzen zu Lasten der anderen erzielen.*

SATZ: *Indes, man wirft Ihnen vor, Sie hätten die Bezirksregierung, die als Rechtsaufsichtsbehörde fungiert, unzulässig beeinflußt?*

DR. ROTHENBURGER: *Eine pure Verleumdung! Und sie geht von der PDS aus, der Verwalterin der Konkursmasse der SED, wie man weiß, und an deren Spitze eben ein Mann wie der Herr Modrow stand und steht. Sie enthielt sich übrigens der Stimme, als vor ein paar Tagen im Liegenschaftsausschuß des Stadtparlaments mein Konzept beraten und von allen anderen Parteien gutgeheißen wurde. Was uns hingegen wirklich zu schaffen macht, ist die große Rechtsunsicherheit der Behörden im Osten, besonders, sobald es Grundstücksfragen betrifft. Nach nunmehr gesamtdeutschem Recht, festgeschrieben auch in der Kommunalverfassung, die ich bereits erwähnte, bilden nun einmal Grund und Boden das Fundament, das Eigentum, von dem ein Besitzanspruch abhängt, und nicht die Betonplatte des Kellers oder was sonst irgendwann darauf erbaut wurde, ob Laubhütte oder Einfamilienhaus. Also habe ich meine Bedenken zu den Verkäufen dem Innenminister der Landesregierung mitgeteilt. Dennoch gestattete er zunächst der Bezirks-*

regierung, den Verträgen von damals zuzustimmen. Daraufhin habe ich auch der Bezirksregierung meinen Standpunkt klargemacht ...

SATZ: *Folglich nahmen Sie doch Einfluß?*

DR. ROTHENBURGER: *Ich hielt es für meine Amtspflicht. Wenn eine Stadt der Meinung ist, die ihr übergeordnete Aufsichtsbehörde könnte in die Irre gehen, dann ist es lediglich ein Gebot des Anstands, sie auf jene Fehler hinzuweisen, die womöglich nur ihrer Unkenntnis entstammen. Wie richtig es war, läßt sich daran erkennen, daß die Bezirksregierung mittlerweile meine Auffassung teilt. Ein solcher Vorgang ist demokratisch und in einem Rechtsstaat völlig normal.*

SATZ: *Die Verträge sind also gekippt. Nun fordern Sie Nachzahlungen. Wieviel verlangen Sie denn von den Käufern?*

DR. ROTHENBURGER: *Das ist eine einfache Rechnung. Der Marktpreis für den Quadratmeter an Grund und Boden bewegt sich zur Zeit in jenen Ortslagen, die es betrifft, zwischen 90 und 120 DM, so daß man – und ich bitte das als unser Entgegenkommen zu verstehen – etwa die Hälfte, 45 bis 60 DM, ansetzen sollte, abzüglich jeweils der Summe von 3 bis 5 Mark, die bereits vor einem Jahr entrichtet wurde. Die Käufer könnten Kredite aufnehmen, wenn sie nicht in der Lage sind, sofort zu zahlen. Über Sonderregelungen, z. B. für Familien mit mehreren Kindern im schulpflichtigen Alter, ließe sich reden.*

SATZ: *Was hätte die Stadt davon?*

DR. ROTHENBURGER: *Ich schätze, es brächte ihr 30 bis 40 Millionen Mark ein, was in etwa – und stellen Sie sich vor, wir müßten anderenfalls unser Opernhaus, die*

Museen und gleich noch ein paar Fördervereine der Künste schließen, was dann? – dem Kulturetat für dieses Jahr entspräche.

SATZ: *Sie beharren unnachgiebig auf Ihrer Position?*

DR. ROTHENBURGER: *Selbstverständlich. Es ist doch nicht einzusehen, daß die Stadt darauf verzichtet und gewissen Leuten für billiges Geld ein solch wertvolles Geschenk sozusagen auf dem Silberteller serviert. Inzwischen erfahre ich auch genügend Unterstützung von anderen Bürgern. Auch die melden sich brieflich oder telefonisch bei uns. Und außerdem: Ich werde in meinem Schreiben an die Betroffenen jeden darüber belehren, daß er gegen meine Entscheidung das Gericht anrufen kann. Nicht wenige allerdings akzeptieren bereits den Rechtsstandpunkt des Magistrats und wollen Änderungsverträge abschließen.*

SATZ: *Herr Dr. Rothenburger, wir bedanken uns für dieses aufschlußreiche Gespräch.*

24

Als Gütlein das Interview las, obzwar von den Gerüchten und der Meldung am Tage zuvor längst darauf eingestimmt, fuhr ihm trotzdem ein Schreck durch die Glieder. Er saß zunächst wie gelähmt, ihm war, als müsse er ersticken. Er brauchte frische Luft, lief durch den Garten, unter die Weinlaube, streute den Vögeln Futter hin, obwohl bereits seine Frau sie versorgt hatte, tat auch sonst noch allerhand unnützes Zeug und kehrte schließlich ins Haus zurück, um sich den Text noch einmal vor Augen zu führen. Besonders biß er sich an den Antworten am Ende fest, dort, wo Dr. Rothenburger mit seinen Zahlen herausrückte. Mit knirschenden Zähnen nahm er sie in sich auf, kaute sie laut vor sich hin, damit ihm ja nichts entginge; ihm sei, sagte er später zu Otto Kuhnt, dabei »das Messer in der Tasche« aufgeklappt. Was hatte denn er mit Modrow am Hut, außer daß er ihm ein einziges Mal, als sie alle endlich ihr Grundstück hatten kaufen können, dankbar gewesen war? Was gar mit der PDS? Und wieso sollte er auch zu jenen – wie es dort stand – *gewissen Leuten* gehören, die ihren Reibach machen wollten? Nein, nein! Er war kein Bonze! Er hatte sich nie einer Partei angeschlossen. Er hatte nur ehrlich geschuftet, sich Tag und Nacht bis auf die Knochen geschunden, sonst nichts. Es sei eine *einfache Rechnung*. So behauptete Rothenburger. Freddi gab auch Inge das Interview zu lesen, und nachdem sie ihre erste Empörung und zugleich Ratlosigkeit, gar ihre Ängste, da sie, mehr instinktiv als schon aller Folgen bewußt, eine große Gefahr auf sich zukommen sahen, überwunden hatten, holten sie aus der Schrankwand, unter den Spitzendeckchen und Nippes, sämtliche Kassenbelege hervor, die Abrechnungen für die fixen Haushaltskosten, das Büchlein mit den Einnahmen und Ausgaben und begannen, wie schon einmal im Juli, vor einem Jahr nach der Währungsunion, ihr Geld zu zählen.

Sie besaßen noch knapp fünfzehntausend Mark auf dem Konto. Bei der Schüssel für den Empfang der Satellitenprogramme war es ja nicht geblieben; zu Weihnachten hatten sie sich auch, sozusagen gegenseitig neben ein paar Kinkerlitzchen, einen modernen Fernsehapparat geschenkt, mit Videotext, sechzig Programmspeichern und Bedienung von der Couchecke aus. Zwar brachten sie monatlich jetzt, nach der Lohnerhöhung zum allmählichen Angleich an das Niveau der Westtarife, ihre gut zweitausendvierhundert nach Hause, doch inzwischen waren die Preise für Gas und Strom enorm gestiegen, die Gebühren fürs Wasser und die Müllabfuhr, und niemand wußte, in welche Höhen sie noch klettern würden. Fünftausend waren als Anzahlung für den Audi 80 draufgegangen, und sechs Monatsraten zu je fünfhundert standen noch aus. Schon munkelte man, der Magistrat bereite einen Beschluß vor, um die Versorgung mit Stadtgas auf Erdgas umzustellen. Zwar würde sich das mit der Zeit rentieren, doch bedurfte es dazu in den Häusern der Installation eines völlig neuen Heizungssystems, womit der alte Ofen im Keller und die Leitungsrohre nur noch zum Schrott taugten. Fünfzehntausend mindestens würde ein solcher Einbau kosten, sagten jene, die sich bereits von entsprechenden Firmen hatten anwerben lassen, meist Ablegern aus dem Rheinland, die mit dem allerfeinsten Know-how, von den Düsen bis zu den Thermostaten, würden aufwarten können ...

»Mein Gott«, stöhnte Freddi und wischte sich den Schweiß von der Stirn, »das frißt unser ganzes Konto leer. Wir können nur froh sein, daß wir wenigstens noch zur DDR-Zeit das Dach neu gedeckt haben. Dreißigtausend, hast du gehört?, dreißigtausend mußte letzte Woche Ole Gingel, hat er mir erzählt, dafür hinblättern.«

»Jaja«, sagte Inge, »und mit unsrer Reise nach Spanien und Mallorca wär wohl nu wirklich nischt geworden. Man gut, daß wir uns die aus dem Kopf geschlagen und für die Bayerischen Alpen entschieden haben. Kiefersfelden – das macht ja auch 'n bilderbuchschönen Eindruck.

Oder wollen wir nich lieber auch darauf verzichten? Unter zweitausend kommen wir dafür nich weg …«

»Auf gar keinen Fall. Denk dran, wir haben uns nie was gegönnt. Das is unsre Hochzeitsreise. Und 'n bißchen Luftveränderung, vor allem nach diesem Skandal hier, der zum Himmel stinkt, haben wir bitter nötig.«

Am härtesten aber trafen sie die unerbittlichen Forderungen Dr. Rothenburgers, nachträglich für die Grundstücke einen höheren Kaufpreis anzusetzen. Nähmen sie lediglich an, sie lägen im Schnitt und bräuchten für den Quadratmeter Land nur fünfzig Mark nachzuzahlen, so hieße das für sie – 847 mal 50 –, eine Summe von über 42 000 aufzubringen, ZWEIUNDVIERZIGTAUSEND!

Inge wurde blaß. Sie rechnete nochmals nach, doch nichts daran änderte sich. »Nein, nein. Nie und nimmer können wir soviel Geld auftreiben. Woher denn? Ach, Freddi, was soll denn nun werden?«

Und daraufhin hatte er wohl zum ersten Mal die Worte gebraucht: »Laß nur, mein Mädchen, laß nur. Ich find einen Weg.«

Er hatte sie fest in die Arme genommen und an sich gedrückt. Sie hörte ihn keuchen und spürte, wie er zitterte.

Sein nächster *Weg* aber führte ihn vorerst ins Katasteramt, von manchen neuerdings auch als Liegenschaftsamt bezeichnet, was jedoch in der Sache keinen Unterschied macht. In ihm stapelten sich in endlosen Kolonnen, in Karteien erfaßt, aneinandergereiht in verstaubten Regalen oder nur achtlos in irgendwelchen Ecken zu Haufen geschichtet, die Mappen mit der Dokumentierung eines jeden Grundstücks im Verwaltungsbereich der Stadt, und wie alle seine Nachbarn und Leidensgefährten fortan, so hoffte auch Manfred Gütlein, daß dem Dr. Rothenburger zuvorzukommen sei, indem man dort schnellstens sein Eigentumsrecht registrieren ließe. Bei der erneuten Durchsicht der Hausakten hatte er gefunden, daß es am Schluß seines Kaufvertrages, vom Notar beurkundet, folgenschwer hieß: *Es wird beantragt, diese Rechtsänderung in das Grundbuch einzutragen.*

Warum aber hatten sie alle nicht schon früher darauf gedrungen? Gewiß, sobald es jemand aus der Siedlung versucht hatte, war er stets, höflich zwar und um Verständnis gebeten, mit dem Hinweis vertröstet worden, die Mitarbeiter des Amtes seien bei dieser Häufung von Änderungsanträgen und der sowieso mit der Vereinigung Deutschlands hereingebrochenen Flut von ungeklärten Vermögensfragen, Besitzansprüchen aus dem Westen und Rückgabeverweigerungen aus dem Osten, völlig überlastet und man solle sich gedulden. Wer hätte bis zu diesem Tag denn auch ahnen können, daß hier plötzlich ein Fremder auftauchte, ebenfalls Westmensch, sich mit breitem Hintern auf den Geldsack der Stadt setzte, die Gesetze auf den Kopf stellen und ihnen, den Siedlern, an die Gurgel gehen wollte?

Damit begann ein Rennen und Retten (wenn's das denn noch wäre), Hasten und Hetzen auf das Amt, und ehe Freddi es sich versah, befand er sich mittendrin.

Er hatte extra einen Tag Urlaub genommen, zur Sprechzeit am Dienstag (und schon am Sonnabend nächster Woche wollten Inge und er in die Alpen reisen), hatte da auch zum ersten Mal in seinem Betrieb erwähnt, daß es Ärger mit seinem Grundstück gäbe, worauf die Kollegen ihm Glück wünschten und ziehen ließen. Hau ab, Freddi, hast doch sonst niemals blaugemacht. Das ist jetzt wichtiger für dich, als hier nur Däumchen zu drehen.

Er hatte nur schlecht geschlafen, sich deshalb verspätet, frühstückte gallig, packte die Hausakten in seine Tasche und ging.

Das Amt lag, schaute man genau hin, in einer halb verrotteten Villa am Ufer des Flusses, die früher einem Fabrikbesitzer gehört hatte und bis zu dessen Enteignung nach dem Kriege wohl noch mondän hätte genannt werden können, die aber, da in der DDR die Masse an Grund und Boden verstaatlicht gewesen, demzufolge das Kataster und seine Herbergen ein Schattendasein führten, nie renoviert worden war, so daß sich längst der Putz von den Backsteinmauern gelöst hatte, nur noch hier und dort häßliche Flecken bildete und die Fenster schief und mit fast rohen, grün angeschimmelten Holzrahmen in den Leibungen hingen. Die Eingangstür öffnete sich knarrend und war nur mit einem heftigen Stoß wieder zu schließen. Er stieg zwei halbe Treppen mit wackligen Geländern hinauf und betrat, oben angelangt, einen engen, doch langgestreckten Korridor, in dem sich bereits eine Menge Menschen drängte, zwanzig vielleicht, dreißig, von denen jeder, wie er bald erfuhr, aus demselben Grunde gekommen war. Doch sie hatten sich sämtlich früher als er auf den Weg gemacht, und einer, der dann auch, kaum daß sich Freddi der Reihe nach angestellt hatte, als erster in das mittlerweile auf alle ominös wirkende Büro gerufen wurde, sagte, er habe sich bereits nach Mitternacht hierherbegeben und auf der Parkbank vor der Villa Posten bezogen.

Obwohl von dem Korridor mehrere Türen abführten, hinter denen sich allerdings kaum etwas regte, nur gelegentlich jemand heraustrat oder hinein, schien allein dieses Zimmer für die Belange der Siedler zuständig zu sein. So vergingen Stunden, und mit jeder schwoll der Unmut der Leute an, zumal der eine und andere, nach relativ kurzer Abfertigung, zehn Minuten im Schnitt, den Raum mit enttäuschtem, frostigem Lächeln verließ und nur mit den Schultern zu zucken wußte. Nichts, nein, wir sind die Gelackmeierten ... Mancheiner in der Warteschlange gab auf, müde geworden, grüßte zum Abschied, einen Fluch auf den Lippen, und stahl sich davon. Anders jedoch Freddi. Keinen Fußbreit würde er weichen. Und wenn es bis spät in den Abend dauern sollte und ihm schon jetzt vom Stehen das Kreuz schmerzte. Er wollte Gewißheit haben, sein Recht, und vielleicht dachte er hier auch zum ersten Mal: Entweder die Stadt oder wir, dieser Rothenburger oder ich ...

Einmal kam die Sprache auf den Kredit, den der Finanzdezernent ihnen empfohlen hatte, damit sie mit ihm die geforderten Nachzahlungen begleichen könnten. Alles Lug und Trug, der will uns zum Narren halten, rief einer der erst später Eingetroffenen, ein Mann aus dem ROSENGARTEN, mit Muskelpaketen eines Schwergewichtlers, wie zu sehen war, da er schon kurz nach seiner Ankunft, der stickigen Luft wegen, die Jacke ausgezogen und die Hemdsärmel hochgekrempelt hatte, weshalb Freddi vermutete, daß er einen harten körperlichen Beruf ausübte, Maurer war oder Schmied. Er habe sich inzwischen bei seiner Bank erkundigt, sagte er. Das ist wie auf Glatteis, eine Rutschbahn, ein Teufelskreis, in den du hineinschlidderst. Kredit kriegste nur, selbst auf dein Haus, wenn du im Grundbuch stehst. Sonst zahlt dir die Bank keinen Pfennig. Doch eingetragen sollste nur werden, wenn du den Boden gekauft hast, und zwar zu den neuen Bedingungen, zu dem Preis, den dieser Halsabschneider verlangt.

Obwohl Freddi und Inge niemals erwogen hatten, sich von ihrer Sparkasse finanzieren zu lassen, fühlte er sich durch die Worte des Mannes erst recht bestätigt. Nie, nein, nie würden sie sich in Schulden stürzen. Das hatten sie sich für ihr Leben geschworen. Und das eine Mal, als sie es trotzdem getan, beim Bau ihres Hauses, da war ja alles noch anders, gesetzlich geregelt gewesen. Zinslos damals, so daß sie diesen Kredit nebenbei hatten tilgen können. Doch jetzt? *Zweiundvierzigtausend!* Womöglich mit elf Prozent Zinsen oder mehr, wie man hörte. Das wäre ihr Ruin.

Endlich, gegen Mittag, wurde er in das Zimmer gebeten. Nun stand er da und war schon verwirrt. Am Schreibtisch saß eine Frau, recht jung, wie er noch wahrnahm, die ihn zunächst freundlich begrüßte, sich aber dann, nachdem er sein Anliegen genannt hatte, ziemlich pikiert zurückzog, nahezu versteifte und schon rein äußerlich Ablehnung zeigte, womit sie wahrscheinlich auch seine Vorgänger bereits in Zorn versetzt hatte. Da erst sah er, daß sie übermäßig geschminkt war, die Lippen knallrot, die langen Fingernägel lackiert – doch nicht das störte ihn. Ihn brachte der plötzliche Wandel in ihrem Verhalten auf, ihre Teilnahmslosigkeit, die Distanz, in die sie ihm gegenüber flüchtete. Ja, es erregte ihn so, daß er sich später nicht einmal mehr entsann, wie alles im einzelnen abgelaufen war.

»Alle Eintragungen in die Grundbücher, wie in Ihrem Fall«, sagte sie, »wurden storniert.«

»Storniert? Was heißt das?«

»Nun ... Kennen Sie sich denn nicht aus? Ihr Besitzanspruch für das Grundstück im Grasmückenweg steht damit vorerst noch in Frage.«

»Aber ... In meinem Kaufvertrag ...« Freddi klappte seine Aktentasche auf und zog ihn heraus. »Da, lesen Sie. In meinem Kaufvertrag ist es mir zugesichert worden.«

»Stecken Sie's wieder ein. Das galt noch zur DDR-Zeit. Nicht mehr heute.«

»Wieso?«

»Das müssen Sie schon Herrn Dr. Rothenburger vom Magistrat fragen. Er hat unser Amt angewiesen, die Eintragungen ruhen zu lassen. Tja, und lesen Sie denn keine Zeitung?«

»Das ist Unrecht«, platzte es aus ihm heraus. »Sie wollen mich abwimmeln. Doch das laß ich mir nicht gefallen. Ich will Ihren Vorgesetzten sprechen.«

»Der kann Ihnen auch nicht helfen. Die Anweisungen sind für jeden verbindlich.«

»Auch daß ich bestohlen werden soll? Mein Eigentum unter die Räuber fällt?«

»Ich bitte Sie, mäßigen Sie sich.«

»Ich will Ihren Vorgesetzten sprechen, den ... den Leiter dieser verdammten Bruchbude. Wo sitzt er, wo?«

Gewiß hatte er auch noch andere Flüche parat, so daß ihn die Frau kurzweg stehen ließ und nicht mehr beachtete. Sie schüttelte ihre Lockenpracht, erhob sich von ihrem Platz, ging zur Tür und rief den nächsten herein.

Freddi stürzte hinaus. Wütend lief er den Korridor entlang, blickte weder nach rechts noch links, bemerkte schon kaum noch die Anwesenden, hörte nicht einmal hin, als ihn jemand beruhigen wollte, und suchte die Türen ab. Da, auf einem Schild stieß er auf einen Namen mit der daruntergesetzten Inschrift: Amtsleiter.

Hinter dem Schreibtisch saß diesmal ein Glatzkopf, und die Tortur begann von vorn. Der Mann tat jedoch nicht einmal überrascht, schaute kaum auf, als er Freddi anfuhr, und wühlte statt dessen weiter in einem Papierberg unter seinen Händen.

»Was erlauben Sie sich ...« Offenbar hatte er schon den Lärm vom Korridor her gehört und war somit auf Freddis Auftritt gefaßt oder die Frau vom Nebenzimmer hatte ihn telefonisch darauf vorbereitet. »Ich bitte mir Ruhe aus. Ich habe zu arbeiten.«

»Sind Sie der Chef hier? Von diesem Laden?«

»Was, bitte, wünschen Sie?« Nun hob er doch die Augen.

»Meinen Eintrag ins Grundbuch.«

»Tut mir leid ... Ich kann für Sie genauso wenig tun wie meine Kollegin. Beschweren Sie sich beim Magistrat. Er hat uns angewiesen, die Eintragungen zu stornieren.«

Die gleichen Worte. Die gleiche Gelassenheit, Ablehnung, Kälte.

»Und Sie ... Wer überhaupt sind Sie, daß Sie so mit mir umspringen? Nichts anderes als ein Handlanger sind Sie, ein Werkzeug des Unrechts.«

Freddi schluckte. Diesmal war er den Tränen nahe.

»Noch ein solches Wort, mein Herr, und ich verklage Sie wegen Beamtenbeleidigung. Ich bin Angestellter dieser Stadt. Nicht mir steht es zu, über Recht oder Unrecht zu entscheiden. Und nun, ich bitte Sie, gehen Sie. Alle Verantwortung liegt beim Magistrat. Aber das sagte ich ja bereits ...«

So ähnlich mußte es sich zugetragen haben. Schließlich sah er ein, daß sein Gang hier am Ende war, es länger keinen Sinn haben würde, mit diesen Bürokraten zu streiten. Er drehte sich um, brüsk und verbittert, und verließ den Raum, den Korridor, vorbei an den Wartenden, verließ das Amt mit nun ebenfalls enttäuschtem, frostigem Lächeln und zuckenden Schultern. Er hatte nichts erreicht, nichts. Und als er Inge davon berichtete, stammelte er grübelnd noch vor sich hin: »Trotzdem ... Ich find einen Weg, ich find ihn ...«

25

Ende Juli kam es auch zum Prozeß. Die Witwe Kusch, die Nachbarin der Gütleins zwei Häuser weiter im Grasmückenweg, hatte den Magistrat der Stadt verklagt, und zwar, wie es juristisch benannt wurde, »wegen Eintragung der Eigentumsänderung im Grundbuch«.

Die Eröffnung des Verfahrens war auf zehn Uhr vormittags angesetzt, doch schon lange vorher herrschte in den gewöhnlich höchsten Respekt einflößenden Hallen des Gerichts ein solch tumultartiger Andrang, wie ihn seit der Einweihung dieses neugotischen Rennomierbaus um die Jahrhundertwende noch niemand dort gesehen hatte. Aus allen Richtungen, in denen nur ein paar der umstrittenen Grundstücke lagen, eilten die Leute in Scharen herbei, verstopften bereits eine halbe Stunde vor der Zeit Gänge und Flure, und immer noch kamen Nachzügler hinzu. Für sie war der Raum, wo der Prozeß stattfinden sollte, längst außer Sicht geraten, doch jeder wollte in seiner Nähe sein, stieß und drängelte sich voran, um von der Verhandlung, wenn es denn soweit wäre, ja nichts zu verpassen. Er aber böte ohnehin nur einigen Dutzend Zuhörern Platz, und sobald seine Tür, die jetzt noch fest verschlossen und mit Siegellack gesichert war, geöffnet würde, drohte er gestürmt zu werden und wäre hoffnungslos auf Anhieb überfüllt.

Dergleichen fürchtend und, angesichts der brodelnden, murrenden, sich quetschenden und schon gegenseitig auf die Füße tretenden Menge, um Ärgeres zu verhüten, entschloß sich die federführende Richterin, schon in Robe und mit einem Aktenpack unterm Arm, zu einem Handel mit der ihr übergeordneten Behörde. Sie schilderte die Situation und bat, vorbeugend gewissermaßen, gleich in den größten Saal, den das Gebäude aufzuweisen hatte, umziehen zu dürfen, in den des Bezirksgerichts, der gemeinhin nur den Strafkammern vorbehalten blieb. Der lag im ersten Stock, auf halber Ebene der Eingangshalle, hinter einer zur Plattform geweiteten, von Marmorsäulen gestützten und mit vergoldetem Geländer umgebenen Galerie, zu der auf beiden Seiten breite, im Bogen geführte und ebenfalls mit Marmor verkleidete Treppen aufstiegen. Doch bald wimmelte es auch auf den Stufen bis weit hinunter von Männern und Frauen, die nun vergebens auf Einlaß warteten, nachdem es endlich einem Justizbeamten gelungen war, die schweren Flügel der dunkelbraunen, reichlich mit Schnitzwerk versehenen

Eichenholztür zu schließen, damit die Verhandlung in aller gebotenen Ruhe ihren Anfang nehmen konnte.

Das aber blieb dennoch ein frommer Wunsch des Gerichts. Der Lärm von hier draußen, das Summen und Brabbeln der unzähligen Stimmen drang während des gesamten Prozesses in den Saal, setzte sich nach drinnen fort oder schwappte umgekehrt zurück, schlug hoch, hier wie dort, sobald nur jemand seine Empörung hinausschrie, seinem Zorn mit Zwischenrufen Luft zu verschaffen suchte, die Richterin ihn daraufhin ermahnte und einmal sogar drohte, sämtliche Zuhörer des Raumes zu verweisen. Gleichzeitig aber mußte sie wohl spüren, daß es dafür längst zu spät war, es sei denn, sie hätte Polizeischutz angefordert, was sie jedoch, um nicht noch einen größeren Skandal zu riskieren, weislich unterließ.

So währte denn das Interregnum, die Gewaltenteilung sozusagen zwischen der Justiz und der Straße, bis zum Schluß, abgesegnet freilich durch den Spruch, der, noch ein Überbleibsel von früher und in – Marmor gemeißelt, über dem Portal im Innern des Gerichtsgebäudes zu lesen war: ALLE MACHT GEHT VOM VOLKE AUS.

Nur die Gebrechlichen, die Kranken unter den Siedlern, für die das Warten zur körperlichen Strapaze wurde, zogen sich nach und nach zurück. Die anderen aber – an die siebenhundert, schätzten nächsten Tags die Zeitungen – harrten aus, wankten nicht und wichen nicht. Sie wollten das Urteil hören. Denn der Prozeß ging sie alle an. Er war der erste seiner Art, der Präzedenzfall, und die Streitfrage, auf den Kern gebracht, hieß für sie: Durfte der Magistrat laut Gesetz, wie er immer öfter behauptete, die Eintragung der Grundstücke in die Grundbücher verweigern oder stand das Recht nicht doch auf ihrer Seite?

Inge Gütlein hatte sich, unter Einsatz ihrer fast zwei Zentner Körpergewicht, gerade noch in den Saal zwängen können. Dort stand sie nun eingepfercht im Gang zwischen den Bänken fürs Publikum und der getäfelten Wand, inmitten einer Menschentraube, von der sie dermaßen unsanft an das Holz in ihrem Rücken gepreßt wurde, daß sie bis aufs Fleisch die kantigen Pannelen spürte und ihr fülliger Busen schmerzte und sie sich erst mit ein paar energischen Püffen aus dieser Enge befreien mußte, um wieder zu Atem zu kommen. Freddi hingegen, ihr Mann, blickte auf eine kunstvoll geschnitzte Rosette der unmittelbar vor seinen Augen soeben ins Schloß gefallenen Tür, die er zwar dann mehrmals einen Spalt breit zu öffnen versuchte, um in die Verhandlung hineinzuhorchen, was ihm jedoch stets verwehrt wurde, offenbar von dem Beamten, der sie drinnen bewachte. Später allerdings ließ der es geschehen, indem er sich damit nur der Richterin anschloß, die längst vor der Menge kapituliert hatte, so daß Manfred Gütlein fortan als Dolmetscher zwischen den Leuten im Saal und denen auf der Galerie und den Treppen fungieren konnte.

Er hatte als einer der ersten erfahren, daß Dorothea Kusch, das Dortchen, sich einen Anwalt genommen und gegen den Magistrat prozessieren wollte. Die bekanntermaßen rauflustige Witwe aus dem Grasmückenweg – man erinnere sich nur an den »Katzen-und-Hunde-Krieg« – war ja schon früher nicht zimperlich gewesen, wenn es galt, vor Gericht zu ziehen. So auch diesmal. Bereits im April, lange bevor es offiziell wurde, indem die

Stadt aus dem Munde ihres Finanzderzernenten verkündete, sie fordere Nachzahlungen, schwante ihr nichts Gutes und reichte sie ihre Klage ein. Der Anlaß war kein anderer als jener, dem sich wenig später sämtliche Siedler gegenübersahen. Sie wollte ihr Haus renovieren lassen und verhandelte mit Firmen, die wärmedämmende Fenster einbauten und Dächer neu deckten. Doch deren Kostenanschläge waren von einer Höhe, die sie schwindlig machte, und so stand sie vor der Wahl, entweder weiterhin mit Wannen und Schüsseln unterm porösen Dach den Regen aufzufangen und den Wind durch die Fensterritzen blasen zu lassen oder bei ihrer Sparkasse einen Kredit aufzunehmen. Der aber wurde ihr nicht gewährt, mit der Begründung, die Bank brauche Sicherheiten für die regelmäßig anfallenden Zinsen, ihre Rente reiche dafür nicht aus, etwas anderes sei es, wenn sie nachweisen könne, daß ihr Grundstück und somit der Boden, auf dem ihr Haus steht, ins Grundbuch eingetragen sei. Doch das verweigerte schon im April die Stadt.

Also wandte sie sich, kampfesmutig – wie sonst? – und ohne zu zögern, im vollen Vertrauen auf die Erfahrungen ihrer bisher schon mit Hauen und Stechen geführten und meist gewonnenen Prozesse an einen Rechtsanwalt, der ihren Fall auch sofort übernahm. Nur in einem hatte sie sich – *verrechnet*. Ihre Kriegslust geriet plötzlich ins Wanken. Denn mit einem Mal wurde ihr klar, daß sich die Zeiten ja inzwischen gründlich verändert hatten. Es geschah, als ihr der Anwalt schon für die ersten paar läppischen Stunden, in denen sie ihn konsultiert hatte, bis hin zum Einreichen der Klageschrift eine Vorauszahlung präsentierte, wogegen die Beträge, die sie früher (und auch da schon fluchend) seinen Zunftgenossen gezahlt hatte, sich ausnahmen wie Trinkgelder. Was für eine Unsumme käme erst auf sie zu, würde sie ihren Streit mit dem allmächtigen Magistrat verlieren und vom Gericht verdonnert, sämtliche Kosten zu tragen!

Der Schock löste bei ihr, die nicht als sehr zartfühlend, eher als listig, gar boshaft galt, eine solche Ernüchterung aus, daß sie ihr bislang streng gehütetes Geheimnis preisgab und sich in ihrer Not Inge Gütlein anvertraute, und die erzählte es Freddi.

Nein, Schadenfreude kam nicht auf. Im Gegenteil. Denn da sich inzwischen schon die halbe Siedlung vom Finanzdezernenten, dem Herrn Dr. Rothenburger, und erst recht vom Liegenschaftsamt verschaukelt fühlte, war man überzeugt, sich zur Wehr setzen zu müssen, was in logischer Konsequenz nur heißen konnte, eine BÜRGERINITIATIVE zu gründen. Flugs wurde ein Aufruf verfaßt und, auf Handzetteln gedruckt, in den Häusern aller Betroffenen verteilt. Man war sich einig, fortan gemeinsam einen Rechtsanwalt zu bemühen, blieb schließlich bei dem der Witwe Kusch, da er seit Urzeiten in der Stadt praktizierte, man ihm deshalb am ehesten allerbeste Kenntnis der DDR-hausgemachten Sorgenfalten zutraute, sein Büro auch den schlechtesten Ruf nicht genoß, und dem Dortchen die Kosten nicht mehr allein zu überlassen, sondern sich künftig in sie zu teilen (wozu selbst ihr Nachbar, Maurer Hagenau, zustimmend knurrte: Gott geb's, mag sie auch noch so närrisch sein ...).

Die erste INITIATIVE der nunmehr zu allem entschlossenen Bürgerwehr vom FREIIMFELD im Norden, dem ROSENGARTEN im Süden, vom HEIDERAND und VOGELSANG im Osten bis zur FROHEN ZUKUNFT im Westen bestand denn auch darin, der arg geprellten Rentnerin, der einer herzlosen Bürokratie ausgelieferten armen Witwe Dorothea Kusch neben der rechtlichen *moralische* Unterstützung und ihr während der schweren Stunden des Prozesses scharenweise Geleit zu geben.

Wunderdinge allerdings, etwa im Glauben darauf, durch die Inszenierung eines solchen Massenauflaufs das Gericht im Sinne der Klägerin gefügig machen zu können, waren nicht zu erwarten, und man muß es der Sachlichkeit Dr. Wünschers, des Rechtsanwalts, dem ohnehin jeder Populismus fremd war, zugute halten, den Sprecherrat der Siedler vor dergleichen Illusionen auch gewarnt zu haben. Er mühte sich nach alter Gewohnheit eher redlich, verließ sich allein auf die Aussagekraft der Paragraphen, selbst als ihm sein weit jüngerer, auf rhetorische Effekte bedachter Widersacher dann oftmals in die Parade fuhr. Dr. Wünscher, von kräftiger und, obwohl dem Greisenalter schon nahe, sportlicher Gestalt, mit streng geschnittenem Gesicht und schlohweißem Haar, strahlte schon äußerlich Ruhe aus, und wenn er ironisch wurde, bissig (wobei er jedesmal stürmisches Klatschen und beifälliges Gelächter aus dem Publikum erntete), blieb er trotzdem im Rahmen der vorgegebenen Texte, plädierte wie es »im Buche stand«. Er beharrte bis zum Schluß auf die Vertragserfüllung seitens der Stadt, und zwar in Treue gegenüber den Gesetzen, ja, DDR-Gesetzen, die zum Zeitpunkt, als die Kaufverträge abgeschlossen wurden, uneingeschränkte Gültigkeit besessen hätten. Der Streit um die Eintragsgenehmigung könne daher nicht zu Lasten seiner Mandantin gehen, die ihr Grundstück vollkommen rechtens erworben habe. Nicht eine Zeile, kein einziger Federstrich, der auf eine Nachbewertungsklausel hindeute, gar eine Nachzahlung, wie jetzt von der Kommune gefordert, in Aussicht stelle, sei in dem damals notariell beglaubigten Dokument zu finden. Als sein stärkstes Argument führte er schließlich ein Schreiben an, das er vom Justizministerium Sachsen-Anhalts eingeholt hatte und in dem die Verträge zu den alten Grundstückspreisen anerkannt wurden. Der Stadt warf er vor, sie wolle landesweit als einzige daraus ausscheren, womit sie sich freilich nur zum Gespött im deutschen Rechtsraum mache. Denn wenn sie, was ihr aber wohl abgehe, nur ein wenig realistischer zu denken in der Lage wäre und einmal über ihr Weichbild hinaus, über den eigenen Gartenzaun blicken würde, in die umliegenden Gemeinden der Nachbarkreise, würde sie gewahren müssen, daß dort vergleichbare Käufe längst in den Grundbüchern verbrieft und besiegelt seien. Welch eine Gesetzeswillkür wolle denn sie mit ihrer Ignoranz heraufbeschwören, wenn, wie so selten nicht, die Verwaltungsgrenze quer durch die Dörfer verlaufe und auf der linken Straßenseite der Quadratmeter Boden mit drei Mark Ost seines Preises für angemessen erachtet wurde, während er nun auf der rechten mit fünfzig bis sechzig Mark West Wuchergeschäften anheimzufallen drohe.

Der Justitiar der Stadt hingegen – und man muß erklärend hinzufügen: ein Mann, der erst vor kurzem (und woher sonst?) aus Wiesbaden, der hessischen Landeshauptstadt, gekommen war – verteidigte von Anfang an die Ansprüche des Magistrats mit dem Hinweis darauf, daß die Verkäufe nur unter der Bedingung rechtsgültig gewesen wären, sofern die Bezirksregierung, die Rechtsaufsichtsbehörde, der die Kommune unterstehe, sie genehmigt hätte. Das aber sei bis heute nicht der Fall, obwohl dies, wie auf jedem der Papiere nachzulesen, und zwar nicht nur in *einer* Zeile, sondern in einem ganzen, grammatikalisch rundum einwandfreien und daher unmißverständlichen Satzgefüge, das einer Anordnung gleichkomme, schon damals als Voraussetzung beurkundet worden sei. Und warum wohl, fragte er deklamatorisch, habe die Bezirksregierung sich damit ausdrücklich ihre Zustimmung vorbehalten? Eben weil sie, auch im Hinblick auf die Klägerin, sich ihrer Verantwortung bewußt war und verhindern wollte, daß die Grundstücke unter Wert veräußert, zum Billigpreis sozusagen aus dem Rathausfenster geworfen und den Käufern auf nahezu kriminelle Art schönes, gutes Geld in den Allerwertesten gesteckt würde ... An dieser Stelle erreichte der Tumult mit Buh-Rufen sowohl von drinnen als auch draußen und mit einem tosenden Geschurr mit den Füßen unter den Bänken seinen Höhepunkt. Doch der Justitiar, einmal in die Pose des Rhetorikers geraten, nun mit großen Gesten um sich werfend, die Arme schwenkend wie weiland Cicero vor dem römischen Senat, als er Catilina entlarvte, ließ sich auch dadurch keineswegs erschüttern. Angesichts der katastrophalen Finanzlage der Stadt, rief er, ohne erst abzuwarten, bis die von der Richterin wütend, mit sich überschlagender Stimme geforderte Ruhe eintrat, über die Köpfe hinweg, sei, ja, sei besonders und gerade nachträglich ein solch geringer Verkaufserlös nicht zu rechtfertigen. Dann bezog er sich (und gebrauchte es ebenfalls als sein stärkstes Geschütz) auf ein Schreiben des Bundesinnenministers, wonach Verträge, deren Abschluß auf dem Modrow-Erlaß beruhten, nicht a priori genehmigungspflichtig seien. Punktum, Herr Kollege, und wenn ich Ihnen raten darf, so braucht es Ihrerseits wohl noch einiger Praxis, um sich im Bundesrecht auskennen zu lernen ...

Etwa mit diesen Worten war der Frontverlauf klargeworden, weiter nichts. Doch ging das nicht aus wie das Hornberger Schießen, dem nachgesagt wird, es habe, weil von beiden Seiten das Pulver nutzlos verschossen, weder bei Feind noch Freund Wirkung erzielt?

Auch die Richterin, die kleine, zierliche und zwischen den beiden Männern recht harmlos anmutende Frau, schien überfordert gewesen zu sein. Sie vertagte den Prozeß und kündigte das Urteil zu einem Termin nächster Woche an. Als sie es dann sprach, und zwar diesmal unter Ausschluß der Öffentlichkeit, fiel es zugunsten der Partei Dr. Rothenburgers aus, dessen Thesen aus seinem Interview man ohnehin – wie die Siedler empfanden, allen voran Manfred Gütlein – während der gesamten Verhandlung herausgehört hatte, nur wiedergekäut von dem Justitiar, so als seien sie ihm ständig ins Ohr geflüstert worden.

Dr. Wünscher konnte die Witwe Kusch und mit ihr alle seine anderen Klienten nur trösten, indem er versprach, in die Berufung zu gehen, und wenn es erforderlich wäre, bis zu den höchsten deutschen Gerichten.

26

Zwei Wochen nach der Tat, in der Festausgabe der SATZ zum 3. Oktober, dem nun in den nationalen Feierstand erhobenen und zum ersten Mal schwarz-rot-gold inclusive Bundesadler beflaggt und arbeitsfrei begangenen TAG DER DEUTSCHEN EINHEIT, erschien auf Dr. Anselm Rothenburger ein Nekrolog unter der ausgesucht schlichten, knappen, doch gerade wohl deshalb, da in dicken schwarzen Lettern vier Spalten breit gesetzt, ungemein auffälligen Überschrift: EIN WAHRER DEMOKRAT.

Verfaßt und unterschrieben hatte ihn Hagen Ducknitz, womit er erstmals, zumindest mit vollem Namen, sein Interesse an dem für die Stadt so außerordentlichen Gewaltverbrechen bekanntgab und, wenngleich noch indirekt, öffentlich anzeigte, daß er fortan die laufenden Untersuchungen mit journalistischen Argusaugen zu beobachten gedachte. Warum es ihn allerdings gerade jetzt und in dieser Form dazu trieb, bleibt schleierhaft. Man kann auch das nur ahnen, wenn man weiß, was er in seinem Nachruf (und späteren Artikeln) verschwieg, gelegentlich aber, hinter vorgehaltener Hand im Kollegenkreis, dennoch ausplauderte. Außerdem, es ließen sich auch andere Zeitungen nicht lumpen und brachten hier und dort so manches aus dem Leben des Finanzdezernenten ins Gerede, was seinem Bilde schon näherkam.

Denn die Töne, die Hagen Ducknitz anschlug, waren mehr oder weniger von der Pietät gegenüber dem Toten (oder sollte man sagen: vom Pathos) überdeckt und klangen – auszugsweise – so:

»Aus bescheidenen Verhältnissen stammend, war der Charakter dieses Mannes stets von Bescheidenheit geprägt, und Hoffart blieb ihm bis zu seinem frühen Tod, kurz nach Vollendung seines 45. Lebensjahres, fremd. So hat er gearbeitet, still einst im Ministerium des Landes Hessen, still auch in unserer Stadt und nur das eine Ziel vor Augen: ihrem Wohle zu dienen. Ihn hatte die Pflicht hierhergerufen, die Pflicht, ohne Schonung für sich selbst all seine Kenntnisse einzusetzen, um der maroden, von den früheren Machthabern in den Abgrund geführten Wirtschaft wieder auf festem Boden zu verwurzeln und zum Blühen zu verhelfen. Man mag sein Wirken Idealismus nennen, Besessenheit von der Idee der Marktfreiheit. Doch dagegen, weil es ihm zu eng erschienen wäre, hätte er sich wohl zuallererst gewehrt. Es war allein sein Verständnis von wahrer Demokratie, das ihn leitete, das für ihn hieß: Die Gemeinschaft steht über allen anderen Interessen, über jenen von Bürgergruppen, Parteien, obwohl er selber einer angehörte, erst recht über den Wunschvorstellungen, dem Egoismus einzelner. Erst als ihm nichts anderes blieb, wagte er sich aus der Klause seines Büros hinaus in die Öffentlichkeit, trat ins Rampenlicht, mehr hineingezerrt als selbst gewollt, und wer sehen konnte, sah: Er tat es mit geblendeten Augen angesichts der für ihn ganz ungewohnten Situation. Befiel ihn da schon Furcht, ein Verdacht, daß er zum Opfer werden könnte? Und wenn, so nahm er allen Mut zusammen, um seiner inneren Stimme von demokratischer Pflichtauffassung zu gehorchen. Doch welch eine Tragik! Hätte er doch in aller Bescheidenheit weiterhin sein Werk getan und sich nicht vor den Pistolenlauf eines Ewiggestrigen begeben! So aber teilt er nun das Schicksal mit dem vor einem Jahr erschossenen Detlev Rohwedder, hingestreckt wie er von Mörderhand, wie er ein Pionier der deutschen Einheit, die wir morgen – und das Wort erstirbt uns auf den Lippen – feierlich begehen ...«

Nein, das ergibt kein realistisches Bild, um so mehr, als von manchen seiner Kollegen – ehemaligen und jetzigen – zu erfahren ist, daß Hagen Ducknitz sich bereits früher eines ähnlichen Stils bediente, ebenfalls in Gedenkartikeln, zuletzt im Januar neunundachtzig aus Anlaß des siebzigsten Todestages von Rosa Luxemburg und Karl Liebknecht.

Als Dr. Rothenburger nach *** kam, änderte sich für ihn, was seinen Tages-, Wochen-, Monatsrhythmus betraf, so gut wie nichts. Er wohnte in einer der feinsten Gegenden Kassels, in einem, wenngleich zu gepfefferter Kaltmiete, großzügig gebauten Haus im Bungalowstil, und fuhr, in der Regel sonnabends hin und montags zurück, lediglich statt nach Wiesbaden hierher. In Luftlinie gerechnet, unterschieden sich die Entfernungen zwischen den Städten, von seinem Heimatort bis zu seinem alten sowohl wie neuen Arbeitsplatz, kaum, und nur, sobald er die Autobahn nutzte, um auf den gewundenen und ramponierten Straßen quer durchs Thüringer Land dem nervenaufreibenden Gegenverkehr zu entgehen, und bei Bad Hersfeld nun nicht mehr wie bisher nach Westen, sondern nach Osten abbog, mußte er eine längere Strecke in Kauf nehmen. Aber auch das störte ihn wenig. Ihm war sofort ein Mercedes 400 SEL als Dienstwagen zur Verfügung gestellt worden, mit einem im Bedarfsfall jederzeit erreichbaren Chauffeur, so daß er das Auto nicht selbst zu steuern brauchte, sondern auch während der Fahrt, in der Dunkelheit bei eingeschalteter Leselampe und vorgezogener Jalousie, Berichte und Vorlagen wälzen konnte und darüber höchstens einmal den Kopf hob, um sich zu erkundigen: Wo sind wir? Wie lange dauert es noch?

Viel mehr Worte als diese, gar ein persönliches, vertrauliches Gespräch gab es zwischen ihm und dem Fahrer während des halben Jahres ihrer gemeinsamen Routen nicht. Dr. Rothenburger war von Anfang an darauf bedacht, ihr Verhältnis auf die dienstliche Ebene zu beschränken, und den Chauffeur, der sich hinter dem Steuer, wie er zuweilen klagte, »verlassen wie Hiob von Gott« vorkam, schmerzte wohl am meisten, daß ihm sein schweigsamer Chef, ein erbitterter Feind allen blauen Dunstes, das Rauchen untersagt hatte. Allein dann auf der Rückfahrt qualmte er um so mehr, aber auch schon nach der Ankunft in Kassel durfte er sich eine Zigarette leisten, im über und über mit Pflanzen bewucherten Wintergarten, wo ihm jedesmal die Frau des Hauses eine Pause gönnte, ein Kännchen Kaffee vorsetzte und wenigstens sie ihn nach seiner Familie fragte, nach Kind und Kegel und »wie sich denn jetzt nach der Wende das Leben drüben im Osten anlasse«.

Sie mochte spüren, daß sich ihr Mann wieder einmal nicht sehr kontaktfreudig benahm, manchmal die Arbeit auch nur vorschützte, um sich zu verschanzen, denn, ja, er würde wohl nie, wie so viele andere in seiner Partei, ein Volkstribun werden. Doch wollte er es überhaupt sein? Um jeden Preis? Es hatte ihn damals schon, vor nunmehr neun Jahren, den Sieg gekostet, und zwar deutlich, mit drei Viertel der Stimmen gegen ihn, als er, obgleich erst kurz nach seinem Übertritt, aber trotzdem von der Fraktionsspitze vorgeschlagen, zum Parlamentarischen Geschäftsführer der SPD in Kassel gewählt werden sollte.

Sie kannte ihn wahrhaftig lange genug, seit der Studentenzeit in Gießen, und mittlerweile waren sie achtzehn Jahre verheiratet, besaßen drei Söhne, der älteste sechzehn, Gymnasiast, und der jüngste, das Nesthäkchen, der eigentlich nicht mehr geplant gewesen war, fünf.

Manchmal bedauerte sie, daß er immer noch oder wieder »durch die Welt« zog, nicht bei ihr und den Kindern blieb, endlich *zu Hause*. Wozu sonst hatten sie sich denn so teuer hier eingenistet, für viertausendzweihundert monatlich, anfangs zwar noch mit den Zuschüssen ihres Vaters, doch längst aus eigener Kasse, nachdem er, zum Trost für die verlorene Wahl, im Landesministerium eine hochbezahlte Anstellung erhalten hatte, ihm dort die Verwaltung der Finanzen im Wirtschaftsbereich übertragen worden war. Andererseits aber billigte sie auch seinen Entschluß, fügte sich – und was blieb ihr anderes übrig? – in die Rolle der fast alleinerziehenden Mutter, mit all dem Ärger jetzt um ihren Vierzehnjährigen, und – so nannte sie es in einsamen Abendstunden – der Empfangsdame an Anselms flüchtigen Wochenenden. Andererseits, und immer wieder andererseits ... Wieviel Verständnis, gar Unterordnung zwang er ihr ab. Doch wenn sie genau hinhörte, konnte sie seinen Worten nicht widersprechen.

Er war noch zu jung und (auch das wußte nur sie) zu vital, um schon zum alten Eisen geworfen zu werden.

In der Politik jedenfalls, anders als im Industrie- oder Bankmanagement, zählte einer mit fünfundvierzig eher noch zu den Künftigen, den Kommenden, und Anselm verfügte dazu über allen notwendigen Ehrgeiz. Seinen Absturz von damals verkraftete er, indem er ihn und die damit verbundene Enttäuschung als sein Lehrgeld betrachtete, mehr noch, wie er sagte, als »befreienden Faktor«. Ja, er fühlte sich auch weiterhin höheren Aufgaben gewachsen. Seine Zeit, davon war er fest überzeugt, stehe noch aus, die der Volksredner sei spätestens seit der Vereinigung passé, und es beginne jetzt die der unbestechlichen Rechner. Da sprühten vor Unternehmungslust seine Augen. Endlich, glaubte er, erhalte seine Maxime, der er von Jugend an angehangen hatte, auch in der Politik das ihr gebührende Gewicht: CARPE DIEM. Das stand, unter Glas gerahmt, neben ihrem Bild auf seinem Schreibtisch im Arbeitszimmer, und nicht zuletzt deswegen hatte sie ihn schätzen und später lieben gelernt.

Dr. Anselm Rothenburger entstammte einer Beamtenfamilie und war das jüngste von vier Kindern. Seine Mutter hatte zwar eine Wirtschaftsfachschule besucht, doch trat sie nie eine Stelle an, sondern nutzte ihre Kenntnisse lediglich für den eigenen Haushalt. Sein Vater, im Zivilberuf Bankkaufmann und bei der Post tätig, war während des Krieges Zahlmeister, zuletzt im Majorsrang, und geriet am Tage der Kapitulation in englische Gefangenschaft. Im Oktober 1945 kehrte er von der Insel zurück, und im August des darauffolgenden Jahres wurde ihr Jüngster geboren. Dessen Kindheit verlief ohne Beschwernisse; er entwickelte schon früh einen immensen Fleiß, galt als strebsam, und so war es fast selbstverständlich, daß er ein exzellentes Abitur ablegte und zu studieren begann, zunächst ein paar Semester Jura, doch später, wozu er sich während eines Stipendiatenaufenthalts an der Universität Houston, Texas, entschloß, Finanzökonomie. Damit trat er dann vollends in die Fußstapfen seines Vaters.

Sein Studium verschlug ihn nach Gießen, und zwar gerade zu der Zeit, als die Intellektuellenrevolte ihrem Höhepunkt entgegentrieb und auch etliche seiner Kommilitonen ansteckte, besonders aber jene aus den geisteswissenschaftlichen Disziplinen. Zu ihnen hatte er sonst freilich keinen Kontakt, bis auf den Umkreis dann, in dem sich Helena befand, seine spätere Frau, die er bei einer Karnevalsfete im Campus kennengelernt hatte. Sie studierte romanische Sprachen, Französisch und Spanisch, aber auch, was damals – nicht nur von ihm – als höchst exotisch empfunden wurde, Sinologie. Ihr Berufsziel war, Übersetzerin zu werden (wozu sie allerdings niemals kam), gleich wo, wenn es nur aus dem Chinesischen wäre, und allein deshalb, mehr oder weniger zufällig, geriet sie ins Blickfeld der Maoisten. Die attackierten sie unablässig, an Hand des Originals gewisse Textstellen der soeben in Deutsch erschienenen und bald als MAO-BIBEL bezeichneten »Worte des Vorsitzenden Mao Tsetungs« für sie zu überprüfen, womit sie jedoch, da erst im dritten Semester, nur stümperhaft dienen konnte.

Ihre Beziehungen wurden enger, und sie merkte bald, daß ihr Anselm wohl eher konservativ war, den Christdemokraten zuneigte und sich von jeder politischen Aktivität fernhielt, die ihn auch nur im geringsten der Sympathie mit den Rebellen hätte verdächtigen können.

Denn da diese es vornehmlich auf eine Abrechnung mit der Kriegsgeneration anlegten, fand er, er sei es seinem alten Herrn, den er stets verehrt hatte, schuldig, es wie gehabt zu belassen, ihm eben nicht seine Vergangenheit vorzuwerfen oder gar an seiner Ehre, und sei es die des Soldaten, zu rütteln. Trotzdem bewegte er sich mit der Zeit der Mitte zu, und vielleicht war es doch seiner Bekanntschaft mit der, wenngleich leise, gerechtigkeitsfanatischen Helena zu verdanken, daß er sich, parallel mit der Arbeit an seiner Dissertation, die den Finanzausgleich zwischen Arm und Reich zum Thema hatte, liberaleren Gedanken zuwandte. Er trat schließlich der FDP bei, in der er es immerhin sehr schnell zum politischen Sprecher auf der Bezirksebene brachte. Das aber geschah bereits nach seiner Promotion.

Überraschend für viele seiner Parteifreunde kam dann sein Übertritt zur SPD, wozu er sich im Vorfeld der Querelen zur Bundestagswahl 1982 veranlaßt sah, als mehr und mehr sichtbar wurde, daß die Liberalen die Regierungskoalition mit den Sozialdemokraten nicht länger fortsetzen wollten, und er sich schon weit von seinen einstmals, obwohl recht vage vertretenen Ideen der Nächstenliebe im unbeschmutzt urchristlichen Sinne entfernt hatte. Ja, er fürchtete die Umarmung durch CDU/CSU wie der »Prophet den Luzifer«; zu seinem Credo erhob er immer mehr den Sozialstaat, der, wie er glaubte, in den Jahren zuvor doch schon verheißungsvoll in Angriff genommen worden war. Allerdings – und das hoffte er in die SPD einbringen zu können – baute er dabei demonstrativ auf die Mittelschichten, das nach seiner Theorie eigentliche *Humankapital*, auf Technologen,

Handwerker in intelligenzintensiven Betrieben und jene Kräfte in der Arbeiterschaft, die, wie er bei jeder Gelegenheit verkündete, »die fundamentalen Werte im Lande schufen und mit ihrem Fleiß und Können, letztendlich mit ihrer Produktivität den Wohlstand des deutschen Volkes garantierten«. Vor allem um ihre Stimmen sollten die Sozialdemokraten im Wahlkampf werben, auf sie sich stützen und nicht, wie noch allzuoft in der von Bebel herrührenden ideologisch verbrämten Sentimentalität, auf die sogenannt sozial Schwachen, die Beschäftigungslosen oder gar Sozialhilfeempfänger. Denn: Wer arbeiten will, der findet auch Arbeit, und: Wir leben nicht mehr im vorigen Jahrhundert, sondern in einer modernen Industrie- und Leistungsgesellschaft.

So stand es um Dr. Rothenburger, als er nach *** ging. Alle Recherchen ergaben kein anderes Bild. Und es sollte auch nicht verschwiegen werden, daß er nach westlichem Standard bezahlt wurde, gegenüber Wiesbaden ein höheres Gehalt bezog und neben einer Unkostenpauschale noch ein monatliches Trennungsgeld von dreitausendachthundert Mark.

Er blieb ein Rechner. Unter diesen Bedingungen konnte doch niemand ernsthaft von ihm verlangen, sein Haus in Kassel aufzugeben und mitsamt der Familie seinen Wohnsitz in den Osten zu verlegen. Die vom Magistrat gemieteten und möblierten zweieinhalb Zimmer in einem Neubaublock genügten ihm für die Wochentage. Wer vermochte denn schon mit Sicherheit zu sagen, wie lange er hier als *Aufbauhelfer*, als der er sich jetzt noch fühlte, tätig sein würde?

27

Es ist verbürgt, daß Hagen Ducknitz Anfang Oktober auch, unmittelbar nach seinem Nachruf auf Dr. Rothenburger, Manfred Gütlein in der Haft aufsuchte und interviewte. Wie es allerdings dazu kommen konnte, läßt sich kaum noch ergründen. Er selber schwieg sich bis auf ein paar Anspielungen darauf aus, und nur ein einziges Mal wurde er deutlicher, indem er nämlich den (für Kenner freilich absurden) Gedanken äußerte, man habe es in der Figur Gütleins mit einer Neuausgabe des *Woyzeck* zu tun, mit einer ebensolch geschundenen Kreatur, die für sich von der Sonne nur ein Atom persönlichen Glücks habe einfangen wollen, doch an der Glut des Feuerballs, des ohne jede moralische Kategorie durch den Weltraum rasenden Energiebündels Geschichte, verbrannt sei. Da war er sogar poetisch geworden. Ja, und nur, weil Gütlein heute im Kerker nicht ebenfalls täglich Erbsen zu fressen kriege, unterscheide er sich von Büchners dramatischem Mordbuben vor hundertundsechzig Jahren.

Das Interview aber wurde niemals gedruckt; es muß im Papierkorb gelandet sein. Denn nachdem Ducknitz (man vermutet, mit Hilfe Dr. Grals, des belasteten Staatsanwalts, der sich allein von dem allmächtigen Namen SATZ einschüchtern ließ) die fragwürdige Erlaubnis erhalten hatte, Gütlein mit eingeschaltetem Recorder sprechen zu dürfen, war – wohl noch am selben Tage – Dr. Udo K. Meyer-Goltz davon informiert worden. Der kam ebenfalls aus dem Westen, aus Schwabach bei Nürnberg, hatte einige Wochen zuvor in *** ein Zweitbüro seiner Praxis eröffnet und sich angeboten, Gütleins Verteidigung zu übernehmen. Er galt als äußerst gewiefter Rechtsanwalt, der sich ab und an auch den Luxus leistete (zur Aufpolierung seines Renomees, wie Neider behaupteten), in spektakulären Prozessen, und sogar für ein Mindesthonorar, die Angeklagten zu vertreten. Welchen Nutzen er dabei für sich in dieser Strafsache zu verbuchen erhoffte, wird noch zu sehen sein. Als erstes jedenfalls erhob er Einspruch, mit der Begründung, daß alles, was seinem Mandanten sozusagen unter Mißbrauch seiner Zwangssituation in dem Interview entlockt worden sei, zu seinem Nachteil verwendet werden könnte, und erwirkte beim Gericht eine *einstweilige Verfügung*, die der SATZ verbot, den Text zu veröffentlichen.

Schon im Satz sich befindend, konnte sein Druck gerade noch gestoppt werden. Und nun bleibt es der Phantasie überlassen, sofern man Wert auf die Fragen und Antworten legt, das Gespräch zu rekonstruieren, zu *erdichten*, wie es abgelaufen sein könnte.

Zunächst, an dem schmucklosen, mit einer Plastefolie bedeckten Tisch im kahlen, von einem Beamten im Hintergrund bewachten Besucherraum, wird sich wohl Gütlein sofort, kaum daß Ducknitz eingetreten war, von seinem Stuhl erhoben und protestiert haben.

GÜTLEIN: *Nein! Mit Ihnen rede ich nicht …*

DUCKNITZ: *Aber, aber …*

GÜTLEIN: *Ich wußte nich, daß die Zeitung Sie schickt.*

DUCKNITZ: *Macht doch nichts. Ich bin gekommen, weil wir uns schon lange kennen. Das kann doch für dich nur zum Vorteil sein. Ich will erfahren, was die Wahrheit ist. Alle Welt zerbricht sich darüber den Kopf. Und diesmal würde ich dir auch das Manuskript vorlegen, damit du es autorisieren kannst.*

GÜTLEIN: *Nichts da ... Herr Wachtmeister! Bringen Sie mich zurück in die Zelle.*

Auffällig ist, daß sie sich anfangs, im Gegensatz zu ihrer Begegnung während der Herbstdemonstration vor zwei Jahren, da auch noch voller Frust wegen des Rummels um die Auszeichnung kurz zuvor, mit umgekehrten Personalpronomen anredeten, jetzt Gütlein ihn siezte, Ducknitz ihn duzte. Ein weiteres Rätsel bleibt auch, welche Mittel Ducknitz dann fand, um trotzdem zu seinem Interview zu kommen, ob er seinem Partner gar Geld anbot, getreu der Devise (man erinnert sich): Je höher der Preis, desto niedriger die Moral.

DUCKNITZ: *Wir kennen uns schon von früher, darf ich bemerken. Aus alten, muß wohl jetzt heißen: unseligen Zeiten. Sie galten als guter Familienvater, waren ein unbescholtener Mann. Fleißig, geachtet. Meister in der Maschinenfabrik. Ein Vorzeigebild. Sie sollten mit dem BANNER DER ARBEIT dekoriert werden. Einem Staatstitel mit dicker Prämie.*

GÜTLEIN: *Ich hab mich nich gedrängt danach. Für die andern hab ich's getan, fürs Kollektiv. Und die Zeitungen haben es dann bloß hochgeputscht. Die brauchen wie eh und je ihre Schlagzeilen. Da war doch ein jeder scharf drauf, auf 'n Orden. Doch was nutzte das? Uns damals nischt. Kaum hing mein Bild an der Wand, wurde es wieder abgepinnt. Nur weil einer davonlief, über Ungarn, in den Westen. Unsere Arbeit machten wir trotzdem. Schludern, nein, das gab's auch damals schon nich. Nur wenn's politisch wurde, kam man sich vor wie 'n Spielball. Immer saß einem wer vor der Nase, der wußte alles besser. War nich vom Fach, aber hob den Zeigefinger:*

Sozialismus. Du hast gekläjt, und die haben bloß das Maul aufgerissen: Kommunismus. Und heute? Was is heute denn anders? Wieder wirste getreten. Ich bin gefeuert ... und da hatt' ich noch nich ... noch nich ... Geschossen hatt' ich noch nich im August ...

DUCKNITZ: *Gut, daß Sie selber darauf zu sprechen kommen. Wissen Sie, jeder fragt sich natürlich, worin Ihr Motiv bestand. Sie hatten inzwischen genügend Zeit, darüber nachzudenken. Und selbstverständlich können Sie schweigen. Doch wenn Sie antworten, wären wir dankbar, Sie täten es ehrlich. Aufrichtigkeit, Mut zur Wahrheit, die Charaktergröße, will ich's mal nennen, zu seiner Tat auch zu stehen – das schändet am wenigsten. Also: HandeltenSie im Affekt oder war alles von Ihnen geplant?*

GÜTLEIN: *Ich bin kein Mörder! Hören Sie auf damit, oder ich sage kein Wort mehr! – Es is immer wieder dasselbe: Schuld, Schuld! Und so fragt nur einer, der sich die Unschuld leisten kann. Der im Geld schwimmt. Seinen Platz an der Sonne hat. Heute genauso wie früher. Dem nichts, nichts, aber auch gar nichts gestohlen werden soll ...*

DUCKNITZ: *Aber – so beruhigen Sie sich doch ...*

GÜTLEIN: *Haben Sie schon einmal gesehen, wie ein Tier sich verteidigt, wenn es angegriffen wird? Und wir sind wie die Tiere. Uns prügelt man wie die Hunde. Will uns abrichten, damit wir den Herren aus der Hand fressen ... Eine Wildkatze aber mit ihren Jungen, ein Habicht im Nest, schon ein Hamster in seinem Bau ... Können Sie da von Schuld sprechen, wenn sie auf ihre Feinde einschlagen, sich wehren mit Klauen und Zäh-*

nen? Das ist Natur, Mann! Beim kleinsten Insekt wie beim Menschen.

DUCKNITZ: *Mir scheint das ein wenig weit hergeholt. Es klingt, als seien* Sie *bedroht worden, als habe das Opfer* Sie *provoziert.*

GÜTLEIN: *Und hat es das nicht? Kein Bittgang, kein Kniefall, nicht mal die Demonstration vor dem Rathaus konnte ihn umstimmen. Er ließ sich von zwei verkappten – ich weiß nich – vielleicht Polizisten bewachen und grinste. Ist das so schwer zu begreifen?*

DUCKNITZ: *Bitte, so klären Sie mich und unsere Leser doch auf.*

GÜTLEIN: *Wir lebten im Frieden. Friedlich. Meine Frau, meine Kinder, ich. Wir hatten unsern Beruf und gingen drin auf. Lehrerin, Ingenieur, ich noch zehn Jahre bis zur Rente. Arbeit für alle, Arbeit über Arbeit. Und ein Haus, das wir mit unserem Schweiß und Blut, mit lahm geschufteten Knochen aufgebaut haben. Es war nich viel, wenn man vergleicht, womit die heutigen Herren handeln. Mit Millionen. Da fängt's bei denen erst an. Aber uns hat's gereicht. War genug, um darin noch den Rest des Lebens zu genießen und eines Tages in Ruhe zu sterben …*

DUCKNITZ: *Wenn Sie mögen und sich entspannen wollen, können wir eine kleine Pause einlegen. Soviel Zeit haben wir noch.*

GÜTLEIN: *Und jetzt soll uns das alles genommen werden. Einer kommt her, zeigt die Krallen, reißt den Rachen auf, bittet zur Kasse, will uns um unsere, um* unsere *Arbeit bringen und scheißt auf unser Lebenswerk … Wir werden zerstört, nur allmählich getötet. Wie die Katze die*

Maus noch jagt, bevor sie sie frißt. Ich seh meine Frau irgendwo in 'ner Bruchbude hocken. Ich bin im Gefängnis. Und sie kann nich mal mehr die Miete bezahlen. Weil alles steigt. Explodiert. Weil sich alles an unserem Elend bereichert. Und wenn sie krank wird … Und das wird sie, wenn sie nicht mal mehr in den Garten gehn kann, wo drunter früher Beton war … Wenn sie nicht mal mehr von den selbstgezogenen Äpfeln essen kann und die Weintrauben pflücken … Wir sind wieder arm. Und die armen Leute sind immer die Betrogenen. Und die Reichen fallen über uns her und vertilgen uns wie Ungeziefer in unseren eigenen Häusern …

DUCKNITZ: *Ich verstehe Ihren Schmerz. Und ich will vorsichtig sein und Sie bitten, meine Frage nicht als Provokation zu empfinden. Dachten Sie denn nicht einen Augenblick daran, daß Dr. Rothenburger so wie Sie eine Familie hat, eine Frau und Kinder?*

GÜTLEIN: *Ich hab's nich gewollt. Ich wollte es nicht.*

DUCKNITZ: *Sie bereuen Ihre Tat …*

GÜTLEIN: *Ich hab den Falschen getroffen. – Es hätt' die ganze Brut sein müssen, die erst solche Maden auskriechen läßt, damit sie sich uns ins Fleisch bohren. – Es is nich der Mensch allein, denk ich, der sich zu dem macht, was er dann ist. Dahinter stehen noch andere und dahinter wieder andere und ziehen und zerren an ihm herum. Ja, sie haben Väter und Mütter. Und schon die kommen entweder aus der Hölle oder vom Himmel, werden zur Bestie oder zum Fraß für die Bestie. Woran liegt das, ich weiß es nich. Manchmal glaube ich, wir leben schon alle im Magen eines riesigen Ungeheuers. Wir werden da drin nur zermahlen, zermalmt, schlichtweg verdaut.*

Von der Geburt bis zum Tod. Und dann liegen wir da, wir Menschen, und haben nichts weiter gekonnt, als uns selber gegenseitig umzubringen.

DUCKNITZ: *Sie entwickeln da eine gräßliche Philosophie. In Ihrer Lage allerdings ist das wohl allzuverständlich. Aber wenn es denn anders wäre, Sie nicht im Gefängnis säßen, könnte es dann nicht sein, daß Sie Rettung sähen, aus der von Ihnen geschilderten Misere, aus dem Magen des Untiers, wie Sie es nennen?*

GÜTLEIN: *Nein. Nicht mehr. Das war einmal. Wie im Märchen. Fünfundvierzig Jahre ... Gebrüllt wie 'n Stier, und das Echo war nur 'n Rattengepfeif. Meine Tochter, die glaubt noch daran. Wird verfolgt und gehetzt, aber sie glaubt's. Ich nich. Ich seh, wie die Welt auseinanderbricht. Von Horizont zu Horizont. Da hilft auch kein Gott mehr. Und wieviele Götter gibt es denn ... Und wer nich alles, an allen Ecken und Enden der Erde jetzt, bekämpft sich und schlägt sich tot, vergewaltigt und mordet ... Und jeder im Namen von irgend solch einem Gott. Es würde sich nur was ändern, wenn endlich keine Armut mehr herrscht und kein Reichtum. Beides. Das eine nich ohne das andere. Wenn alle Menschen gleich wären, hätte das Unrecht ein Ende, gäb es auch wieder Unschuld und Schuld. Eine Gleichheit müßte es sein wie im Tod. Ja, und das ist der springende Punkt. Das nämlich heißt: Im Leben gibt es sie nich.*

DUCKNITZ: *Ich bin freilich ganz anderer Meinung, und Ihnen muß es hier hinter Gittern fast zynisch erscheinen, wenn ich von Freiheit rede. Trotzdem: Jetzt endlich haben wir eine Gesellschaft, in der wir die Freiheit besitzen, unser Leben selber zu gestalten.*

GÜTLEIN: *Freiheit … Wäre es nich so traurig, würde ich lachen. Auch Freiheit hat nur der, der sie bezahlen kann.*
DUCKNITZ: *Noch eine letzte Frage: Hätten Sie noch einmal die Wahl, würden Sie dann Ihre Tat wiederholen?*
GÜTLEIN: *Ich hätte mich selber erschießen und meine Frau mitnehmen sollen.*

28

Am letzten Montag im Juli, nach der Mittagspause, wurde Manfred Gütlein in die Personalabteilung des MASCHAN-BAU gerufen. Ihr Chef empfing ihn.

»Hallo, Freddi! Bitte, setz dich.«

Frank Bleßheim gehörte zum alten Kaderbestand, war sogar eine Stelle hinaufgerückt, nachdem die TREUHAND den Betrieb in Verwaltung genommen und den früheren Leiter der Kaderabteilung, wie das Personalbüro zur »volkseigenen« Zeit geheißen, sofort entlassen hatte. Er jedoch hielt sich auch jetzt, obwohl er nicht anders als sein Vorgänger Mitglied der SED gewesen war. Darüber gab es Spekulationen, man munkelte, es laufe bei ihm über ein bloßes Geduldetwerden sogar hinaus, denn er habe sich bei den neuen Besitzern, den Aktionären eines etwas undurchsichtigen Stuttgarter Konzerns, die die Maschinenfabrik inzwischen gekauft und sie in *Maschinen-und-Anlagen-Bau* umgetauft hatten, schon mehr als unentbehrlich gemacht, weil er wie niemand sonst aus der ehemaligen Direktion bereitwillig alle Karten aufgedeckt habe, sprich: die Akten über jeden Betriebsangehörigen, von der Küchenhilfe bis zum Sicherheitsinspektor, und also habe er sozusagen mit den Herren aus Schwaben kollaboriert, so daß ihm bereits eine Teilhaberschaft angetragen worden sei.

Manfred Gütlein jedoch dachte daran nicht eine Sekunde. Er ging guter Dinge in das Büro und freute sich, von Bleßheim wie eh und je mit Handschlag begrüßt und beim Vornamen genannt zu werden. Das schuf sofort ein kollegiales Verhältnis.

»Es fällt mir besonders schwer«, sagte Bleßheim, »nun auch dir, Freddi, diese Mitteilung nicht ersparen zu können.«

Freddi verstand ihn nicht. »Na, schieß schon los«, erwiderte er und lächelte, »tu dir keinen Zwang an. Ich denke, wir kennen uns seit Jahren, da warst du noch Lehrling, und wissen, daß wir beide uns nich wie rohe Eier anfassen müssen. Stimmt was nich?«

Er erinnerte sich, daß er zum letzten Mal hier gesessen hatte, als es um die Auszeichnung mit dem BANNER DER ARBEIT gegangen war, das heißt, um den Beschluß damals, sie wieder zurückzuziehen. Der Raum jedenfalls, stellte er nebenhin fest, war noch derselbe, die Möbel hingegen waren ausgetauscht: statt der wuchtigen Schrankwand lichte Glasvitrinen, ein Teppichfußboden, riesiger Schreibtisch, schwingende Ledersessel mit blitzenden Stahllehnen und jede Menge Grünpflanzen, so grün, daß sie künstlich wirkten. Damals war ihm – allerdings wortführend von Bleßheims Vorgänger – eröffnet worden, es habe einer aus seiner Werkstatt den Urlaub in Ungarn genutzt, um Republikflucht zu begehen, und *Fränki*, wie er allgemein genannt wurde, hatte abseits auf einem Stuhl gehockt und während der Erläuterungen seines Chefs hin und wieder einen recht patriotischen Spruch draufgesetzt.

»Sieh mal, wir müssen abspecken. Wir kommen nicht drumherum, und auch der Betriebsrat hat zugestimmt. Die Konkurrenz auf dem Weltmarkt ist mörderisch. Die Japaner, die Südkoreaner, überhaupt die Billiglohnländer …«

Verdammt, dachte Freddi und glaubte zu ahnen, warum Bleßheim ihn gerufen hatte. Er sah plötzlich das Gesicht Atze Blatters vor sich, an dem Tag vor zwei Wochen, nachdem ihm gekündigt worden war. Wen, verdammt, trifft es denn jetzt, sann er, ich habe doch schon ein Dutzend Männer und Frauen verloren …

»Wir bieten dir an, Freddi …« Bleßheim stockte, drehte die Augen weg und zupfte, nervös, wie es schien, mit den Fingerkuppen an seinem linken Ohrläppchen. »Freddi, wir zahlen dir eine Abfindung. Streng nach Sozialplan. Wir schlagen dir vor: dreizehntausend. Das macht summa summarum neun Monatsgehälter. Das ist doch ein ganz passabler Batzen, oder nicht? Für den Vorruhestand ist es leider zu spät für dich. Du bist jetzt sechsundfünfzig. Ja, ich weiß, der Arbeitsmarkt quillt über, und es wird wohl noch schlimmer kommen. Für dich wird es kaum noch möglich sein, eine vergleichbare Tätigkeit zu finden oder gar dich umschulen zu lassen. Aber vielleicht gewinnst du dem Ganzen auch etwas Gutes ab. Es gibt mittlerweile Vereine, Freddi, die kümmern sich um Arbeitslose und Vorruheständler. Die organisieren was zur Freizeitgestaltung, damit einem zu Haus nicht die Decke auf den Kopf fällt. Fahrradtouren ins Grüne, hab ich gelesen, kreative Workshops …« Er redete und redete. Plötzlich unterbrach er sich wieder, und sein breites, sommersprossiges Gesicht überflog ein Leuchten, das, so schien es, selbst seine fleischigen Ohren unter den feuerroten Haaren erglühen ließ. »Aber ja, ich vergaß. Du hast ja bereits ein wunderschönes Hobby. Du kannst dich doch endlich deinen Vögeln widmen ...«

Indessen war Freddi in seinem Sessel zusammengesunken. Bleßheims Geschwafel – anders empfand er es nicht – erschlug ihn. Er senkte den Kopf, stützte ihn in beide Hände, suchte im Teppichmuster nach einem festen Punkt, in den er sich mit seinen Blicken hätte verkriechen können, und wußte nichts zu antworten.

»Ab nächstes Quartal, Freddi. Ab ersten Oktober ...«

Freddi raffte sich auf. Zwei Monate noch, und du fliegst auf die Straße ... Dieser Gedanke traf ihn wie ein Schlag in der Magengrube, ihm wurde speiübel, und trotzdem wollte er Haltung bewahren.

»Im August«, stotterte er, »im August ... Ab Freitag habe ich Urlaub.«

»Ja, natürlich, und dabei bleibt es. Den kriegst du ja auch noch, plus Urlaubsgeld, in voller Höhe bezahlt. Und vielleicht sieht danach die Welt schon ganz anders aus.«

Er sah es nicht, sah vor sich nur die Leere. Sollte er sich aber abfinden mit ihr, sollte er nicht wenigstens gegen sie anzukämpfen versuchen? »Könnt ihr mich denn nicht noch als Schlosser gebrauchen. Muß ja nich unbedingt Meister sein ...«

»Freddi, ach Freddi. Mir tut es ebenfalls aufrichtig leid. Aber es ist nun einmal der Lauf der Dinge. Wir müssen auf Gedeih und Verderb gesundschrumpfen, wenn wir vor der Konkurrenz bestehen wollen. Jetzt müssen die Jungen ran. Was glaubst du, was das hier wird. Ein Betrieb auf modernster Basis. Technik vom Allerfeinsten. Know-how bis in den letzten Winkel. Ob das deine Werkstatt überlebt, ist nach allen Kalkulationen mehr als fraglich. Und das wird Kräfte kosten! Streß Tag und Nacht, sag ich dir. Das halten nur noch die Gesunden und die Jüngeren aus.«

»Ich bin nich krank, und ich hab über vierzig Jahre Berufserfahrung ...«

Er wehrte sich wieder, zäh, solange noch Hoffnung in ihm war – und trotzdem wußte er schon, daß er nichts mehr erreichen würde. Es war beschlossene Sache: Man warf ihn in diesem Moment zum alten Eisen.

Als er ging, als er wenige Stunden später den Betrieb verließ, fühlte er sich schlaff, schwindlig, und ihm war zum Erbrechen zumute. Ja, sein Magen schmerzte. Hoffentlich werde ich jetzt nicht wirklich krank, dachte er. Denn damit, daß auch ihm gekündigt würde, hatte er nie gerechnet, nicht ein einziges Mal bis zu diesem Montagmorgen. Aber hätte er es denn nicht schon ahnen müssen, als Atze Blatter, sein Kumpel seit der gemeinsamen Lehre, sein bester Schweißer, sich von ihm verabschiedet hatte, mit einem Blick wie von einem, der nichts mehr vom Leben erwartete, der schon halb tot war?

Plötzlich, auf dem Weg zum fabrikeigenen Parkplatz, durch die Werkstraßen unter den dampfenden Rohrleitungen, betrachtete er auch das Gelände ganz anders, die Hallen, die Backsteingemäuer, die hohen, verrußten Fenster darin. Alt, ergraut und schon wie zum Abriß bereit, ja, noch aus der Zeit um die Jahrhundertwende stammend, eingedeckt vom Schmutz ihrer eigenen Schlote. Er spürte den brenzligen Geruch in der Nase, den Gestank nach Rauch und verbranntem Öl, was ihn bisher jedoch nie gestört hatte. Hier und da sah er durch Scheiben blaue Schweißfeuer blitzen und hörte das Raunen und Ächzen der Maschinen hinter den Mauern. Ein Leben lang vertraut, so sehr, daß er es nicht mehr wahrgenommen hatte, erschien ihm das alles jetzt mit einem Mal fremd. Die Fabrik stieß ihn aus, sie entledigte sich seiner, entsorgte sich von einem verbrauchten Werkzeug. Er würde noch eine Galgenfrist haben, zwei Monate, und dann ...?

Als er in seinem Auto saß, wagte er nicht zu starten. Seine Beine waren wie Blei, im Magen das Kotzgefühl, und sein Herz hämmerte.

29

In Kufstein, schon auf der österreichischen Seite der Grenze, blieben sie plötzlich mit ihrem Auto liegen. Eigentlich hatten Inge und Freddi eine Spritztour nach Kitzbühel oder gar darüber hinaus unternehmen wollen, um zu erfahren, was hinter dem Wilden Kaiser zu sehen wäre, der ihnen nun täglich, beim ersten Blick bereits in der Frühe aus dem Fenster, vor Augen stand. Freddi, eher ein Mensch der Ebenen, mit der Vorliebe für weite Sichten ins Land, wie er sie zu Haus vom Dachboden aus genoß, mochte den riesigen Berg nicht, fand seine grauen, nicht selten von Wolkenfahnen umflatterten Felswände verdrießlich, bedrohend, und so trieb es ihn am dritten Tag schon nach ihrer Ankunft in Kiefersfelden aus dem

Ort. Ihn verlangte endlich zu wissen, ob denn die Alpen nichts anderes zu bieten hätten, als nur in die Höhe zu wachsen und mit ihren Gipfeln den Horizont zu vermauern, und Inge schloß sich ihm an.

Aber sie kamen nicht weit; in Kufstein versagte ihnen der Audi, das gute Stück, den Dienst. Nach kurzem Halt hinter der Paßkontrolle streikte der Motor, und sooft Freddi auch zu starten versuchte, er sprang nicht mehr an, es erklang nur ein Röcheln. Er schaute unter die Haube, prüfte die Batterie, den Vergaser, baute den Luftfilter aus und reinigte ihn, zog an diesem und jenem Kabel – nichts, und schließlich gab er auf und fragte den nächsten Passanten nach einer Werkstatt.

Die war bald gefunden, der Wagen wurde abgeschleppt, und nachdem man ihn untersucht hatte, erhielten sie beide zur Antwort, daß der gesamte Motor überholbedürftig sei, von der Zündung bis zu den Kolben, vielleicht sogar ausgetauscht werden müsse, woran es jedoch genau liege, könne man erst sagen, wenn man ihn auseinandergenommen habe.

Aber er hat doch man nicht mal hunderttausend auf 'm Buckel, warf Freddi säuerlich ein, auch etwas kleinlaut, da es ihm in dieser fremden, völlig ungewohnten Umgebung schwerfiel, die Leute mit ihrem Dialekt überhaupt zu verstehen.

Dem Monteur, offenbar ein waschechter Tiroler, mochte es ähnlich ergehen. Buckel? Bei diesem Wort stutzte er, fuhr aber fort, indem er sich um ein einigermaßen reines Hochdeutsch bemühte: Wenn denn er, der Herr Gütlein, die Kilometer meine, hunderttausend, das sei schon a Schmarrn für 'nen Audi, selbst für einen Gebrauchtwagen.

Ich hab ihn gepflegt ... Gepflegt hab ich ihn wie ... Er kramte nach einem Vergleich, den er selber für treffend genug hielt, um den Mann damit überzeugen zu können. Wie was Lebendiges. Wie wenn's meine liebste Frau wär ... Er dachte: o Sch ...

Hm hm, so so. Der Monteur ging sofort augenzwinkernd darauf ein. Da drinnen jedoch stecke niemand. Man wisse ja nie, was so'n früherer Besitzer mit seiner Gspusi angestellt habe.

Daraufhin knuffte Inge ihren Mann in die Rippen. Das war ihr dann doch zu dumm, zu anzüglich. Laß uns gehen, bedeutete es, und zwar dalli.

Und wie lange dauert die Reparatur? fragte Freddi.

Heute sei Freitag, hm, hm. Nächste Woche. Weil er vom Osten komme, nicht wahr, von weit. Mittwoch, zur Brotzeit.

Und wann nu wieder ist das?

Das Grinsen auf dem Gesicht des Tirolers wurde immer breiter. Spät vormittags.

Eine Auskunft war schmerzlicher als die andere. Fünf Tage ohne Auto, eingesperrt zwischen den Bergen. Und womöglich ein neuer Motor. Was das wohl kosten würde ... Freddi verkniff seine ohnehin schon schmalen Lippen, so daß sein Mund wie zugenäht wirkte. Ein paar Schweißtropfen traten ihm auf die Stirn, doch sie kamen von innerer Hitze. »Scheißgebrauchtwagen«, knurrte er, als sie bereits auf der Straße standen und auf ein Taxi warteten. »Immer trifft es dieselben. Wer aber schon Mäuse in Hülle und Fülle hat, dem wachsen noch welche hinzu. Ja, Geld müßte man haben. Das heckt und heckt ...«

Inge hingegen versuchte ihn aufzumuntern. Als habe er

nicht soeben seiner Zerknirschung Luft verschafft, sondern einen Witz gemacht, ließ sie ein kurzes Lachen erklingen. »Komm, sparen wir uns das Taxi. Wandern wir wieder, wie früher, als wir noch jung und verliebt waren. Wir haben es nötig, mein Dicker, bei unsrer Figur. Und wer weiß, wozu alles gut is.«

Sie ergriff seine Hand, drückte sie fest und zog ihn mit sich auf den Weg nach Kiefersfelden, das ja nur vier Kilometer entfernt lag.

Statt nach Mallorca zu reisen, wie im Herbst in der Weinlaube so trotzig geplant, oder wenigstens bis Pisa und an den Lago Maggiore, waren sie also hier gelandet und saßen nun fest in den Bayerischen Alpen. Freddi aber hatte auch dazu keine Lust mehr empfunden und widerwillig die Koffer gepackt. Er wäre lieber im Grasmückenweg geblieben, um sich wie in mindestens fünfunddreißig von vierzig Jahren DDR während seines Urlaubs in die Volieren zu verkriechen, und es war nur Inge zu verdanken, daß sie trotzdem fuhren. Sie spürte, er mußte auf andere Gedanken kommen, Abstand gewinnen zu all den Tiefschlägen, die auf ihn einprasselten. Er brauchte Erholung, nachdem er am Montagabend, jetzt auch noch mit der Kündigung in der Tasche, den Flur betreten und sich schon in der Kneipe AM BALL – was selten geschah – mit Schnaps und Bier hatte vollaufen lassen. Glücklicherweise hatten zwei Nachbarn aus dem Rotkehlchenweg, die beiden Langstreckenläufer, ihm die Autoschlüssel abgenommen, ihn untergehakt und nach Hause gebracht. Ja, so betrunken war er. Da würde der Urlaub gerade das richtige sein, wie eine Entgiftung für Freddis Nervenkostüm. Außerdem, es war seit langem verabredet, daß sie auf ihrem Weg in die Berge einen Abstecher nach Nürnberg machten und Gerald besuchten. Freddi allerdings stimmte schließlich nur zu, indem er sie vergatterte, sie ihm hoch und heilig versprechen mußte, über seinen Rausschmiß, seinen »Tritt in den Arsch«, wie er fortan seine bevorstehende Entlassung nannte, gegenüber dem Jungen kein Wort zu verlieren. Er schämte sich, und er wollte ihm auch nicht zusätzlich, da Gerald selbst bisher keine Arbeit gefunden hatte, seine Sorgen aufbürden.

Vor allem Bylle hatte sie gedrängt, noch einen Tag anzuhängen (und vielleicht verbarg sich dahinter schon unbewußt, dunkel eine Vorahnung). So trafen sie erst mit Verspätung in Kiefersfelden ein. Von der Autobahn kommend, einen Anhaltspunkt suchend, stießen sie als erstes auf den Bahnhof und das Postamt daneben, gerade den rechten Ort, in dem sie sich nach dem ALPENBLICK erkundigen konnten, jenem Fremdenheim, das das Reisebüro für sie gebucht hatte. Das Haus, im Tiroler Stil, lag idyllisch an einem Hang, wirkte bereits von außen ungemein sauber und einladend, und sie freuten sich – Gott sei Dank nun auch Freddi –, darin endlich ihr Zimmer beziehen zu können. Längst war es Abend geworden, vom Westen fiel schräg die Sonne auf den mit Geranien bepflanzten, die gesamte Giebelbreite einnehmenden Balkon, und schauten sie durch die ab Hüfthöhe verglaste Tür, die zu ihm hinausführte, stand steil, wuchtig, diesmal lachsrosa im versinkenden Licht glänzend, der Wilde Kaiser vor ihren Augen.

Am nächsten Morgen, als Freddi die Klappläden öffnete, die Tür entriegelte und bis zum Anschlag aufsperrte, um sich, noch im Pyjama, die Lungen mit der Gebirgsluft vollzupumpen und mit Freiübungen, Kniebeugen und Armstrecken, daß die alten, schon ein wenig müden Gelenke knackten, den Schlaf aus den Gliedern zu treiben, hatte er ihn wieder vor sich, doch nebelumwallt, grau, faltig und miesepetrig. Das ging drei Tage, und plötzlich hielt er inne und sagte zu Inge, die soeben erwacht war und sich im Bett zu räkeln begann: »Ich habe die Nase voll. Ständig verbaut mir diese vermaledeite Wand den Blick. Wir fahren ins Blaue. Ich will endlich den Himmel sehen, wo er noch bis auf die Erde reicht.«

Der Audi aber, das gute Stück, doch jetzt von Freddi wütend zur Klapperkiste degradiert, hatte sich nun – wie man gesehen – in die Altenpflege begeben, stand faul bis auf weiteres in einer Werkstatt in Kufstein und überließ es den beiden, sich zu Fuß fortzubewegen.

Inge allerdings machte sich bald ein Vergnügen daraus, und Freddi, indem er nicht allein in Gaststätten herumsitzen wollte und ihr nachlief, gewöhnte sich schließlich ebenfalls an die Spaziergänge. Sie kauften sich Stöcke und Tiroler Hütchen und erkundeten täglich neue Wanderwege, stiegen auch schon mal auf die Höhen, den Kiefernbach entlang bis zum Hechtsee oder am anderen Ufer zur Wallfahrtskirche und hinauf zum Gipfel des Nußbergs, der zwar eine weite Aussicht gewährte, jedoch trotzdem nicht Freddis Geschmack entsprach. Vielmehr erwachte in ihm seine Naturleidenschaft, und plötzlich konnte ihm sogar »das Auto gestohlen bleiben«, wie er sagte, nachdem er völlig unerwartet an einem Hang hier den Enzian und versteckt unter Büschen dort die Türkenbundlilie hatte blühen sehen. Er überlegte, da sie beide geschützt waren, ob er nicht wenigstens ihre Samen einsammeln könnte, um sie später daheim für den Garten aufzuziehen. Diese Blumen zur Erinnerung wären ihm hundertmal mehr wert gewesen als alle Souvenirs dieser Welt zwischen Bayern und Österreich, Schnickschnack aus Holz und Keramik, Autoaufkleber und Marienbildchen.

Immer öfter trieb es ihn schon morgens hinaus, nach eilig genossenem Frühstück. Eine Art Entdeckungsfieber befiel ihn. Wenn er schon das herrliche Blau des Enzians gefunden hatte, schien ihm, konnte es nicht mehr weit bis zum Edelweiß sein. Und so hatte er während ihrer Wanderungen auch kaum noch einen Blick für den gezackten Himmel in der Höhe, schon gar nicht über dem Wilden Kaiser, der, empfand er, in welche Richtung sie auch gerieten, allgegenwärtig war, »überall herumstand«. Statt dessen durchforschte er die Waldeinsamkeit, schaute links und rechts hinter Sträucher und Hecken, auf die Wiesenflora am Wege, durchstocherte gar mit dem Spazierstock manches Geröll und war versunken ins Kleine und Winzige.

»Das wäre was«, ereiferte er sich, »stell dir vor, wir haben vorm Haus ’ne Rabatte mit Edelweiß. Die ganze Siedlung verdreht sich die Augen.«

»Wer weiß«, entgegnete sie, »ob’s überhaupt wächst bei uns. Is doch ’n ganz anderes Klima.«

»Vielleicht aber liegt’s nich mal daran. Vielleicht müßten wir nur den Boden gut präparieren, mischen wie Alpenerde …«

Doch so sehr sie auch suchten, hinter Büsche und in Felsspalten spähten, sie fanden es nicht. Die Wirtin, die sie fragten, auch andere, seit Generationen bereits ansässige Einwohner des Ortes, schüttelten die Köpfe, verneinten. Da müßten sie schon weiter hinaufkrackseln, das jedoch sei für sie ohne Bergführer viel zu gefährlich.

Freddi aber wurde entschädigt. So total wurde er überrascht, daß er es kaum zu fassen vermochte und noch lange, bis hinein in die lauen Abende des Altweibersommers mit den Kuhnts in der Weinlaube davon schwärmte. Auf die Gebirgsstelze war er fast vorbereitet gewesen. Hab sie genau erkannt, ganz deutlich ausgemacht, Otto. Das Männchen, quittegelb, längeren Schwanz und vor allem schwarze Kehle, *schwarz*. Auch hatte er gehofft, die wunderhübsche Alpenbraunelle zu entdecken. Doch die war gewiß zu scheu, nicht anders als unsere hier. Nein – und er lächelte verschmitzt zugleich und versonnen – auch nicht den Feuerweber, deinen *Euplectes orix*, nicht die Sardengrasmücke ... Nein! du wirst es nicht glauben, Otto. Die – *Wasseramsel!*

Der Bach schäumte. Gischtend wand er sich zwischen Felswänden hervor, sprudelte klatschend über die Geröllbrocken, die sich in unzähliger Menge seinem Lauf entgegenstellten. Das Wasser, nicht allzu tief, schimmerte von weitem blau und war in der Nähe so klar, daß man bis auf den Grund sehen konnte. Kiesel bedeckten ihn, und hier und dort lagen darin verankert schwarze, wie verkohlt wirkende, längst abgestorbene Äste und Wurzeln, die von den Bäumen an beiden Ufern stammen mochten. Und da – wie vom Himmel gefallen wippte mit einem Mal auf einem der von tausend Wettern rundgeschliffenen Steine die Amsel, ließ in rascher Folge ein kurzes Girren hören und tauchte kopfüber in die Flut.

Kaum hatte Freddi sie wahrgenommen, blieb er stehen und hielt Inge am Arm zurück. Sie folgte seinen Blicken. Plötzlich, nach etwa zehn Metern unter Wasser, so daß sie schon glaubten, einen zweiten Vogel vor sich zu haben, schoß die Amsel wieder hervor und setzte sich, jetzt fast zum Greifen nahe, erneut auf einen Stein. Sie knickste, wie es beide vom Zaunkönig kannten, hob dabei steil ihren stummligen Schwanz und girrte; es klang erregt. Scharf abgesetzt gegen das düstere Grau ihres übrigen Gefieders, leuchtete weiß bis zum Schnabel ihre Brust in der Sonne. Doch im nächsten Moment warf sie sich wiederum in die Gischt, auf den Grund des Baches, wo sie, wie deutlich zu erkennen, der Strömung entgegenlief und nach Nahrung pickte.

Sie wagten sich nicht zu rühren, verhielten sogar den Atem, ergötzten sich an dem Spiel, bis die Amsel schließlich schnurrenden Flugs entschwand.

Diese Spaziergänge, die Unmengen frischer Gebirgsluft, die sie täglich verköstigten, blieben nicht ohne Wirkung. Vielleicht aber lag es auch an den *Obsterln* zu Abend oder später, wenn sie sich bereits in die Daunendecken kuschelten und der Fernsehapparat noch lief, an gewissen Filmen, in denen die Fetzen nur so flogen, die Dirndlröcke und die Krachlederhosen.

Inge jedenfalls meinte, sie seien sich lange nicht nähergekommen (wie sollten sie auch, daheim mit den Sorgen), und streckte die Hand nach ihm aus. Das war, nachdem sie bereits die Wallfahrtskirche erpilgert und den Gipfel des Nußbergs bestiegen hatten und Freddi, weit heftiger als sie, ein Muskelkater plagte.

»Ach«, stöhnte er, »ich kann mich doch kaum bewegen.«

Sie ließ sich nicht abweisen, streichelte seine Schenkel und spürte den wachsenden Erfolg. »Aber stehen«, kicherte sie, »stehen kann er noch.«

»Du bist ja wie toll.«

Auf dem Bildschirm knöpfte soeben jemand den Latz auf, und eine Maid im Spitzendessous kniete sich vor ihn hin.

Inge, während ihres Tuns ab und an hinüberschielend, fand, es sei ein guter Tip und durchaus der Nachahmung wert. Sie kauerte sich zu ihm nieder, was sie, da sie bei weitem nicht so gertenschlank und schwippe war wie ihre Vorturnerin, einige Mühe kostete, und bespielte ihn mit Lippen und Zunge.

»Wenn bloß nich dieser blöde Muskelkater wär«, jammerte Freddi. Und nachdem er sich mit dem Bauch zu ihr gewälzt hatte, sie nun Nabel an Nabel lagen, sagte er: »Deine Brüste, Schatz, sind doch viel schöner. Da is wenigstens was zum Anfassen.«

Aber sie hatten es schwer mit ihrer Leibesfülle, den alles in allem vier Zentnern Gewicht. Das Bettgestell begann bei jeder Bewegung zu knarren, und zwar dermaßen verräterisch, daß Freddi fürchtete, sie könnten von ihren Zimmernachbarn gehört werden.

Auf dem Bildschirm probte soeben ein Pärchen die Stutenstellung.

Flugs warf Inge die Bettdecke von sich, trat, schon nackt, vor den Tisch, legte sich mit dem Oberkörper darüber und spreizte die Beine. Da mußte er doch Appetit kriegen! »Komm, komm endlich, komm ...« Und obwohl es geflüstert war, glich es einem Schrei nach Lust.

Ja, was ihn da erwartete, im wechselnden Licht des

Fernsehers, was er mehr noch ahnte als zu sehen brauchte nach über dreißigjähriger Ehe, das warme, gütige, mütterliche Fleisch seiner Frau, konnte ihn länger nicht kaltlassen.

Er erhob sich, vergaß die Schmerzen, verzog nur kurz das Gesicht, als ihm die Säureschlacken (dem Himmel sei Dank, nicht in allen Gliedern) wieder zu schaffen machten, und befreite sich von der letzten Erdenlast, die er noch trug, seiner Pyjamajacke. Im Licht des Fernsehers, mit den huschenden Farben, glichen ihre massigen Körper jetzt jenen (wovon sie freilich nichts wußten) in Aktdarstellungen auf Sitte-Bildern.

Doch das Geflimmer störte ihn.

»Der verdammte Kasten! Ich brauche keine Gebrauchsanweisungen, nich bei dir, meine Mausefalle«, gierte er.

»Knips ihn aus. Komm, komm.«

Er schaltete den Apparat ab. Nun war es dunkel im Zimmer. Er stellte sich hinter sie, konnte sie fühlen, ihre weichen Backen, ihre fülligen Brüste. Sie rieb sich an ihm. Er öffnete sanft mit den Fingern ihre Scheide und drang in sie ein.

»Es war«, sagte sie danach, »wie eine Explosion war es in mir. Hab ich dir gar nich mehr zugetraut.«

Und er: »Es war, o Inge, o Inge, wie beim ersten Mal. Ich bin dein Mann, und du bist min Fru.«

So vergingen die Tage und – die Nächte; der Urlaub neigte sich seinem Ende zu. Die Werkstatt hatte inzwischen den Audi repariert, gegen eine Rechnung von insgesamt rund zwölftausendundsechshundert Schillingen, und obwohl sie nun wieder in die Ferne hätten schweifen können, auch eine Fahrt noch, wie von Anfang an geplant, ins Salzkammergut lockte, mit der Operettenkulisse des Wolfgangsees und der Touristenrummelstadt Salzburg als Attraktionen, begnügten sie sich mit der näheren Umgebung, vielleicht der Wasseramsel wegen, der Freddi noch einmal begegnen wollte, oder, was Inge betraf, der frischen Luft zuliebe, die offenbar über Heilkräfte verfügte und in schon für tot gehaltene Knorren neue Säfte aufsteigen ließ.

Eines Abends, nach der Aufführung eines Ritterspiels um den bajuwarisch-markigen Burggrafen Dagobert und die eigentlich blaublütige, aber zu Köhlers Findelkind herabgesunkene Kunigunde, dargeboten vom hiesigen Dorftheater, dem »ältesten Deutschlands«, wie im Programmheft zu lesen stand, und das man, laut Werbetext der immerfort freundlichen Wirtin vom ALPENBLICK (einer ihrer Söhne mimte den Oberganoven) »unbedingt aangschaut« haben müsse, saßen sie noch im Gasthof ZUR POST, inmitten einer teils sogar von weither angereisten Schar anderer Besucher des Stückes, die sich gemütlich beim Obstler und Literbier der Nachbetrachtung des soeben erlebten Kunstgenusses widmeten, jedoch bald profaneren Dingen zuwandten.

Am Tisch nebenan hatten zwei Paare Platz genommen, die, da sie im einheimischen Dialekt sprachen, obgleich nur mit leichtem Anklang, so daß Freddi und Inge ihnen jederzeit folgen konnten, anscheinend Kiefersfeldener waren. Aus der Aufmachung und dem reichlichen Putz der beiden Frauen schon älteren Jahrgangs – die Männer trugen normale Straßenanzüge und jeder nur seinen Ehering – ließ sich schließen, daß sie wohl auch zur gehobeneren Schicht gehörten und, wenn überhaupt, gutsituierten Berufen nachgingen. Sie verhielten sich alle vier, als hätten sie hier das Sagen, nannten die Kellnerin beim Vornamen: *Mitzi* und zügelten kaum ihre Lautstärke, was Freddi dazu zwang, ob er wollte oder nicht, zum stillen Teilnehmer ihrer Unterhaltung zu werden.

Mit einem Mal aber begann er die Ohren zu spitzen. Denn nach mehreren Gläsern – sie tranken Sekt – hatten sie sich in das Thema WIEDERVEREINIGUNG verbissen, schrieben sie mit jedem Wort größer, und ja, das interessierte ihn nun tatsächlich. Auf ihren einsamen Wegen waren Inge und er nie daran erinnert worden. Doch jetzt? Wie dachten die Leute hier über den Osten, den Westen? Wie lange, schätzten sie, würde es wohl noch dauern, bis »zusammenwuchs, was zusammengehörte«?

Doch schon bald drehte sich das Gespräch nur noch um einen Punkt: Wie nämlich sie, die Bürger der alten Bundesländer, zum alleinigen Nutzen der armen Schlukker da drüben geschröpft würden. Nein, so unmißverständlich hatte ihm noch niemand, wenngleich oder gerade, weil er inkognito blieb, die Meinung gegeigt.

»Nix hat's gbracht«, sagte eine der Frauen, jene mit der besonders gediegenen Frisur und dem bis auf die Schultern reichenden goldenen Ohrgehänge. »Die Ossis liegn uns auf d'r Taschn. Statt dessen sollt mer ihnen mal Mores lehrn, damit sie lernen, fleißig und ordntlich z' arbeitn. Mir ham unser Geld a ned mit Faulenzn verdient.«

Für Freddi war es der Gipfel. Er rief die Kellnerin, zahlte. Plötzlich stand ihm wieder alles vor Augen: die Kündigung, das Haus, der verlorene Prozeß der Witwe

Kusch, das unverschämte Grinsen Dr. Rothenburgers, das Elend, in das womöglich auch seine Kinder gestürzt würden ... Er spürte die Wunden der letzten Wochen körperlich.

Inge, die zunächst gar nicht begriff, weshalb er so sehr erregt war, beinahe den Stuhl umstieß und aufbrach, ohne sein Bier auszutrinken, fragte ihn, schon draußen vor der Tür: »Warum biste denn bloß mit einmal so fuchtig?«

»Wir packen. Noch heute. Die behandeln uns hier wie die Steinzeitmenschen, wie Neandertaler. Nischt im Kopp und von Arbeit keine Ahnung. Morgen reisen wir ab.«

So kam es, daß sie zwei Tage früher aus ihrem Urlaub zurückkehrten.

30

Und wieder begannen sie zu rechnen. 1775 Mark hatte die Reparatur des Wagens gekostet, der Urlaub mit allem Drum und Dran, doch ohne die Extras, die sie sich geleistet hatten, Tiroler Hütchen, Spazierstöcke etc. (das meiste für die Katz), 2200. Die Augustrate für das Auto war schon abgebucht worden, während ihre beider Monatslöhne noch auf sich warten ließen. Auf ihrem Konto befanden sich 9384 Mark und 27 Pfennige.

»Nie und nimmer werden wir unseren Grund und Boden bezahlen können.«

Freddis Gesicht wurde hart. Nach jeder Summe, die Inge ins Haushaltbuch eintrug, versteinerte es sich zusehends mehr.

Sie saßen wieder in der Weinlaube, im kühlenden Schatten, Schutz suchend vor der noch bis spät in den Abend hinein brütenden Hitze, die tagsüber im Westen, auf der Ebene gen Connewitz, die Felder mit dem nicht geernteten, verrottenden Korn der inzwischen maroden Genossenschaft versengte. Im Teich schnatterten die Enten, und in der Voliere pfiffen die Sittiche. Aber sie beide hatten wohl kein Gehör dafür, sie starrten auf die Zahlen und würdigten dem Treiben der Vögel kaum eines Blickes. Freddi, je öfter er daran dachte, vielmehr die Stadt ihn mit ihren Drohungen daran zu denken zwang, daß er, würde er von Haus, Hof und Garten verjagt, auch diesen Ort, seinen Lieblingsplatz, nie wieder betreten dürfte, stand die Verzweiflung im Gesicht geschrieben. Inge glaubte darin schon Zeichen zu erkennen, daß er gealtert war, grauer geworden, als ob er allmählich verfiele. Ja, die Bayerischen Alpen waren bereits in weite Ferne gerückt; ihr schien, als sei ihre Reise dorthin vor Jahren erfolgt. Der Alltag hatte sie wieder, die Sorgen schnürten ihnen die Kehle zu.

»Dreizehntausend nur«, fragte sie, »will dir die Firma Abfindung zahlen? Das ist Betrug, Freddi. Ich hab mich erkundigt. Neun Monatslöhne, viel zu wenig! Dir stehen mindestens dreißigtausend Mark zu. Denn du bist sechsundfünfzig und hast vom vierzehnten Lebensjahr an im Betrieb gearbeitet. Da gibt's eine gesetzliche Formel, wonach die Abfindung berechnet werden muß... «

Zwar horchte er auf, doch traute er ihren Worten nicht. Woher sollte sie das schon wissen.

»Geh vors Arbeitsgericht.«

»Ach, Ingelein, wogegen denn noch alles sollen wir

prozessieren. Du siehst ja, auch Dortchen Kusch hat kein Recht gekriegt. Das Pack sitzt am längeren Hebel. Und uns kostet's nur Geld, Geld... Bis wir keinen Pfennig mehr in der Tasche haben.«

»Wir müssen doch aber alles versuchen. Es soll jetzt auch möglich sein, für Männer, bereits ab fünfundfünfzig Altersübergangsgeld zu beantragen.«

»Und warum wohl sollte mir dann Fränki Bleßheim das unterschlagen haben?«

»Weil's ihn nich kümmert. Der is dein Boß. Der hat längst die Kurve gekriegt und liebedienert nun statt vor der SED vor den Kapitalisten. Die aber kommen aus Schwaben und denken sowieso nur an ihr Geschäft.«

Was Inge Gütlein jedoch verschwieg, war, daß sie nicht zufällig an ihre Informationen gelangt war. Sie hatte sie von einer Kollegin aus der Gewerkschaftsleitung erfahren, wenngleich hinter vorgehaltener Hand, da auch sie von den neuen Besitzern der Kaufhalle nur noch zähneknirschend geduldet wurde. Den ersten Tag wieder am Fleischstand, war Inge sofort von den Frauen dort mit Nachrichten überfallen worden, die nichts Gutes verhießen. Auch AKKI (nicht PFANNKUCH, wie einmal angenommen), zu dessen Ladenkette sie jetzt gehörten, wolle demnächst, wurde gemunkelt, Verkäuferinnen entlassen, und zuerst sollten jene dran glauben, die über fünfzig Jahre alt waren und denen man, lautete die Begründung, eben deswegen nicht zumuten könne, den Arbeitsausfall bei vermindertem Personal durch größere Disziplin und höheren Krafteinsatz wettzumachen.

Inge konnte sich an den Fingern abzählen, was das für

sie bedeutete. Doch ehe sie keine Gewißheit besaß, wagte sie nicht, ihren Mann auch noch damit zu belasten.

Denn nach ihrer Rückkehr hatten sie auch inmitten des Postschwalles, der Wurfsendungen aller möglichen »Existenzgründer«, Werbeexemplare von Zeitungen und zwei fetter Kataloge von OTTO und QUELLE, einen Brief von Simone vorgefunden, dessen Inhalt sie ebenfalls erschreckte.

31

Der Brief war bereits kurz nach ihrer Abreise eingetroffen; das Kuvert trug den Poststempel vom dritten August. Simone schickte darin ein *Gedächtnisprotokoll*, wie sie es nannte, über ihr Gespräch mit dem Amtsleiter für Kultur und Sport der Stadtverwaltung von Neuenbrietzen, das sie wenige Tage zuvor mit ihm geführt hatte. Sie schrieb, unverkennbar in ihrer revoltierenden Ausdrucksweise, der Mann namens Lilie habe sie, nicht anders als früher ihr Schulrat, *tanzen* lassen, sie mehrmals telefonisch zu sich bestellt, jedoch ebensooft wieder holterdiepolter ausgeladen. Nun sei es endlich, am letzten Mittwoch, zu dieser – in Gänsefüßchen – Aussprache gekommen. Teilgenommen habe noch eine gewisse Frau Piffert, die den Personalrat der Stadtverwaltung vertrat. Alles andere könnten sie ja in Ruhe nachlesen. Das Protokoll habe sie sofort im Anschluß daran verfaßt, nachdem sie vom Rathaus direkt in ihre Wohnung gegangen sei, da sie so wortgetreu als möglich habe sein wollen.

Inge und Freddi wußten, daß sie sich darauf würden

verlassen können. Ihre Tochter, das hatten sie stets bewundert, besaß ein geradezu ungeheures Gedächtnis. Schon in der Schule, wenn sie auswendig Gedichte hatte lernen müssen, tat sie es abends vorm Einschlafen, brauchte dazu vielleicht eine halbe Stunde, um sie am nächsten Morgen im Unterricht dann wie aus einem Guß zu rezitieren. Sie erinnerte sich selbst an Dinge, die sonst keines Menschen Kopf behielt, ob sie nun die Familie betrafen oder die Allerweltsgeschichte, merkte sich Jahreszahlen wie die von Kaiser Heinrichs IV. Gang nach Canossa – 1077 – oder das Datum der Hinrichtung Marie Antoinettes – 16.10.1793 –, und fragte man sie nach Geburtstagen von Verwandten und Bekannten, kamen sie wie aus der Pistole geschossen. Einer ihrer Lehrer hatte scherzhaft einmal vor der Klasse gesagt: Simones Gedächtnis sei aufführungsreif, sei so phänomenal, daß sie mit ihm eine Zirkusnummer abgeben könne.

Nun schickte sie also einen Durchschlag ihres mit Maschine geschriebenen Protokolls, versehen hin und wieder mit einigen lapidaren Bemerkungen von Hand:

LILIE: *Frau Fach, wie Sie wissen, wird der Hort nun von der Stadt übernommen. Damit sind wir nun für diesen Bereich verantwortlich.*

FACH: *Hm.*

LILIE: *Sie sind ja nun Lehrerin.*

FACH: *Ja, für die Fächer Geschichte... Nein, anders. Für die Fächer Staatsbürgerkunde und Geschichte.*

LILIE: *Sie haben in Halle studiert. Dann kamen Sie durch Umzug nach Neuenbrietzen in die Rosa-Luxemburg-Schule. Danach arbeiteten Sie an der Kommuna-*

len Berufsschule »Karl Marx«. Sagen Sie doch mal, Frau Fach, welche Funktionen übten Sie denn da so aus?

FACH: *O, tja. Ich unterrichtete Staatsbürgerkunde und Geschichte. Teilweise wurde ich auch in Deutsch eingesetzt. Meine Zeit in der Berufsschule ist kaum der Rede wert. Die dauerte nicht mal ein halbes Jahr. Dort gab ich ebenfalls Geschichte, und zwar vor Abgängern meist der achten Klasse. Funktionen, tja, wissen Sie... Ich war mehrere Jahre Parteisekretärin in der Rosa-Luxemburg-Schule und während des Babyjahres Zirkelleiterin für das Parteilehrjahr dort. In der Berufsschule sollte ich mit der FDJ-Arbeit beauftragt werden. Aber dazu kam es nicht mehr.*

LILIE: *Sie waren auch Mitglied der Parteileitung dieser Schule.*

FACH: *Nein, das war ich nicht.*

LILIE: *Soso, das waren Sie nicht. – Aber dann gingen Sie doch einen eigenartigen Weg. Den mußte ja nicht jeder gehen. Sie stiegen in den Rang eines Leiters der sogenannten Bildungsstätte im Armaturenwerk auf und galten somit als politischer Mitarbeiter der SED-Kreisleitung. Wie ging denn das? Dazu kam doch nicht jeder.*

FACH: *Zunächst, Herr Lilie, hier unterliegen Sie einem Irrtum. Ich besaß weder den Status eines politischen Mitarbeiters noch war ich Mitglied der SED-Kreisleitung. Erstere wurden berufen, die anderen wurden gewählt. Beides traf auf mich nicht zu.*

LILIE: *Sie kennen sich da aber sehr genau aus.*

FACH: *Sie etwa nicht? Sie waren doch jahrelang, soviel ich weiß, hauptamtlich im Kreissekretariat der Sportvereinigung Dynamo tätig, wo ein ähnlicher Modus galt...*

LILIE: *Das gehört hier nicht zur Sache. Wir sprechen über Sie, Frau Fach. Außerdem, der gravierende Unterschied zwischen uns beiden ist: Ich war parteilos, Sie nicht!* (Anmerkung: Ich hatte ihn bei *seiner* Vergangenheit ertappt, und daraufhin wurde er noch schärfer als vorher. – Eure Simone) *Doch bleiben wir bei Ihrer Funktion in der Rosa-Luxemburg-Schule. Parteisekretär also. Wie kam man denn dazu?* (Der Idiot! Das wußte er doch selber. – S.)

FACH: *Ich wurde, wie in jeder vergleichbaren Organisation, gewählt. Und zwar in geheimer Wahl. Ich erhielt nur eine Gegenstimme. Später, bei der Wiederwahl, gar keine mehr.*

LILIE: *Und darauf sind Sie wohl noch stolz heute?*

FACH: *Naja, immerhin. Ich besaß das Vertrauen der anderen, die der SED angehörten.*

LILIE: *Natürlich. Als Einpeitscher von Parteibeschlüssen. Denn Sie werden doch wohl nicht leugnen, daß Sie als Parteisekretär für die Umsetzung von Parteibeschlüssen verantwortlich waren.*

FACH: *Durchaus. Doch die Beschlüsse interessierten mich erst in zweiter Linie. Was mir vorschwebte, war, als Mensch für die Menschen zu arbeiten, an der Schule vor allem für die Kinder. Und wenn mir und meinen Genossen ein Beschluß zu doof erschien, so ließen wir ihn links liegen.*

LILIE: *Links, immerhin: links. Doch für die, nach Ihrer Meinung, klugen Beschlüsse setzten Sie sich ein. Aber, Frau Fach, als Parteiloser muß ich Ihnen nun doch mal sagen: Sie sehen doch, wohin Ihre Partei uns geführt hat. Und für diese Partei haben Sie nun mal gearbeitet. Das müssen Sie doch einsehen!*

Fach: *Hab ich das denn bestritten? Aber so einfach wie Sie, Herr Lilie, kann man mein Engagement nicht auslegen. Sie wissen doch selber, wie sehr, besonders in den letzten Jahren, Theorie und Praxis auseinanderklafften.*

Lilie: *Also, Frau Fach, Sie hätten ja für die Partei nicht arbeiten müssen, wenn es Ihnen nicht gefiel. Es war doch ein Überleitungsvertrag, der mit Ihrem Einverständnis geschlossen wurde, als Sie dann die Funktion im Armaturenwerk übernahmen.*

Fach: *Ja, und daß ich mich dazu habe breitschlagen lassen, darüber ärgere ich mich heute.*

Lilie: *Sie ärgern sich nur. Aber Sie bereuen nichts.*

Fach: *Ich bin schließlich auch dorthin mit der Zuversicht gegangen, daß ich etwas verändern könnte. Weil mich vieles angestunken hat. Denn so, wie es war, so formalistisch, dogmatisch, ohne Gehör sowohl für die Nöte als auch die Erfahrungen der Menschen, ob in der Schule oder in diesem Betrieb, spürte ich, konnte es nicht weitergehen.*

Lilie: *Aber, Frau Fach, Sie haben doch auch dort für die Partei gearbeitet.*

Fach: *Sie hacken immer nur auf dem einen Punkt herum. Ich sagte Ihnen bereits: Ich wollte etwas für die Menschen bewegen. Allerdings sah ich bald ein, daß ich auch von der Bildungsstätte aus nichts verändern konnte.* (Das Telefon klingelte, und ich glaube, er hörte mir gar nicht zu.) *Daß ich mehr oder weniger von der Kreisleitung, deren Mitgliedschaft Sie mir unterstellen, dorthin abgeschoben wurde. Denn womit ich zu tun hatte, war Bücherkram. Weit weg vom Schuß.*

LILIE. *Also, Frau Fach, war es denn nicht eher so, daß Sie gar keine Lust mehr hatten, als Lehrer* (Er sprach tatsächlich stets im Maskulinum. – S.) *in der Schule zu bleiben. Sie wollten höher hinaus. In die Führungsetage.*
FACH: *Das ist erneut eine Unterstellung von Ihnen. Ich bin nicht karrieregeil.*
LILIE: *Frau Fach, für mich ist eines klar – das zeigt das Gespräch mit Ihnen –: Sie stehen noch immer zu Ihren alten Ideen und Grundsätzen. Sehen Sie mal, und solche wie Sie kann ich nun mal Eltern, die ihre Kinder in den Hort schicken wollen, nicht zumuten, auch den anderen Hortnern nicht. Denn, sehen Sie mal, wir haben ja nun das erste Schulreformgesetz im Lande, das nun rechtswirksam ist... Sie sind – und das wird mir heute bestätigt – nicht imstande, Kinder freiheitlich und demokratisch zu erziehen. Sie haben doch ganz eindeutig für Ihre Partei die Klinken geputzt. Sie haben die Kinder im Unterricht einseitig und einheitlich ausgerichtet, eben im Sinne der Partei. Sie sind einfach nicht tragbar für die Arbeit mit Kindern! Meinen Sohn würde ich Ihnen nicht anvertrauen!*
FACH: *Herr Lilie, ich habe zwei Kinder. Und ich glaube schon, daß sie bei uns zu Hause in jeder Hinsicht weltoffen und kritisch denken lernen. Nicht anders hielt ich es mit meinen Schülern... Woher wollen Sie eigentlich wissen, was für einen Unterricht ich gegeben habe? Stabülehrer war doch nicht gleich Stabülehrer. Ahnen Sie überhaupt, wie oft ich mich angelegt habe? Nein, so einfach wie Sie kann man es sich nicht machen! Und das lasse ich mir von Ihnen auch nicht gefallen!* (Hierüber ärgere ich mich. Weil ich die Beherrschung verlor. Der

hatte mich aber auch beleidigt. Von wegen, ich könnte wohl auch Andi und Jana nicht zu anständigen Menschen erziehen.)

LILIE: *Frau Fach, das Gespräch gibt mir doch Aufschluß darüber, daß Sie sich nicht geändert haben. Ich sage Ihnen nochmals: Meinen Sohn würde ich Ihnen nicht anvertrauen.*

FACH: *Das können Sie halten, wie Sie wollen.*

LILIE: *Und, Frau Fach, ich werde meine Meinung über Sie auch nicht ändern. Das Gespräch bestätigt Ihre Akten. Sie haben nun mal für Ihre Partei gearbeitet. Ihnen kann man und darf man keine Kinder anvertrauen.*

FACH: *Ich finde es nicht schön, Herr Lilie, wie Sie so mir nichts dir nichts über mich urteilen. Warum fragen Sie nicht einmal danach, was ich, seitdem ich im Hort bin, getan habe?*

LILIE: *Das interessiert mich nicht.*

FACH: *Warum nicht? Ich habe zum Beispiel eine Laienspielgruppe aufgebaut. Ich habe den Kindern auch Unterricht im Flötenspiel gegeben. Fragen Sie die Kinder. Sie mögen mich.*

LILIE: *Frau Fach, das interessiert mich nicht. Es sagen jetzt viele Leute, daß sie nur Gutes tun.*

FACH: *Ja, das stimmt allerdings. Darin stimme ich mit Ihnen überein, gerade mit Ihnen.* (Diese Anspielung aber begriff er wohl nicht. Das Telefon klingelte wieder, und er nahm den Hörer ab.)

LILIE: *Übrigens, auch der Rattenfänger von Hameln hat Flöte gespielt und damit die Kinder ins Verderben geführt.*

FACH: *Nachdem ihn die Stadt aufs übelste betrogen, um*

Lohn und Brot gebracht hatte. Doch seine Art ist trotzdem nicht die meine. Ich finde es nur nicht gut, daß Sie mich ständig schmoren ließen und mich heute schnurstracks, ohne vereinbarten Termin, hierher zitiert haben, obwohl ich jetzt Kinder zu betreuen hätte. Ich finde es ebenfalls nicht gut, daß ich zu diesem Gespräch keine Person meines Vertrauens mitbringen durfte. Ich muß mich nur immer verteidigen, und niemand ist anwesend, der meine Arbeit wirklich einzuschätzen vermag. Doch eine Vertrauensperson stünde mir für ein solches Gespräch rechtmäßig zu.

LILIE: *Ihre Leitung weiß Bescheid. Die Kinder werden beaufsichtigt. Und was das Gespräch angeht, so sollten Sie froh sein, daß ich mir überhaupt die Zeit dafür nehme. Ich hätte es sein lassen und mir mein Urteil nach Ihren Akten bilden können.*

FACH: *Und trotzdem. Auch wenn Eigenlob stinkt... Aber eine Vertrauensperson wurde mir ja verweigert. Ich muß es wiederholen: Viele Kinder besuchen nur wegen meiner Arbeit den Hort.* (Auch das hätte ich mir besser verkneifen sollen.)

LILIE: *Das spielt für mich keine Rolle. Das Gespräch zeigt es doch: Sie sind für die Kinder unzumutbar.*

FACH: *Aber so fragen Sie sie doch oder ihre Eltern, was die von mir und meiner Arbeit halten. Ich weiß nicht, was sie antworten werden. Aber sie fragen könnten Sie doch...*

LILIE: *Das spielt für mich keine Rolle. Kinder, Frau Fach, das müßten Sie doch ebenfalls wissen, Kinder in diesem Alter, die kann man als Erwachsener sehr leicht beeinflussen. Und offenbar tun Sie es ja auch. Nur: in welche Richtung! Sehen Sie, es gibt soviele andere Kol-*

legen, die man statt Ihrer einsetzen könnte. Solche, die, anders als Sie, eine reine Weste haben.

FACH: *Tja, ich bin nun einmal vierunddreißig Jahre alt und habe gelebt. Demzufolge habe ich auch eine Vergangenheit.*

LILIE: *Aber Sie hätten nun mal nicht der Partei dienen müssen.*

FACH: *Sondern dann schon eher der Sportvereinigung Dynamo...* (Wieder solch ein Ausrutscher, ich Kamel.)

LILIE: *Frau Fach! Das verbitte ich mir! – Aber es zeigt ja nur, daß Sie sich nicht geändert haben. Sie bereuen nichts. Im Gegenteil. Sie müpfen noch auf. – Ich will Ihnen ein Beispiel erzählen, eins, das ich an Ihnen vermisse. Neulich kam ein Mann zu mir, der meinen Rat suchte. Er bekannte sich zu seiner früheren Tätigkeit. Er war ganz hilflos und sagte mir, daß er ein schlechter Mensch sei, da er doch für die Staatssicherheit gearbeitet hat. Er war wirklich fertig und suchte Rat bei mir. Er hatte sich zu seiner Vergangenheit bekannt. Bei Ihnen aber vermisse ich die Vergangenheitsbewältigung!*

FACH: *Ich sagte Ihnen ja: Ich hatte meine Ideale. Nicht die Partei stand bei mir an erster Stelle, sondern die Menschen. Obwohl ich damals glaubte, daß beides identisch sei. Ich spürte jedoch die Verletzungen, sah, wie Theorie und Praxis zunehmend auseinanderfielen. Und dagegen wollte ich ankämpfen. Als es mir nicht gelang – glauben Sie mir –, erst recht nicht im Armaturenwerk, habe ich mich zurückgesehnt in meinen Beruf. Doch Sie wissen ja nicht, welche Schwierigkeiten ich auch mit meinem, wie ich es nannte,* idealen *Sozialismusbild auf mich nehmen mußte.*

Lilie: *Wenn es denn eine solch schlimme Zeit für Sie war, dann verstehe ich nicht, warum Sie erst am 1. 1. 1990 und nicht schon am 1. 12. 1989 im Hort angefangen haben zu arbeiten.*
Fach: *Auch das ist ganz einfach zu erklären. Ich nahm Anfang Dezember meinen Resturlaub, begann aber vor Weihnachten bereits, die paar Tage unentgeltlich, meine Tätigkeit im Hort der Heinrich-Heine-Schule.*
Lilie: *Aber wieso meldeten Sie sich dann nicht in der Rosa-Luxemburg-Schule zurück?*
Fach: *Weil weder dort wie hier, mitten im Schuljahr, eine Stelle als Lehrerin frei war. Anders im Hort der Heinrich-Heine-Schule. Denn zunächst hatte ich mich ja als Lehrerin beworben. Die Arbeit als Hortnerin, wurde mir versprochen, sollte für mich nur eine Übergangslösung sein.*
Lilie: *Nun aber will ich Ihnen mal was sagen. Entweder sind Sie trotz all Ihrer Parteischulungen wirklich so naiv, oder Sie wollen uns hintergehen. Ich wundere mich, weshalb Sie nicht schon selbst darauf gekommen sein sollten, nachdem ich Ihnen das Beispiel von diesem Mann erzählt habe: Die Rosa-Luxemburg-Schule lehnte Sie ab, weil Sie dort jahrelang Parteisekretär waren und überdies der dringende Verdacht besteht, daß auch Sie für die Staatssicherheit gearbeitet haben. Das hätte ich gern von Ihnen selbst gehört* (Er blickte auf seine Armbanduhr.) *nach dieser halben Stunde. Ihr Eingeständnis!* (Da endlich ließ er die Katze aus dem Sack, und ich war so schockiert, daß es mich beinahe umhaute.)
Fach: *Das ist eine Verleumdung. Ich war nie bei der Staatssicherheit!*

LILIE: *Oho! Aber ging das denn nicht ganz automatisch? Parteisekretär – Informeller Mitarbeiter, wie es heute heißt, der Stasi – Berichte über Kollegen und Elternhäuser liefern – Spitzel.*

FACH: *Das ist eine Verleumdung!* (Da gingen mir die Nerven durch. Mir war zum Heulen.)

LILIE: *Und in das Armaturenwerk wurden Sie nur geschickt, um dort Ihre Horch-und-Guck-Arbeit fortzusetzen. Eine Bildungsstätte, Frau Fach, das war doch nahezu eine ideale Tarnkappe.*

FACH: *Ich sehe, Sie wollen mich loswerden. Unter allen Umständen. Mit Unterstellungen, Verdächtigungen, Lügen.*

LILIE: *Ich möchte auch das überhört haben, Frau Fach. Doch Ihnen dürfte wohl klar sein, daß ich nun meine Meinung über Sie dem Personalrat mitteile. Er wird über Sie entscheiden. Ich allerdings spreche Ihnen jede Eignung, unsere Kinder im demokratischen Geiste zu erziehen, ab. Ich bin schließlich verantwortlich für die Besetzung der Hortstellen. Und Sie können sich ja dann immer noch als Lehrerin bewerben.*

FACH: *Der Personalrat entscheidet also über mich...*

LILIE: *Ja.*

FACH: *Und werde ich dann auch vor dem Personalrat gehört? Kann ich mich dort verteidigen, auch gegen Ihre Anschuldigungen?*

LILIE: *Nein. Wir haben ja hier eine Vertreterin des Personalrats zu sitzen.*

FACH: *Aber der Personalrat kennt mich doch gar nicht.*

LILIE: *Er kennt Ihre Akten und meine Meinung.*

FACH: *Und allein das soll genügen, um einen Menschen*

zu beurteilen? Auch Frau Piffert kennt mich nicht. Sie kennt mich nur von diesem Gespräch.

PIFFERT: *Ja, das stimmt. Ich sehe Frau Fach heute zum ersten Mal.* (Es waren wirklich die einzigen, ihre ersten und letzten Worte während der gesamten Vorstellung.)

FACH: *Und wie soll das alles denn weitergehen ...* (Ich Schaf! Das hatte ich mehr zu mir gesprochen, doch laut vor mich hin, während er mal wieder telefonierte.) *Dann wird sich auch die Laienspielgruppe auflösen. Und das wäre für die Kinder sehr traurig. Wir hatten uns soviel vorgenommen...*

LILIE: *Frau Fach, sehen Sie, jetzt machen Sie schon Ihren zweiten Fehler. Sollte mir der Personalrat nicht zustimmen und ich müßte Sie trotzdem nehmen, dann heißt das ja immer noch nicht, daß Sie an Ihrem jetzigen Platz bleiben können. Es spielt ja noch eine Rolle, daß Sie fachlich dazu gar nicht ausgebildet wurden. Sie sind doch für die Arbeit als Horterzieher gar nicht qualifiziert. Hingegen stehen andere, die diese Ausbildung besitzen – denn wir werden auch um Schließungen nicht umhinkommen –, bald Schlange vor meinem Amt.*

FACH: *Meine Arbeit zählt nicht... Laienspielgruppe, Flötenunterricht, nicht mein Vertrauen bei den Kindern...* (Ich könnte mich ohrfeigen dafür. Es mußte wie Bettelei klingen.)

LILIE: *Nein. Das müssen Sie doch einsehen. Sie, die doch immer alles für die Menschen tun wollten. Ich muß zuerst an Ihre – bis jetzt noch – Kollegen denken. Und außerdem, nochmals: Ich halte Sie für unfähig, entsprechend dem neuen Schulreformgesetz Kinder zu erziehen. Ihnen würde ich meinen Sohn niemals anvertrauen.*

FACH: *Na gut. Wann höre ich von der Entscheidung?*

LILIE: *Das werden Sie schon sehen. Sie bekommen Bescheid von uns.*

So und nicht anders, schrieb Simone in ihrem Brief, habe das Gespräch sich abgespielt, auch mit dem Gestammel ihrerseits hier und dort, was sie zu entschuldigen bitte. Sie vermute, sie werde das Protokoll noch benötigen, und deshalb sei es ihr auf Wahrhaftigkeit angekommen, so daß sie nachträglich auch stilistisch nichts habe beschönigen wollen. Etwa ein dutzendmal habe zwischendurch auch das Telefon geläutet, wodurch es immer wieder Unterbrechungen gab. Sie schloß:

»Das Schlimmste für mich aber war, daß dieser Mann, der im Kreissekretariat ausgerechnet der Sportvereinigung Dynamo saß, von der jeder doch weiß, von welchem Ministerium sie gelenkt wurde, er also ein solch unbeschriebenes Blatt, wie er von sich behauptete, nicht gewesen sein kann – daß dieser Mann, dieser Konvertit (im günstigsten Falle), dieser Hexenjäger mir die Fähigkeit absprach, Kinder zu erziehen. Dagegen läßt mich der Vorwurf, ach, wißt Ihr, ich hätte für die Staatssicherheit gespitzelt, sogar kalt.«

32

Auch von Sibylle erhielten sie Post, und was sie ihnen mitteilte, hörte sich alles in allem recht beruhigend an. Inge und Freddi fiel ein Stein vom Herzen. Sie vermochte sogar zu scherzen, verzieh ihrem Sohn die Schreibfaulheit, da er lediglich seinen Namen unter die lieben Grüße seiner Verlobten gesetzt und nicht einmal wie gewöhnlich, obgleich auch dann nur als PS und ziemlich nichtssagend, ein paar Worte hinzugekritzelt hatte. Wenn Bylle nicht wäre, würden sie wohl höchstens aller Jubeljahre etwas über ihn erfahren. In ihr, meinte Inge, habe er einen Goldschatz gehoben, und sollte dieser »Luftikus« es jemals wagen, wieder auf dumme Gedanken zu kommen, sich wie seinerzeit mit dem Fallschirm gar auf andere Sprünge einzulassen, Seitensprünge zum Beispiel, würde sie umgehend nach Nürnberg eilen und ihm den Hintern versohlen.

Zunächst bedankte sich Bylle für die schöne bunte Karte mit der Alpenansicht, die sie ihnen aus Kiefersfelden geschickt hatten, beschwerte sich aber – leise, nur zwischen den Zeilen zu lesen –, daß sie nicht noch einmal auf dem Rückweg, wenigstens für einen Abend und eine Nacht, bei ihnen Station gemacht hätten. Es wäre sicherlich nützlich gewesen, besonders für ihren Papa, der von ihm, Freddi, seit ihrem Besuch die allergrößten Stücke halte und oft von ihm spreche. Zwar fragten sich beide, warum Bylle, wie bereits beim Abschied vor Wochen, erneut auf den Gemütszustand ihres Vaters anspielte, aber Freddi tat es mit der Bemerkung ab: »Der is 'n oller Suffkopp, und wenn er sich nich fängt, is er selber dran schuld.«

Es war ein langer Brief, ein dicker, in großzügiger Handschrift (anders als die Simones, die eher einem Puzzle glich) acht Blockseiten voll, so daß Freddi ihn auf die Küchenwaage legte und seine Vermutung bestätigt sah. »Dafür hätte sie für siebzig Pfennig mehr Marken draufkleben müssen. Man gut, daß die Post nich so pingelig war. Sie schröpft uns ja so schon genug. Früher kostete ’n normaler Brief zwanzig Pfennige, heute ’ne Mark.«

Die wichtigste Nachricht aber, mehrmals unterstrichen, fiel dann sofort ins Auge: Sie hatten beide Arbeit erhalten! »Wie schnell das doch geht, drüben, na bitte, innerhalb eines knappen Monats. Und da haben wir uns in den Alpen noch die heftigsten Kopfschmerzen gemacht...« Gerald war als Bauklempner untergekommen, bei einer Firma in der Nähe von Heilbronn. Doch Bylle korrigierte sich sofort, und jedem ihrer Worte, trotz so mancher Beschwernisse, von denen sie ebenfalls berichtete, konnte man entnehmen, wie fröhlich sie gestimmt war. Ja, das kannten sie schon, ihr lag das Herz wie immer auf der Zunge!

»Nein, das ist nicht ganz richtig. Die Firma Mayers & Holfing hat ihren Sitz in Frankfurt, aber sie baut über die gesamte Bundesrepublik verstreut. Bloß, soviel ich weiß, im Osten nicht. Wir lasen ihre Annonce in der »Nürnberger Zeitung«. Wie schon zwanzig-, dreißigmal zuvor, doch vergeblich, hatte Gerry auch diesmal seine Bewerbung hingeschickt. Allerdings ohne den geringsten Funken Hoffnung. Doch dann, stellt Euch vor, keine zehn Tage hat’s gedauert, und die Antwort war da. Einladung zum persönlichen Gespräch! Nichts wie hin! Ijollah! Euer Herr Sohn aber, dieser wandelnde Skepsisberg, nicht einmal die Lippen hat er verzogen, um sich wenigstens ein Lächeln abzuknausern. Ich hingegen hätte Kabolz schießen können vor lauter Freude. Gewiß, ihn ärgert: Sie brauchen keine Ingenieure. Was sie suchen, sind Klempner. Die aber vom Feinsten, Fachleute. Na und, was macht das schon. So einer wie Gerry, der muß sich doch nicht verstecken. Und Hauptsache: Arbeit. Nun hockt er nicht länger in unseren engen vier Wänden, mault und döst griesgrämig vor sich hin. Wie inzwischen Papa. Er nämlich redet immer öfter von Entlassungen in seiner Firma. Dann wieder, daß er Gütekontrolleur werden soll. Mützenplütz! Ich kann mir denken, warum. Wenn er auch flunkert. Aber Gerry, ja, der ist anders. Zwar muß er jetzt täglich 160 Kilometer hin und dasselbe wieder zurück mit dem Auto fahren. Das sind jedesmal morgens und abends zwei Stunden, wobei er noch Schwein haben muß, daß er nicht in einen dicken Stau gerät. Montags und freitags zum Beispiel, wenn die Blechlawinen aus der alten Heimat rollen. Da ist es hier dicht auf der Autobahn um Nürnberg. Aber sonst... Um vier Uhr ist die Nacht für ihn zu Ende. Natürlich fällt ihm das Aufstehen schwer. Dann quält er sich aus dem Bett, schleicht in die Küche. Auch meine Eltern ratzen noch nebenan. Er glaubt, ich höre ihn nicht. Sein Trapsen und Stöhnen. Ich freilich kann mich noch einmal umdrehen. Meine Schicht beginnt ja erst um vierzehn Uhr. Noch lange hin. Gerry macht sich dann sein Freßpaket. Vier Stullen mit Schinken und Wurst. Er will nicht, daß ich sie ihm schmiere, extra deswegen aus den Federn krieche. Schnell trinkt er noch einen Kaffee vom Gekörnten. Manchmal aber höre ich doch noch die Tür ins Schloß fallen, auch, wie er draußen schon auf der Straße seine Sachen in den Kofferraum wirft und der Motor zu brummen anfängt. Ach, dann kann ich's nicht lassen, trete ans Fenster und schaue ihm nach, hinter geschlossener Gardine. Vor ihm die Knochenarbeit. Das schlaucht. Und ein wenig tut er mir leid. Aber was hilft's. Wir beide müssen da durch. Etwa um sechs Uhr abends ist er wieder zu Haus. Ganz allein, nur mit den Eltern, ohne mich. Mützenplütz! Er ißt Abendbrot, oft noch eine warme Suppe, und guckt ein bißchen in die Röhre. Doch dabei schläft er manchmal schon ein. Ich weiß, daß er zu müde ist, um auf mich zu warten, wenn ich erst gegen elf aus Fürth heimkomme. Wir freuen uns auf die Wochenenden. Aber Ausgehen wie früher, bis in die Nacht hinein tanzen – das vergessen wir lieber. Wie lange das wohl noch währt? Schwamm drüber. Gerry verdient gut. Mit Überstunden und anderen Zuschlägen dreitausend netto im Monat, dazu rund eintausend Mark Fahrgeld. Das wurde ihm versprochen. Ijollah! Einmal, als es zu spät wurde, hat er gleich in Heilbronn in der Baubaracke übernachtet. Dazu aber, sagte er, kriegen ihn ein zweites Mal keine zehn Pferde. Er kampierte in einem Raum zusammen mit Pendlern von sonstwoher, aus Sachsen und Thüringen, sogar zwei Polen darunter und ein Araber. Nicht, daß er etwas gegen die hätte. Aber ein Bier nach dem anderen. Und am Ende dann gab's eine wüste Schlägerei. Nein, da nimmt er lieber die Strapazen mit dem Auto auf sich. Die anderen erhalten ja auch viel weniger Stundenlohn, nicht wie Gerry 21,14 DM. Die werden nur nach Osttarif bezahlt, die Polen nicht einmal danach. Schulter an Schulter auf derselben Baustelle, doch dann diese Ungerechtigkeit... Ob man will oder nicht, das stiftet von vornherein Unfrieden. Gerry, als der Besserverdienende, denn er gilt ja mit seinem Wohnsitz in Nürnberg als echter Westbürger, fühlt sich dabei stets in der Zwickmühle. Er weiß, daß es ein Dumpinglohn ist, mit dem die Arbeiter aus dem

Osten von Mayers & Holfing abgespeist werden. Aber, wenn dagegen schon die Gewerkschaft nur flau protestiert, soll er sich den Mund verbrennen? Er würde die längste Zeit in Heilbronn gewesen sein! Mützenplütz! Und letzten Sonnabend und Sonntag hat er sich gar den Kopf zergrübelt. Darüber, ob er den Vorschlag seines Oberbauleiters annehmen soll, Vorarbeiter zu werden. Der rief ihn zu sich. Bei seiner Qualifikation, meinte er, denn immerhin sei Gerry von Hause aus Ingenieur, und solche Leute brauche die Firma... Doch Gerry fürchtet, daß er dann erst recht zwischen Baum und Borke stünde. Käme es zu Arbeitskämpfen, würde er von der einen Seite vielleicht als Schwarzer und von der anderen als Roter beschimpft. Ihr kennt ihn ja wie ich. Nie könnte Gerry ein Antreiber sein. Dazu fehlt ihm das Zeug.

Hallo, mich aber gibt es auch noch! Ich habe, und zwar sofort, nachdem Ihr uns besucht hattet, ebenfalls einen *Job* gefunden. Arbeit kann man das wohl nicht nennen, denn seitdem weiß ich auch, was der Unterschied ist zwischen einer Arbeit und einem Job. Ich bin in Fürth. Na, Ihr ahnt es schon. An der »Quelle« sitzt das Mädchen, woher auch Ihr ständig Eure dicken Kataloge bezieht. Vorläufig bin ich für die Spätschicht eingeteilt, verpacke von 14 bis 22 Uhr Versandbestellungen. Und wenn ich zufällig einmal an ein Paket mit Eurer Adresse geraten sollte, werde ich einen Zettel mit Gruß und Kuß hineinlegen. Um mich herum über fünfhundert Frauen, die hier ebenfalls täglich mit Bussen aus dem Osten angeschleppt werden. Meine Nachbarin wohnt in einem Nest weit hinter Erfurt. Dort wird sie nach Mitternacht wieder ausgespuckt, braucht noch zwanzig Kilometer bis nach Hause.

Ihr Mann, arbeitslos, kümmert sich um die Kinder. Er holt sie jedesmal vom Bushalteplatz in Erfurt ab und bringt sie bis zum nächsten Mittag wieder hin. Das ist ein Job (!), sagt sie, den man nicht lange aushält. Aber einer muß doch verdienen. Eintausendachthundert Mark brutto im Monat. Ich bin keine Ausnahme, kriege dasselbe. Nein, ich habe es nicht so gut getroffen wie Gerry. Schlimmer als am Fließband. Mit einer technischen Zeichnerin hat das so wenig zu tun wie die Mathematik mit Müllers Esel. Aber wir haben Arbeit! Wenn auch irgendwie! Ijollah! Und fast sechstausend zusammen und hoffentlich bleibt's so. Dann könnten wir bald auch heiraten. O, wie gern würde ich Euch wie Simone zu Großeltern machen. Ihr habe ich auch geschrieben. Aber zuvor müßten wir eine eigene Wohnung besitzen. Ich denke, das schaffen wir. Sparen, sparen und nochmals sparen heißt unsere neuste Devise. Denn wie jetzt, in den zweieinhalb Zimmern, davon nur das halbe für uns, und Papa immer döselig – so zu leben, geht ja nicht bis in alle Ewigkeit. Und wenn dann noch ein Baby hinzukäme, eins, das so richtig knuddelig ist und ständig versorgt sein will... Nein. Das ist kein Ijollah! Das wäre Mützenplütz!«

Inge und Freddi hatten bereits Sibylles früheren Briefen entnommen, was sie mit diesen beiden Wörtern, die wohl allein ihre Erfindung waren, ausdrücken wollte. Sie hatten sie zwar nie danach gefragt, doch im Zusammenhang gelesen, konnten sie sich deren Bedeutung leicht erklären. Das eine benutzte sie als eine Art Jubelschrei, während sie mit dem anderen einen zwar derben, doch, da in aller Munde bereits, längst gesellschaftsfähig gewordenen Fluch umschrieb.

Ja, dieser Brief verbreitete Zuversicht, und für die nächsten Stunden übertrug sich Sibylles Fröhlichkeit auch auf sie.

»Erinnere dich«, sagte Inge, »wie wir beide einst angefangen haben. In der scheußlichen, schon halb abbruchreifen Mietswohnung. Bevor wir das Haus bauten, Simone noch klein und krabbelig, und Gerald unterwegs. Wir haben es auch gepackt.«

33

Ende August schickte Simone ihren Eltern eine Kopie des Schreibens, mit dem ihr gekündigt wurde. Unter Verzicht auf die solchen amtlichen Schriftstücken eigenen Formalitäten (als da sind: Aktenzeichen, breit den gesamten Briefkopf einnehmend STADTVERWALTUNG NEUENBRIETZEN, dazwischen das Wappen, Absender DIE BÜRGERMEISTERIN, Datum, Empfängeradresse FRAU SIMONE FACH etc.) sei hier der Text im vollen Wortlaut wiedergegeben:

Fach

Sehr geehrte(~~r~~) Frau/H~~err~~ ....,
hiermit kündige ich Ihnen den Arbeitsvertrag fristgemäß nach dem Gesetz zu dem Vertrag vom 31. August 1990 zwischen der Bundesrepublik Deutschland und der Deutschen Demokratischen Republik über die Herstellung der Einheit Deutschlands – Einigungsvertrag mit der sich gemäß § 53 BAT-O i. V. m. § 55 AGB ergebenen Frist

zum 30. 09. 1991.

Das öffentliche Interesse an einer Horterzieherpersönlichkeit, die glaubwürdig und überzeugend die innere und äußere Erneuerung der mecklenburg-vorpommerschen Schule auf der Grundlage des Grundgesetzes für die Bundesrepublik Deutschland und des ersten Schulreformgesetzes für das Land Mecklenburg-Vorpommern vertreten kann, gebieten es, strenge Maßstäbe an die persönliche Eignung anzulegen. Die Wahrnehmung der von Ihnen wahrgenommenen Funktion war sowohl im Verständnis der Öffentlichkeit als auch durch den Inhalt und die Art der Ausübung von der Zielsetzung geprägt, die Ziele der Partei und Staatsführung kritiklos durchzusetzen; dies führt dazu, daß eine weitere Verwendung als Horterzieher nicht möglich ist.
Auch im Gespräch am 31. Juli 1991 haben wir in Wahrnehmung unseres pflichtgemäßen Ermessens nicht die Gewißheit gewinnen können, daß Sie die erheblichen Zweifel an Ihrer Eignung als Erzieher ausräumen konnten.
Sie haben zwar erklärt, daß Sie sich einer neuen Schule anpassen könnten, eine kritische Vergangenheitsbewältigung mit glaubwürdigen Argumenten für einen zukünftigen beruflichen Bildungsgrad konnten wir jedoch nicht zur Kenntnis nehmen.
Die von Ihnen wahrgenommene Funktion zeigt aber, daß Sie sich mit Zielen, Methoden und Praxis der Machtausübung des Staats- und Parteiapparates der ehemaligen DDR so weitgehend identifiziert haben, daß im öffentlichen Interesse Ihre weitere Beschäftigung als Horterzieher nicht möglich ist.

(b.w.)

Wir kündigen Ihnen deshalb unter Hinweis des Einigungsvertrages vom 31. August 1990 Anlage 1, Abschnitt III, Punkt 5 Absatz 2 fristgemäß nach BAT-O.

Hochachtungsvoll!	*zur Kenntnisnahme*
	gez.
Klinkmann	*Pieper*
Bürgermeisterin	*Schulamt*

Bemerkungswert bleibt noch, daß Simone Fach natürlich, wie man von ihr weiß, dieses Schreiben nicht ohne Kommentar davonkommen ließ.

»Guckt Euch bloß mal genau«, schrieb sie, freilich ohne daran zu denken, ob ihre Eltern es auch nachvollziehen könnten, »dieses besch... Deutsch an: die *Wahrnehmung* der von Ihnen *wahrgenommenen* Funktionen... z.B., auch die orthographischen Fehler (und das abgezeichnet vom Schulamt!): *ergebene* statt sich *ergebende* Frist. Aus der Anrede oben geht übrigens hervor, daß ich dieses Schreiben mit offenbar gleichlautendem Text nicht allein erhalten habe, denn das »Herr« wurde gestrichen und mein Name nachträglich eingesetzt. Was aber die Höhe ist, sie haben mir trotz allen Protestes meinerseits in dem Gespräch mit Lilie nach § 53 BAT-Ost gekündigt. Und das ist jener Paragraph, der mir mit dem Verweis auf den Einigungsvertrag eine Mitarbeit oder gar Zugehörigkeit beim bzw. zum Ministerium für Staatssicherheit unterschiebt. Dagegen werde ich vorgehen! Und wie! Mit meinen Genossen habe ich mich bereits beraten. Ein Rechtsanwalt, der voll auf meiner Seite steht und sich krümelig lacht über soviel Angriffsfläche, übernimmt meinen Fall. Ich ziehe vors Gericht, ich werde die Stadt verklagen. Und dann wird sich ja erweisen, was dieser sogenannte Rechtsstaat wirklich taugt! Wer hier sein Recht bekommt!«

»Wie lange noch«, knirschte daraufhin Freddi, mit den Gedanken wohl auch schon woanders, so daß es erst jetzt wie eine Antwort auf den mutigen Zuspruch klang, den Inge Tage zuvor nach der Lektüre von Sibylles Brief gefunden hatte, »wie lange noch. Bis sie uns den Grund und Boden unterm Arsch wegreißen. Bis sie alles, was wir uns mit diesen Händen erbaut haben... Unsere kleine, winzige Existenz. Bis sie uns die kaputtmachen, tot uns schlagen.«

34

Diese Briefe, sowohl jener von Sibylle Waretzky als auch die beiden von Simone Fach, wurden bei der Hausdurchsuchung im Grasmückenweg beschlagnahmt, die auf Drängen des Bezirksstaatsanwalts Dr. Harald Blinsen geschah. Er bediente sich ihrer als Beweismaterial für die These seiner Anklage, daß es sich um einen gezielten Mord handle, Gütleins Tat, wenn nicht gar im direkten Auftrag, so doch unter Umständen erfolgt sei, die ihren intellektuellen Ursprung im dubiosen Umfeld der ehemaligen (und gewiß konspirativ noch tätigen) Staatssicherheit der DDR hätten.

Das Gedächtnisprotokoll Simone Fachs und das Kündigungsschreiben der Stadt Neuenbrietzen mögen ihm dabei – versetzt man sich in seine vorgefaßte Art zu denken – eventuell noch zustatten gekommen sein. Was er jedoch aus den letzten Zeilen im Brief von Sibylle Waretzky herauszulesen glaubte, daß nämlich Gerald, ihr Verlobter, mehr: des Delinquenten Sohn, ein Roter, folglich ein Kommunist, ein Werkzeug der ehemaligen SED- und Stasi-Herrschaft sei und somit womöglich als geistiger Anstifter zu gelten habe, war mehr als an den Haaren herbeigezogen.

So empfand es auch später Gütleins Verteidiger, Dr. Udo K. Meyer-Goltz, der, obzwar erst nach energischem Einspruch, ebenfalls Einsicht in diese Akten erhielt.

35

Die Siedler hatten für ihre erste Demonstration, mit der sie dem Magistrat der Stadt und in persona seinem Finanzdezernenten Dr. Rothenburger auf den Leib rücken wollten, bewußt einen Montag gewählt. Es war der 2. September 1991. Sie erinnerten sich der Massenaufläufe vom Herbst vor zwei Jahren, des – nach ihrem Verständnis – revolutionären Aufbruchs der Demokratie, der schließlich die alte Regierung hinweggefegt hatte, die nicht nur selbst von sich überzeugt gewesen war, sie sei unentbehrlich, unantastbar, bis in alle Ewigkeit installiert, sondern anfangs auch von der zögernden Mehrheit der hierzulande lebenden Menschen in einem solchen Lichte noch gesehen wurde. Also war man ja schon mit ganz anderen fertig geworden als mit solch windigen Typen, die nun in *** das Sagen zu haben vorgaben, jedoch nichts eiliger zu tun hatten, als gegen einen beträchtlichen Teil ihrer Bürgerschaft zu konspirieren, mit der Absicht, sich die »blühenden Gärten« (gemeint waren Grund und Boden) rund um die Eigenheime von Rentnern und, weiß Gott, krank und siech gewordenen Leuten, Frauen und Männern, Kindern und Kindeskindern, die ein Leben lang dafür geschuftet hatten, unter den Nagel zu reißen. Auch der Marktplatz mußte es unbedingt wieder sein, auf dem die Versammlung stattfinden sollte, denn hier wäre man den »Expropriateuren« (ein Wort, das jemand vom Sprecherrat offenbar dem Kommunistischen Manifest entnommen hatte) am nächsten, so daß der Protest lautstark wie Donnerhall in die Amtsstuben des Rathauses dröhnen und den Herren und Damen vom Oberbürgermeister bis zum letzten Telefonfräulein noch lange in den Ohren klingen würde.

Mit dieser Diktion stand es in dem Aufruf geschrieben, der nun erneut auf Handzetteln gedruckt und in die Häuser verteilt worden war. Gewiß, man verband mit der Demonstration eine große Nostalgie (anders konnte man es bei nüchterner Betrachtung kaum noch nennen), aber ebenso gewiß war auch, daß der Zorn sich endlich entladen wollte, der sich von Tag zu Tag mehr und in schlaflosen Nächten bei den von der »Enteignung auf kaltem Wege« (wie es ebenfalls hieß) betroffenen Bürgern, erst recht nach dem vorerst als verloren gegebenen Prozeß der Witwe Kusch, angestaut hatte.

Als Manfred Gütlein aus dem Urlaub zurückkehrte, waren die Dinge bereits soweit gediehen, daß er sie nur noch zur Kenntnis nehmen konnte, was er allerdings mit Freuden tat, zumal man ihn in seiner Abwesenheit als

Mitglied für den Sprecherrat nominiert hatte, der die nun offiziell sich als BÜRGERINITIATIVE bezeichnende Protestbewegung der Siedler vertrat. Er brauchte lediglich noch seine Zustimmung zu erklären, um die Otto Kuhnt ihn dann bat. Er hatte ihn vorgeschlagen, und es währte nur kurz, daß Freddi sich zierte.

Sie saßen in der Laube, tranken ein paar Biere, Kuhnt, indem er dazu wie stets ein Tulpenglas serviert haben wollte, während Freddi sich gleich aus der Flasche bediente, und als er noch mit leuchtenden Augen von seiner Begegnung mit der Wasseramsel erzählte, unterbrach ihn der Nachbar, rückte mit dem Siedlungsklatsch heraus und bei der Gelegenheit auch mit den neuesten Nachrichten über den Stand in Sachen Grund und Boden, was er, bei aller Achtung vor dem zwischen ihnen beiden allzeit heiligen Thema Ornithologie, in diesem Moment für noch heiliger hielt. »Bei deinem Ruf, mein Junge, hier in der Frohen Zukunft, wie du ständig auf Achse warst, von Haus zu Haus, als wir noch Löcher in den Wänden hatten, Fenster und Türen einbauen mußten und du dich um die Schlosserarbeiten gekümmert hast, da durfte kein Knebel, keine Klinke klemmen... Also war es doch eine Selbstverständlichkeit, dich zu wählen. Wie ich deinen Namen genannt hab, flogen sofort die Hände hoch, und besonders der Züchterverein fand für dich lobende Worte...« Ermunternd klopfte er ihm auf die Schulter. »Na denn, Freddi, darauf prost!«

»Mensch, ja, das is schon 'ne große Ehre für mich.«

So wie er reagierte, empfand er es auch. Und für einen Augenblick kam ihm sogar der Gedanke an Simone, an ihren letzten Brief, den sie dem Kündigungsschreiben beigelegt hatte. Sie mit ihrem Trotz. Aber sie zeigte Mut und gab nicht klein bei. Also würde auch er nicht zu Kreuze kriechen. Protest, jawoll: Protest. Und dann wollen wir doch mal sehen, wer hier sein Recht bekommt.

Mit den MONTAGSDEMOS des Herbstes neunundachtzig aber besaß die Kundgebung *dieses* Montags im September kaum eine Ähnlichkeit, und wenn doch, dann allein, weil sie von einer vergleichbaren Unzufriedenheit mit den Regierenden beherrscht wurde. Um zu einem solchen Urteil zu kommen, bedurfte es nicht einmal des Kommentars der SATZ, den sie am nächsten Tag, zusammen mit einem Bericht und einem aus luftiger Höhe geschossenem Photo, veröffentlichte und in dem sie sich über die nostalgisch verbrämten Reverenzen (ihre »Bücklinge gegenüber der Herbstrevolution«) lustig machte. Einen fatalen Abklatsch nannte sie die Demonstration, eine Farce, was bereits Marx amüsiert habe, als er meinte, jedes geschichtliche Ereignis finde zweimal statt, ende beim ersten Mal als Tragödie und beim zweiten Mal in der Lächerlichkeit. Abgesehen davon, daß hier mit Kanonen auf Spatzen gefeuert wurde, der Verfasser wohl nur Bildung herauskehren wollte, war das Zitat, wie man weiß, arg entstellt. Vielleicht stammte es gar aus der Feder von Ducknitz, der damals ja ebenfalls die Demos mit seinen Artikeln begleitet hatte (nachweisen ließ es sich allerdings nicht, da die kommentierenden Sätze wie der Bericht nur mit EB gezeichnet waren), und wie dem auch sei, so falsch auch zitiert, in gewisser Weise traf es schon auf die Veranstaltung zu.

Die SATZ hatte an diesem Abend etwa eintausendunddreihundert Teilnehmer geschätzt, und rechnete man die Hälfte hinzu (denn wie sie früher bei ähnlichen Anlässen stets über-, so untertrieb sie neuerdings), kam man immerhin auf die stattliche Zahl von rund zweitausend Menschen, die dem Aufruf gefolgt waren. Was aber – und in diesem Punkte hatte die Zeitung recht – bedeutete das gegen die dreißig-, vierzig-, einmal gar sechzigtausend Demonstranten im Herbst neunundachtzig! Einen Klacks natürlich.

Auch glich das Aussehen des Marktes von *** schon seit langem nicht mehr jenem von damals. Zwar umrahmten das weitgestreckte Rechteck noch immer die Fachwerkhäuser und mittalterlichen Bauten, begrenzten die eine Stirnseite der Dom und die andere die Kirche St. Johannes, obwohl deren Fassade soeben von Baugerüsten und lang herabwallenden Planen aus blauer Plaste eingehüllt war, weil ihr Gemäuer von Sandstrahlgebläsen gereinigt wurde, doch auf dem Platz drängten sich nun an den Wochentagen dicht bei dicht Verkaufsstände des ambulanten Gewerbes. Hier hatten sich Bäcker und Fleischer von nah und fern, Gemüse- und Blumenhändler aus der Altmark und der Goldenen Aue, auch einer aus Holland, ein Fischverkäufer gar vom Dollart niedergelassen. Die einen boten garantiert ökologisch gebackenes Brot feil, die anderen Schnitzel und allerfrischeste Hausschlachtewurst von garantiert ökologisch gefütterten Schweinen. Die Rosen, Tulpen und Gerbera hatten ihre Farben aus Bilderbüchern, und die Paprikaschoten, Tomaten, Bananen und Äpfel sahen aus wie gemalt. Der mit dem Fisch von der Nordsee pries mit der lautesten Stimme, die je unbewaffnet über den Platz gehallt war, seine Räucherware an, darunter auch armdicke, fette Aale, die er hoch in die Luft hielt, um sie der mehr gaffenden als zahlenden Kundschaft schmackhaft zu machen. Es schmorte und brutzelte an allen Ecken und Enden, duftete, manchmal fast aufdringlich, penetrant für mittelsächsische Nasen, nach fremdländischen Gewürzen, besonders in der Nähe der Imbißwagen, wo die Türken an Spießen ihren Kebab brieten.

Wie einst im heroischen Herbst (auch diese Bezeichnung stammt von der SATZ) sollte die Demonstration um siebzehn Uhr beginnen. Doch da auf dem Platz das Marktgewimmel noch voll im Gange war, die Stände und Buden ihn blockierten, blieb für den Protest der Siedler nur wenig Raum, nicht mehr als der letzte freie Fleck zwischen der öffentlichen Bedürfnisanstalt unweit der Bushaltestelle und den beiden aus wuchtigen Quadern erbauten, steil aufragenden Türmen des Doms, was rein äußerlich bereits ein solcher Gegensatz war, daß er manchem schon bei seiner Ankunft als böses Omen erschien. Offenbar hatte der Sprecherrat nicht mit dieser Enge gerechnet, auch nicht die Masse der Menschen einkalkuliert, die kreuz und quer über das Pflaster trappelten, wohl nicht einmal ahnten, was es mit dem Grund und Boden auf sich hatte, und nur ihrer Kauflust nachliefen in der Hoffnung auf ein Schnäppchen. Die einen und anderen verharrten zwar kurz, schüttelten aber bald ziemlich desinteressiert die Köpfe, denn es gab nichts zu ergattern und auch sonst kein Verlangen, das sie anging. Auf der steinernen Brüstung, die die Treppe hinunter zum Pissoir umrandete, saßen zwei lumpig gekleidete und furchterregend unrasierte Männer, Stadtstreicher offenbar, die unterdessen ebenfalls zum Straßenbild gehörten, nuckelten abwechselnd aus einer Schnapsflasche, sahen eine Weile auch neugierig herüber, bis schließlich der eine, als jemand vom Sprecherrat die Versammelten noch um etwas Geduld bat, aus rauher Kehle dazwischenrief: »Wat is'n det, hoho! Wieder wat jejen Honecker und die Rejierung?«

Da war guter Rat teuer, um aus dieser verzwickten Lage herauszukommen. Denn wenn sich die Siedler, ihr trutziger Haufe, nicht deutlich von den anderen Leuten unterschieden, würden sie sich kaum Gehör verschaffen können und ihr Protest tatsächlich verpuffen. Also entschloß man sich, noch zu warten, schwatzte, vertrat sich die Beine, blieb jedoch alles in allem auch weiterhin standhaft. Endlich, gegen achtzehn Uhr dann, als die Zeit für den Ladenschluß heranrückte, begann sich der Marktplatz allmählich zu leeren, packten die Händler ihre Sachen, bargen ihre Waren, und schon rollten auch die ersten beräderten Verkaufsstände hinter vorgespannten Autos davon.

Erst jetzt wurde sichtbar, was sich hier tat. Die Siedler zogen vor die Treppe zum Rathaus, das eine der Breitseiten des Platzes einnahm, und hoch über ihren Häuptern schwankte, leicht vom Winde gebläht, erneut ein riesiges, mit Bedacht so auffällig angefertigtes Transparent aus weißem Tuch, das in schwarzen Lettern die Aufschrift trug: KEINE GEWALT, mit Bedacht gewählt deshalb, weil die Leitung der Bürgerinitiative auf keinen Fall den Eindruck erwecken wollte, sie solidarisiere sich mit den Morddrohungen, die dem Finanzdezernenten, wie verlautet, bereits auf den Tisch geflattert sein sollten, und somit verstand sich diese Mahnung ebenfalls als Verbeugung gegenüber jenem »heroischen Herbst«. Aber auch andere Spruchbänder und Pappschilder wurden gereckt, manche darunter, deren Losungen aggressiver klangen: *Recht muß Recht bleiben! – Sollen die Westprofis weinen: Keine Mark MEHR von den Kleinen! – Im Land der größte Schelm heißt Rothenburger, Anselm. – Gekauft ist gekauft, wiederholen ist gestohlen. – Rotenbürger? Schwarzer Würger! – Kohl versprach: Werdet satt. Doch jetzt verkohlt uns die Stadt. – Die alten Bonzen sind gegangen – die neuen wollen uns hangen.* – Und als dann ein Vertreter der SPD das inzwischen aufgestellte Rednerpult besetzte, um den Finanzdezernenten, seinen Parteigenossen, ähnlich wie jüngst vor Gericht der Stadtjustitiar, zu verteidigen, wurde neben ihm unter tosendem Beifall ein Transparent mit dem Text entfaltet: *WEHRT EUCH! sagt Engholm.*

Nacheinander, quer durch alle politischen Ansichten, doch ziemlich geordnet und gesittet, ergriffen die unterschiedlichsten Redner das Wort, allesamt nur in einem einig, der Forderung, die Bodenpreise so zu belassen, wie sie vor einem Jahr bezahlt und von Notaren bestätigt wurden, und endlich die Eigentumsrechte in den Grundbüchern zu beurkunden. Der *Koordinator* des Sprecherrats, was, obwohl der Titel bescheidener klang, faktisch bedeutete, daß er den Vorsitz führte, ein hagerer Mann aus dem VOGELSANG, der aus seinen tief liegenden, unter buschigen Brauen halb verborgenen Augen sehr kritische Blicke verschießen konnte (im Beruf war er Kunstkritiker), hatte die Kundgebung eröffnet. Ihm folgten neben dem Rechtsanwalt Dr. Wünscher ein eigens von der Juristischen Fakultät der Universität Leipzig als Sachexperte hinzugezogener Professor, der etwas langatmig und ermüdend die Gesetzeslage erläuterte, eine

Tochter der Witwe Kusch, die die Prozeßführung gegen ihre Mutter, wenngleich klüger und weniger rauflustig als diese, so doch weit emotionaler als ihre Vorgänger anprangerte, und die Vertreter von Parteien, FDP, PDS, Die Grünen. Nur das Bündnis 90, was einen großen Unmut hervorrief, und die CDU, der der Oberbürgermeister angehörte, hatten gekniffen. Als der Fraktionsvorsitzende der PDS sprach und darauf verwies, daß seine Partei sich sowohl vor dem Magistrat als auch in den Ausschüssen und der Stadtverordnetenversammlung stets auf die Seite der Siedler gestellt habe, wurden zwar Meinungen laut, er und seine Konsorten seien lediglich auf Stimmenfang aus, aber die meisten in der Menge honorierten es ihm mit starkem Applaus. Und wie es dagegen dem Mann von der SPD erging, zeigt die Reaktion, als bereits zum Beginn seiner Rede der markige Spruch seines Parteichefs aufgespannt wurde: WEHRT EUCH! Er erntete Gelächter, Pfiffe und Buh-Rufe, so daß er schließlich aufgab und das Pult bedeppert verließ.

Auch Inge und Manfred Gütlein, beide wie sonst nur zu Familienfesten angezogen, sie in einem neuen Kleid vom Otto-Versand, lilagelb und großgeblümt, und er im Einreiher und mit Krawatte, hatten sich nicht gescheut, immerzu lautstark sich einzumischen, wenn sie glaubten, daß es not tat, in die Hände geklatscht, bis sie schmerzten, aber auch hier und dort ihr Mißfallen herausgeschrien. Einmal, als er mit anhören mußte, wie dieser Dr. Rothenburger von seiner SPD über alle Maßen gelobt und nahezu mit einem Heiligenschein bedacht wurde, erregte er sich so heftig, daß ihm der Hals anschwoll, er einen Hustenanfall bekam, wogegen er sich nur noch zu helfen wußte, indem er den Schlipsknoten aufriß und sein Hemd aufknöpfte.

Da reichte es ihm, da wurde es ihm zu bunt. Noch unter Ächzen und Stöhnen fluchte er vor sich hin: »Dieser Scheißkerl. Diese Partei ... Nich einen Pfifferling is sie noch wert. Bei der nächsten Wahl muß sie die Quittung kriegen.«

Einer der Männer neben ihm, der ihm soeben auf den Rücken geklopft hatte, um damit seinen Anfall zu lindern, zischelte ihm daraufhin zu: »Warum gehst du denn nicht aufs Podest, Kumpel. Einer von uns Arbeitern muß doch auch mal was sagen. Ich denke, du bist im Sprecherrat?«

Ja, der Mann hatte recht. Freddi drängte sich durch die Reihen vor ihm, stieg die Stufen hinauf und trat ans Pult. Der Kunstkritiker schien zwar erstaunt, als er ihn gewahrte, blickte ihn aber gar nicht so kritisch an, im Gegenteil, er nickte ihm ermunternd zu, was wohl soviel zu bedeuten hatte wie: Nur zu, nur zu ...

Er packte das Megaphon, hielt es vor seine Lippen. »Ich hab hier auch mal 'ne Meinung ...« Doch plötzlich erschrak er. Allein seine Stimme hallte jetzt über den Platz und wurde von den hohen Gemäuern ringsum, den Häusern und den beiden Kirchen, mit einem Echo zurückgeworfen, so daß sie ihm völlig fremd vorkam. Er fühlte sich, als sei er mit einem Mal selber allein gelassen. Zwar sah er die Masse der Gesichter vor sich, die sich ihm offenbar voller Erwartung zugewandt hatten, aber sie verschwammen vor seinen Augen. Er suchte Halt, suchte Inge, wenigstens an ihrem lilagelben Kleid wollte er sie erkennen, doch er fand sie nicht. Tief holte er Luft.

»Nu red schon, Freddi!« rief jemand über das Gebrummel der Menge hinweg.

»Ich bin's nicht gewohnt, vor so vielen Leuten ...«

»Macht nichts! Hauptsache: bloß keinen Schmus.«

»Ja, es muß heraus, Freunde und Mitbürger ...«

Jetzt rauschte Beifall auf.

»Das, was ich soeben gehört habe, ist der hinterletzte Dreck. Man will uns ans Geld ... Ach, was sage ich. Unser ganzes Leben will man uns verpfuschen. In die Pfanne hauen wie Eier und umrühren. Bis wir mürbe sind und gebraten und von den Geldsäcken,die sich nun überall herumtreiben, sich schon an unserer Wirtschaft, an unseren Fabriken mästen, noch als Nachspeise gefressen werden können. Unser Gut und Boden, unser Land, das wir uns abgerungen haben, wofür wir gearbeitet, geschmachtet, wofür wir gekämpft haben ... Das alles wollen uns die neuen Herren klauen und sich selber in den Rachen werfen. Nein! Nein! Nein!« Bei jedem Nein paukte er mit der Faust das Pult, so daß auch seine Schläge krachend über den Marktplatz schollen. »Wir kämpfen weiter ... Jeden Montag, jeden, stellen wir uns jetzt vors Rathaus. Bis *unser* Wille geschieht ...«

Zu vermuten bleibt, daß Manfred Gütlein mit seiner Rede noch nicht am Ende war. Mehrmals, nahezu rasend sogar, nachdem er zu weiteren Demonstrationen aufgerufen hatte, war er von Beifall unterbrochen worden, was ihn, wie er später sagte, auf merkwürdige Weise angestachelt habe, immer noch schärfere Töne zu finden. Fast wie in einem Rausch sei er sich vorgekommen, allein da oben, die Menge vor Augen, die an seinen Lippen hing und nach jedem seiner Worte lechzte. Plötzlich aber sah er, wie die Gesichter sich von ihm wegdrehten, die gierige Aufmerksamkeit der Menschen offenbar von etwas anderem eingefangen wurde. Sie blickten schräg hinüber in die Richtung, wo im Winkel zwischen St. Johannes und der Großen Paulusstraße massig das Kaufhaus HORTEN stand.

Zunächst begriff er nicht, was geschah. Doch dann hörte er von unten her seltsame Rufe an sein Ohr dringen. Von Mal zu Mal wurden sie erregter: »Wir werden gefilmt!« – »Da, da! Die Kamera!« – »Wo denn?« – »Dort auf dem Dach! Bei Horten ...« – »Da, da! Das ist bestimmt der Verfassungsschutz!« – »Quatsch, das sind die Spione vom Magistrat!« Und mit einem Mal bildete sich auch ein Sprechchor, der zunehmend lauter die beiden Wörter skandierte: »Stasi raus! Stasi raus!«

Eine Gruppe erboster Männer stürzte auf das Kaufhaus zu. Doch die breite, von Alluminiumrahmen eingefaßte Eingangstür unmittelbar an der Ecke zur Großen Paulusstraße war bereits fest verschlossen. Sie rüttelten wütend mit vereinten Kräften an den Griffen, vergeblich, und als die Tür nicht nachgab, traten sie sie mit den Füßen ein. Freddi hörte das Glas splittern. Unter den Männern glaubte er auch den Schwerathleten aus dem ROSENGARTEN zu erkennen, der ihm einst schwitzend im Flur des Liegenschaftsamtes begegnet war.

Der Vorsitzende des Sprecherrats, der *Koordinator*, riß ihm das Megaphon aus der Hand. Doch ohne in Aufregung zu verfallen,wie die meisten Siedler dort auf dem Platz, eher gelassen, auch jetzt noch über den Dingen stehend, wenngleich mit eindringlicher, beschwörender Stimme, mahnte er zur Besonnenheit: »Ich bitte euch,

Freunde, Mitbürger. Ich bitte euch: keine Gewalt. Wir sind hierhergekommen, um unser Recht zu fordern, nicht um ebenfalls Unrecht zu begehen. Ich bitte euch, euch da drüben am Kaufhaus: Laßt ab. Seid vernünftig, Leute. *Keine Gewalt!*«

Er hatte Erfolg. Die Menge beruhigte sich.

Dennoch waren inzwischen zwei Männer die Treppen im Inneren des Gebäudes hinaufgestiegen, einer von beiden – und Freddi irrte sich nicht – war jener mit der Figur eines Schwerathleten. Denn als sie nach wenigen Minuten wieder den Platz betraten, erkannte er ihn deutlich. Er und der andere hielten in ihrer Mitte einen dritten, der mit Geräten voll bepackt war. Über den Schultern trug er ein Stativ und eine am Riemen hängende Ledertasche, in den Händen zwei Kameras mit aufgesetzten Objektiven.

Wie sich aber nun herausstellte, handelte es sich weder um einen Angehörigen des Verfassungsschutzes noch um einen Büttel des Magistrats. Es war lediglich der seit Jahren schon stadtbekannte Photograph der SATZ, und eins von den Bildern, die er vom Dach des Kaufhauses aus geschossen hatte, erschien nächsten Tags in der Zeitung, zusammen mit dem Bericht.

So hatten die Siedler am Ende gar noch ihren Spaß gehabt. Wer bloß, fragten sie sich lächelnd, hatte denn verdammt noch mal diese Schnapsidee, da über uns sei die Stasi? Die Demonstration löste sich auf. Es begann schon zu dämmern, auf dem Marktplatz sprang das Natriumlicht der Peitschenlampen an und färbte gelblich das Pflaster, das jetzt von einer Kehrmaschine gefegt wurde.

36

Die Tomaten reiften, und Inge Gütlein war soeben damit beschäftigt, die ersten rundum geröteten Früchte abzupflücken und in einem Spankorb zu sammeln. Hinter der Hofmauer nach Süden zu hatten sie mehrere Stauden zu stehen, und sie überlegte, ob es sich eigentlich noch lohnte, wieder neue anzupflanzen. Im Handel, wenngleich nicht billig – im Gemüseangebot bei AKKI kostete das Kilo zur Zeit drei Mark neunundfünfzig –, gab es jetzt jede Menge aus Holland und von sonstwoher, auch Fleischtomaten so groß wie Äpfel, aber am besten schmeckten Freddi und ihr die aus dem Garten. Sie enthielten ein eigenes, strengeres und daher für ihre Gaumen genußvolleres Aroma.

Da vernahm sie von der Straße her ein Auto hupen und kurz darauf die Stimme vom alten Kuhnt: »Was denn, Junge, Gerald! Du hast dich ja hier eine Ewigkeit nicht mehr blicken lassen!«

Die Antwort verstand sie nicht. Aber zweifellos, im Tonfall klang sie nach Gerry.

Otto Kuhnt, der seit kurzem über angehende Schwerhörigkeit klagte und wohl auch deshalb immer lauter sprach, erwiderte: »Na, da werden sich deine Eltern aber freuen.«

Sie setzte den Korb ab, ließ die Tomaten Tomaten sein und lief um den Hof herum zur Gartentür. »Freddi! Freddi!« rief sie und klopfte im Vorbeihuschen noch schnell ans Kellerfenster, hinter dem er in seiner Werkstatt irgendwelche Schlösser reparierte. »Wir haben Besuch! Gerry is da!«

Er mußte mit seinem Ford Fiesta über die Theodor-

Storm-Straße gekommen und von dort in den Grasmückenweg eingebogen sein, denn anders, wäre er die Wilhelm-Raabe-Straße entlanggefahren, hätte sie ihn über den Jagdzaun hinweg gewiß gesehen. Aber vielleicht hatte er, dieser Schlingel, gerade das vermeiden wollen. Er taugte ja immer zu solchen Überfällen, setzte dann in seinem hübschen Gesicht das spitzbübischste Lächeln auf, über das er verfügte, und sagte ganz einfach: Hoppla, da bin ich ...

Ja, die Überraschung war ihm auch diesmal gelungen. So früh schon am Sonnabendmorgen, so weit von Nürnberg und ohne sich angekündigt zu haben. Sie umarmte ihn, und ihr Sohn umarmte sie, und im außenliegenden Kellerschacht stakste Freddi die Treppe hinauf.

»Kann dir die Hand nich geben. Du siehst ja. Bin ganz ölig.«

»Nu komm aber mal rein«, drängte Inge. »Und wenn ich das gewußt hätte ... Heute gibt's bei uns bloß Kartoffelsuppe. Na, dann verzichte ich auf meine Würstchen. Ein paar Kartoffeln mehr kann ich noch schälen. Zum Abendbrot aber, da haben wir frischgeerntete Tomaten.«

»Ach«, sagte Gerald. »Mama, mir ist gar nicht danach. Ich habe weder Hunger noch Appetit.«

»Was denn, Gerry, was denn ... Is was passiert?« Ihr schwante plötzlich nichts Gutes. Sie bemerkte erst jetzt, daß ihr Sohn irgendwie angestrengt wirkte, sich weit stiller als sonst benahm, nicht so hoppla-da-bin-ich, sondern ernst und beinahe scheu. »Is was mit der Arbeit? Mit Sibylle? Überhaupt, warum hast du sie nicht mitgebracht?«

Er hatte die Nacht kaum geschlafen, wie schon die

beiden Nächte zuvor nicht. »Bylles Vater, ja. Er hat sich erhängt.«

Sie saßen mittlerweile im Wohnzimmer, und das Wort stand im Raum: *erhängt* und ließ alles andere vergessen. Sie wagten sich nicht zu rühren.

»O, mein Gott«, stieß schließlich Inge hervor. »Wie ist es denn geschehen? Er war doch noch so fröhlich vor einem Monat ...«

Kurt Waretzky jedoch, so sah es Gerald, hatte die Familie schon seit Wochen belogen. Bereits während ihres Besuchs auf der Durchfahrt in die Alpen sei er ohne Arbeit gewesen. Die Recyclingfirma, für die er Gläser und Flaschen gereinigt hatte, jagte ihn im Juni davon, und warum, das lasse sich leicht zusammenreimen. Alkohol, Bummelei. Er sei ja ständig im Tee gewesen. Jedenfalls erhielt Bylle eine dementsprechende Auskunft von dort, als sie, völlig ahnungslos, den Tod ihres Vaters hatte mitteilen wollen. Die erinnerten sich kaum noch an ihn. Aber zu Haus hatte Waretzky stets so getan, als gehe er noch voll seinem Job nach. Märchen hat er erzählt, vom Gestank auf den Müllkippen und daß es ihn anekle, man ihm aber bald eine andere, eine saubere Tätigkeit anvertrauen wolle, als Gütekontrolleur wie damals in Köthen – oder so ähnlich. Jeden Morgen verließ er pünktlich die Wohnung, man habe die Uhr nach ihm stellen können. Abends kehrte er heim, angesäuselt zwar, doch ebenfalls auf die Minute genau. Bis auf die letzten Tage. Da wurde es immer später. Zwei Nächte lang blieb er dann ganz fort. Bylle und ihre Mutter suchten ihn in den Regnitzwiesen, da sie wußten, daß er sich dort stets mit Stadtstreichern traf, um ihnen, wie er behauptet hatte, die zusammengeschütteten Neigen aus den

Schnapsflaschen zu verkaufen. Auch das war ersponnen, zumindest galt es schon seit dem Juni nicht mehr. Sie fanden ihn nicht, bekamen statt dessen von den Männern zur Antwort, er habe sich tagsüber hier mit ihnen herumgetrieben und sie hätten geglaubt, er sei ein Leidensgenosse. Ohne Frau, ohne Wohnung, ohne Familie ... Kurtchen, ach ja, Kurtchen. Argusauge hätten sie ihn genannt, weil er immer, wenn er hier was zum besten gab, davon sprach und mit den Fingern die Lider am rechten Auge auseinanderzog. Nein, seinen Nachnamen kannten sie nicht, nur, daß er einmal im Osten ein ganz großes Tier gewesen sein will. Bylles Mutter war bereits entschlossen, obwohl es ihr ungemein peinlich war, eine Vermißtenmeldung aufzugeben. Die Polizei schnüffelte dann trotzdem im Hause herum. Danach. Wer hätte denn das auch gedacht! Am Mittwoch, nach seiner Rückkehr aus Heilbronn, war Gerald in den Keller gegangen, der zur Wohnung gehörte, um sich eine Suppenkonserve heraufzuholen. Da sah er ihn. Mitten im Raum. Um den Hals einen Strick, dessen anderes Ende fest um einen Haken geknotet war, der sonst einer Schildkröte als Halterung diente. Die Lampe lag nun am Boden und strahlte von unten. Ein furchtbarer Anblick ... Und kein Abschiedsbrief, nichts. Kurt Waretzky war bereits zwei Tage tot.

37

Am Dienstag der folgenden Woche empfing Dr. Rothenburger eine Delegation der Siedler. Am Abend zuvor hatten sie sich, wie angekündigt, zum zweiten Mal zu ihrer

Kundgebung zusammengefunden, mit wiederum an die zweitausend Teilnehmern, mit demselben Zorn, denselben Spruchbändern, Transparenten und Losungen. Sie hatten erneut die Rathaustreppe besetzt und ihren Protest über den Markt hallen lassen.

Es war offensichtlich, daß der Magistrat nun einzulenken versuchte. Denn wenn sich der Unmut der Leute weiterhin so entlud, von Montag zu Montag gar eskalierte, würde der Platz in seinem ehrwürdigen Panorama nicht nur dem Aussehen nach ans Mittelalter erinnern, sondern bald auch ganz mittelalterlich finster brodeln oder, was noch schlimmer wäre, wie zu DDR-Zeiten zum Hexenkessel werden. Im Magistrat, hörte man, gab es bereits ernsthafte Differenzen in der Beurteilung der Kaufverträge vom Juni vorigen Jahres. Der Oberbürgermeister, CDU, wenngleich er sich soeben laut SATZ mit einer Grippe ins Bett gelegt hatte, solle sich mittlerweile angesichts der seit langem gehegten Befürchtung, es könnte in der Stadt der soziale Friede gefährdet werden, höchst besorgt gezeigt haben und mit seinem Finanzdezernenten von der anderen Partei, SPD, ins Gericht gegangen sein.

Was allerdings wirklich an solchen Gerüchten stimmte, ließ sich nur schwer ergründen. Am gestrigen Abend jedoch war aus dem Rathaus zu den Demonstranten eine Botschaft gedrungen, derzufolge Dr. Rothenburger sich bereit erklärt habe, heute nachmittag eine Abordnung des Sprecherrats zu empfangen, die sich aber bitte von der Anzahl her in Maßen halten möchte.

Man wählte schnell deren Mitglieder, einigte sich auf je einen Vertreter aus jeder Siedlung, zwei Frauen, drei

Männer, bat den Rechtsanwalt Dr. Wünscher hinzu und befugte selbstverständlich Dr. Kassem, den Kunstkritiker, *Koordinator*, die Delegation zu leiten. Zu diesem »Häuflein der sieben Aufrechten« zählte auch Manfred Gütlein, dem die FROHE ZUKUNFT ihr Vertrauen aussprach.

Sie waren angemeldet. Nach einem kurzen Telefonat von seiner Loge aus, wies ihnen der Pförtner den Weg zu dem Raum, wo das Treffen stattfinden sollte. Der lag im zweiten Stock und glich einem kleineren Sitzungssaal. In der Mitte stand ein langgestreckter, ovaler Konferenztisch, umgeben von exakt in Reih und Glied aufgestellten, streng und steif wirkenden Polsterstühlen mit Seidenbezügen; die gesamte Stirnfront wurde von Fenstern eingenommen, die linke Wand von eingebauten Schränken mit Intarsien, und an der rechten hing auf hellgrauer, in sich gemusterter Velourstapete einsam ein meterhohes, in freundlichen Farben gehaltenes Bild des lächelnden Bundespräsidenten.

Von Dr. Rothenburger allerdings war noch nichts zu sehen. Eine Angestellte, womöglich eine Mitarbeiterin oder die Chefsekretärin seines Büros (denn sie blieb und schrieb später Notizen), versprach aber, daß er gleich kommen werde, und forderte sie auf, inzwischen Platz zu nehmen. Als die Frau aus dem FREIIMFELD fragte, ob sie einen Aschenbecher kriegen und rauchen dürfe, verzog die andere zunächst etwas konsterniert ihr Gesicht, entgegnete aber dann, in feinstem Deutsch und mit sehr spitzem S, betont höflich: »Nein, das ist hier nicht gesstattet. Unser Herr Doktor mag es nicht, und überdies, sehen Sie, würden die Sstilmöbel darunter leiden.«

Manfred Gütlein fand den Stuhl, auf dem er sich niedergelassen, nicht eine Spur bequemer, als er beim ersten Augenschein schon angenommen hatte. Die Sitzfläche war zwar weich gepolstert, doch so hoch, daß er Mühe hatte, ihr seinen Hintern anzupassen. Er war doch nun wirklich mit seinen einsvierundsiebzig kein Zwerg, aber wenn er nach hinten rückte, sich anlehnen wollte, konnte er nur mit den Fußspitzen den Boden berühren. Versuchte er hingegen, seine Schuhe platt mit den Sohlen auf den Teppich zu setzen, gelang es ihm nur mit einem Hohlraum im Kreuz, vom Steißbein bis zu den Schultern. Das machte ihn während der Verhandlung dann immer nervöser, zumal, wie ihm schien, sich bald alles im Kreise drehte und beim Theater endete. Wie aber mochte erst seiner Nachbarin zumute sein, der Schokoladenfrau aus dem HEIDERAND, die so zierlich gewachsen war, daß ihre Füße mit den Pumps in der Luft baumelten.

So waren sie allesamt wohl noch mit den »Sstilsstühlen« beschäftigt, als Dr. Rothenburger erschien, forschen Schritts durch die Tür tretend und von zwei Männern begleitet, beide wie er im tadellos sitzenden Straßenanzug, mit weißem Hemd darunter und dezenter, exakt geknoteter Krawatte. Nein, das war auf Anhieb zu erkennen, mit der Dame, von der sie empfangen worden waren, hatten sie nichts gemein; sie gehörten gewiß nicht zum Mitarbeiterstab des Finanzdezernenten. Die ganze Zeit über bestand ihre Aufgabe lediglich darin, sich in seinem Rücken aufzuhalten, starr in angemessener Entfernung von zwei Metern postiert, zwei Schattenrissen ähnlich vor dem grellen Tageslicht, das durch die Fenster flirrte, und zu schweigen und auch sonst keine Miene zu verziehen. Nur ihre Augen bewegten sich, manchmal traten sie auch von einem Bein auf das andere und steckten gelegentlich eine Hand in die Jacken- oder Hosentasche. Ja, diese beiden konnten nur *Bodyguards* sein, abgestellt zu Dr. Rothenburgers Bewachung, seitdem er, wie es hieß, von Mordanschlägen bedroht wurde. Freddi fragte sich, sobald er in ihre gelangweilten Gesichter blickte, ob es sich um zwei ganz normale Polizisten handelte, zwar in Zivil, oder nicht doch um Beamte vom Verfassungsschutz, der sich ebenfalls schon in der Stadt eingerichtet haben sollte. Dahinter kam er auch später nicht, nachdem er von diesen beiden nach den Schüssen überwältigt worden war und, schon längst hinter Gittern, seinen Gedanken an diese erste Begegnung mit ihnen nachhing.

Die gegenseitige Begrüßung verlief mit den üblichen Floskeln kurz und recht frostig, und danach begann Dr. Kassem als erster zu reden. Er nannte seine Worte Statement und las sie von einigen Blatt Papier ab. Er wolle, wie er sagte, die kostbare Zeit des Herrn Dezernenten nicht allzu lange in Anspruch nehmen. Die Standpunkte seien ja ohnehin bereits klar, obgleich, so hofften er und seine Begleiter, noch nicht verhärtet, wie es hier und dort den Anschein haben könne: durch die Veröffentlichungen in der Presse – durch den Prozeß, den die Witwe Kusch gegen den Magistrat geführt habe, und das vorläufige Urteil des Kreisgerichts, vorläufig deshalb, weil Dr. Wünscher, hier zu seiner Rechten sitzend, in Berufung gegangen sei – natürlich auch andererseits durch die zahllosen Interviews, die er, Dr. Rothenburger, in den Medien habe verbreiten lassen. Was er allerdings noch einmal ausdrücklich zu bedenken geben möchte, sei, daß die Grundstücke, die sozusagen den *casus belli* bildeten, von Menschen bebaut, bewohnt und gekauft wurden, die sich fast ein Leben lang darauf abgerackert und abgequält und sie demzufolge mit ihrer Hände Arbeit längst *moralisch* als ihr Eigentum erworben hätten. Das, nur das – nichts anderes verlange er im Namen aller Siedler von ihm, Dr. Rothenburger – solle er in Betracht ziehen. Es gehe hier letztendlich nicht um eine finanzielle, sondern um eine *politische* Bewertung.

Dr. Kassem war nur selten von seinem vorgefertigten Text abgewichen und hatte gesprochen, wie sie alle es von ihm gewohnt waren, präzise, sachlich, mit überlegener Ruhe, wozu auch der sonore Klang seiner Stimme beitrug. Zweimal nur, bei den Wörtern moralisch und politisch, hatte er den Ton angehoben, und es schien, als hätten dabei leise ein paar Emotionen mitgeschwungen.

Vielleicht war es gerade diese Art des Vortrags, die Gelassenheit Dr. Kassems, die Dr. Rothenburger in Aufwallung brachte, so daß er sofort scharf reagierte und am Ende seiner Entgegnung fast die Kontrolle über sich verlor. Zunächst berief er sich – und auch das war oft genug gehört worden – auf die Gleichbehandlung aller Bürger in dieser Stadt, auf das Recht schlechthin, das für alle gelte und weder Sentimentalitäten kenne noch moralische oder politische Unterschiede dulde. Genau darin, in diesem Punkte, sehe er auch den Sinn seiner Anwesenheit hier, im Bewahren und Verteidigen des Grundsatzes, des ehernen Prinzips, daß sich einzelne Privatpersonen nicht auf Kosten der Allgemeinheit Privilegien verschaffen, die einen sich nicht bereichern dürfen, wenn die anderen darunter zu leiden haben. Das allein sei christlich, sozial *und* politisch. Und schließlich verstieg er sich zu der Behauptung, es könnten wohl diejenigen, die noch kurz vor Ladenschluß durch ein Gesetz der bereits bankrotten DDR-Regierung Grund und Boden fast umsonst erhalten hätten – und die Frage sei erlaubt: ob nicht für treue Dienste – nur deren Parteigänger gewesen sein, also die alten …

Doch die Bezeichnung, die darauf folgen sollte, verschluckte er, wobei sie durchaus hätte lauten können: Bonzen, die *alten Bonzen*. Vielmehr versuchte er anschließend sich zu zügeln, beendete aber dann seine Rede mit den Worten: »Was Sie da, meine Damen und Herren, nun wieder Montag für Montag zum Leben erwecken wollen, was Sie sogar mit Krawallen inzwischen zum Popanz aufblähen, mag durchaus dem Verständnis von Demokratie in einer Diktatur, in einem Unrechtsstaat entsprechen, der Rechtsstaat jedoch, dem ich mich verpflichtet fühle, darf und wird dem Druck der Straße nicht nachgeben.«

Dr. Rothenburger saß an der Stirnseite des ovalen Konferenztisches, mit dem Rücken zu den Fenstern, so daß sein Gesicht im Wechsellicht der ab und an von treibenden Wolken verschleierten Sonne mal heller, mal dunkler erschien und ebenso wie die maskenähnlichen Mienen seiner Leibwächter nur schwer zu erkennen war. Er hatte sich während seiner Antwort breit mit den Unterarmen auf die spiegelblank polierte Tischplatte gestützt und, was von seiner nur schlecht verhohlenen Erregung zeugen mochte, ständig mit den Gelenken seiner ineinander verschränkten Finger geknackt. Am Schluß jedoch erhob er sich, ging ein paar Schritte auf und ab, weniger forsch jetzt als bei seinem Auftritt, und gestikulierte mit den

Händen, als stünde er nicht vor einer Delegation völlig friedlich gesonnener Bürger, die sich weithin sichtbar bereits auf dem Marktplatz von jeder Gewalt distanziert hatten, sondern vor Leuten, die ihm nach dem Leben trachteten.

Auch Manfred Gütlein, der später mit der Salve von tödlichen Schüssen diese Befürchtung auf so gräßliche Weise bestätigte, den von hier an gerechnet nur noch neun Tage von seiner Tat trennten, wäre zu diesem Zeitpunkt eines solchen Verbrechens nicht einmal in Gedanken fähig gewesen (abgesehen davon, daß er zu diesem Empfang bewußt auch die Makarow in der Voliere zurückgelassen hatte).

Er verharrte nur still, beobachtete zwar das Geschehen, im ständigen Ringen zugleich mit dem museumsreifen Polsterstuhl um eine bequeme Haltung, fand Gefallen am Statement Dr. Kassems und geriet während der Ausführungen Dr. Rothenburgers zunehmend in Rage, hütete sich aber, beim einen wie beim anderen, teils wohl auch eingeschüchtert durch die beiden spionierenden Wachtposten im Hintergrund, seinen Gefühlen freien Lauf zu lassen, sie gar nach außen hin preiszugeben. Worauf es ihm ankam, war, nur einmal das Gesicht des Finanzdezernenten sozusagen *in flagranti* zu erwischen, ohne die trügerischen Verzeichnungen von hell und dunkel, ihm nur einmal bei gleichbleibendem Licht in die Augen zu sehen. Denn bisher kannte er ihn nur vom Bildschirm oder aus den Zeitungen. Er war ihm, obwohl am anderen Tischende sitzend, noch nie so nahe gewesen, und die Blicke, dachte er, die einer von sich gibt, verraten den Mann, zeigen an, ob er lügt oder nicht. Dann gelang es ihm, doch er war enttäuscht. Jetzt, bei praller Sonne, verbargen die blitzenden Brillengläser die Augen. Aber wenigstens konnte Freddi die Züge, das Mienenspiel in seinem Gesicht ausmachen, die unwirsch gerunzelte Stirn unter dem dunkelblonden, straff gekämmten Haar, den Mund, die Lippen, die sich stets nach rechts unten schieften und zuckten, sobald er heftige Worte wählte, und das kantige, in der Mitte gekerbte und nach vorn gereckte Kinn. Sein Urteil, mochte es auch bereits voreingenommen sein, fiel vernichtend aus. Dieser Mann, glaubte er – und zu mehr verstieg er sich in diesem Augenblick tatsächlich noch nicht –, ist wie vom Teufel, besessen von seiner Idee und erfüllt von einem rigorosen Sendungsbewußtsein. Niemals wird der Verständnis für unsere Nöte aufbringen. Er wird gnadenlos sein. Und einmal entsann er sich auch seiner Fahrt nach Dresden, seiner Hoffnungen, Wünsche, Sehnsüchte, als er, getragen von der Euphorie der Menge, dem Kanzler wenigstens am Ärmel hatte zupfen wollen. Er verglich jene Begegnung mit dieser, war verbittert und fragte sich, wie das alles gekommen war.

Allerdings konnten weder er, Manfred Gütlein, noch die anderen Mitglieder an diesem Tag wissen, daß sich Dr. Rothenburger nicht gerade in bester Stimmung befand. Auch er war nur ein Mensch und wurde von Sorgen geplagt. Einerseits hatte ihn mehr oder weniger sein Oberbürgermeister zu dieser Handlung, *Verhandlung*, gedrängt, wenn nicht gar vor versammelter Dezernentenrunde dazu gezwungen, und andererseits litt er unter einem sehr persönlichen Streß, dessen Grund erst später eine Zeitung offenbarte (in diesem Falle wiederum nicht die SATZ, sondern eine mit Balkenschlagzeilen). Bisher hatte es geheißen, Dr. Rothenburger weile gar nicht in der Stadt, sondern sei weit über alle Berge und Meere in seinen wohlverdienten Urlaub gereist, so daß er von den Demonstrationen auf dem Marktplatz auch nicht das geringste habe ahnen können. Jetzt aber schrieb das Blatt, er sei Hals über Kopf am Wochenende, also vor dem bedrohlichen zweiten Montag, von seiner Familie in Kassel fortgerissen worden, damit er sich der BÜRGERINITIATIVE stelle. Zu Hause sei es um seinen zweitältesten Sohn gegangen, der, wie auch seine Geschwister, schon seit Jahren der väterlichen Erziehung entbehre und um dessen Heil sich allein Frau Helena kümmern müsse. Nun, zu Beginn des neuen Schuljahres, hatte es Ärger (*Zoff* in der Sprache des Jungen) mit dem Gymnasium gegeben, das sich weigerte, ihn noch länger zu unterrichten, weil er erstens ohnehin nur, trotz miserabler Zensuren, auf Druck seiner Eltern aufgenommen worden sei und von Klasse zu Klasse durchgeschleppt werde, und zweitens: Er hatte sich einer Gruppe von Skinheads angeschlossen und, auch in der Schule, neofaschistische Parolen verbreitet oder zumindest (wenn man zugute halte, daß er erst vierzehn sei!) nachgeplappert, sei jedoch deswegen während der Ferien in eine wüste Schlägerei mit blutigem Ausgang geraten und müsse jetzt damit rechnen, von einem Gericht bestraft zu werden.

Man fragt sich, ob der lautere Dr. Kassem, hätte er an diesem Tage davon bereits gewußt, nicht auch versucht gewesen wäre, diesen für Dr. Rothenburger äußerst peinlichen Vorfall zu nutzen, um seinen Argumenten größeres Gewicht zu verleihen und im Streit nicht den kürzeren zu ziehen. Nein, das traute ihm niemand zu, auch nicht in Kenntnis dessen, was noch folgte, daß nämlich der Dezernent ihn persönlich angriff und seine Integrität anzweifelte. Dr. Kassem wehrte sich nicht einmal gegen den Vorwurf, die Demonstrationen seien mit dem Rechtsstaat nicht zu vereinbaren, sondern legte zunächst ausschließlich Wert darauf, die Behauptung zu entkräften, es handle sich bei denjenigen, die auf dem Kaufpreis vom letzten Sommer für ihre Grundstücke beharrten, um Parteigänger der alten Regierung, Privilegierte, um – auch wenn das Wort nicht gefallen war – Bonzen. Wiederum kühl und gelassen, sachlich, zählte er auf, wer hier am Tische saß und die Siedler vertrat: Karin Herford, Chemiefacharbeiterin, arbeitslos, aus dem FREIIMFELD, Hella Buhl, Meisterin in der Süßwarenfabrik, die zur Zeit abgewickelt werde, vom HEIDERAND, Günther Zabel, Lehrer, jetzt Rentner, aus dem ROSENGARTEN, Manfred Gütlein, Schlossermeister im Maschinenbau, gekündigt, aus der FROHEN ZUKUNFT, Prof. Dr. Herbert Solinde, Anästhesist an der Medizinischen Akademie, mitten in der Evaluierung, aus dem VOGELSANG, wo auch er, Kunstwissenschaftler im freien Beruf, sein Haus besitze, und schließlich Dr. Wünscher, der ihre kleine Abordnung als Rechtsanwalt begleite.

Mit jedem Namen war Dr. Rothenburger nervöser geworden. Man sah es ihm an, seine Mundwinkel zitterten, und da platzte er heraus: »Aber Sie, verehrter Herr Doktor, Sie ...« Er zielte mit dem Zeigefinger auf Kassem. »Wir haben Erkundigungen eingezogen. Sieben Bücher entstammen Ihrer Feder, sämtlich erschienen in Verlagen der DDR, mit denen Sie folglich, im Vergleich zu anderen Autoren, doch wohl keine sehr großen Schwierigkeiten hatten. Und, ich bitte Sie, was liest man dort, von ein paar Ausflügen in die Vergangenheit mal abgesehen? Eine Menge Lobhudelei auf systemtreue Kunst, die man wohl realistischen Sozialismus nannte ...«

Nun geschah es zum ersten Mal, daß Dr. Kassem seine Ruhe verlor und betroffen wirkte, doch nur kurz, für Sekunden, was sich darin äußerte, daß er die Stimme anhob und die buschigen Augenbrauen hochzog, um ein paar kritische, deutlich verächtliche Blicke abzuschießen.

»Sie haben nichts begriffen, Herr Dr. Rothenburger, rein gar nichts ...«, erwiderte er. »Sie kommen aus dem Westen und bringen nicht die geringste Ahnung mit von dem, was sich im Osten getan hat. Sie sind mit Ihrem Urteil sehr schnell bei der Hand. Sie führen sich seit Ihrer Amtsübernahme hier auf wie ein Missionar im Busch, der nun mal die in vierzig Jahren Sozialismus verwilderten Heiden zur Kapitalismuskirche bekehren will. Bitte, ich mache Ihnen daraus keinen Vorwurf. Offenbar können Sie nicht anders. Auch Ihre vierzig Jahre sind nicht spurlos an Ihnen vorübergegangen. Borné, sagt man wohl, borné ... Aber vielleicht könnten Sie doch anders, wenn Sie nur einmal die Noblesse aufbrächten, meinetwegen die des Siegers, um sich in die Lage der Menschen hier zu versetzen.«

An dieser Stelle mischte sich Dr. Wünscher ins Gespräch. Er legte seinem Nachbarn die Hand auf den Arm, womit er ihm bedeuten wollte zu schweigen, und sagte: »Sie haben Erkundigungen über Dr. Kassem eingezogen, und trotzdem kennen Sie ihn nicht. Was er in aller Bescheidenheit für die Menschen hierzulande in Anspruch nimmt, trifft erst recht auf ihn selber zu. Ich habe ihm meine Verteidigung angeboten, als ihm vor Jahren in der DDR ein Prozeß drohte. Der allerdings wurde dann niedergeschlagen, noch ehe er begann. Zu Ihrer Information: Dr. Konrad Kassem hatte sich unentwegt gegen, ja, *gegen* die Dogmen – und ich darf Sie korrigieren – des *sozialistischen Realismus* gewandt und Kreativität in der Kunst gefordert. Im Gegensatz zur damals offiziellen Kulturpolitik trat er für Maler ein, die eben nicht so sehr erwünscht waren. Er ist derjenige – auch das kann man mit Fug und Recht sagen –, der sich den Oberen zum Schure mit viel Mut für die Anerkennung und Würdigung des Bauhauses einsetzte, als es hier noch totgeschwiegen wurde und der Stil der Stalinallee herrschte. Der Prozeß, von dem ich sprach, fand dann zwar nicht statt, aber Dr. Kassem wurde aus der SED ausgeschlossen und seines Lehrauftrags an der Kunsthochschule beraubt.«

Indessen schien Dr. Kassem wieder zu der ihm eigenen Ruhe gefunden zu haben, und es drängte ihn jetzt offenbar, bei dieser Zuspitzung, auch das Urteil Rothenburgers über die Montagsdemonstrationen nicht unwidersprochen im Raume stehen zu lassen. Ein gewisser spöttischer Unterton war dabei nicht zu überhören. »Fast zwingt es mich, rot zu werden angesichts der Laudatio von Dr. Wünscher. Aber Ihnen, verehrter Herr Dr. Rothenburger, möchte ich wärmstens empfehlen, sich auch über den Herbst neunundachtzig kundig zu machen. Auf seinem Schild stand groß und breit: *Wir sind das Volk*. Diesen Satz werden wir uns nicht nehmen lassen, selbst wenn jene, die ihn Montag für Montag gerufen haben, wohl nicht einmal ahnten, woher er stammt. Aber Sie als Sozialdemokrat, Mitglied der SPD, die sich gern als *Volks*partei bezeichnet, Sie sollten wissen, wer an ihm das Urheberrecht besitzt. Vielleicht lesen Sie einmal nach bei Georg Büchner. Dantons Tod, erster Akt, zweite Szene. Die Antwort der Bürger an Robespierre: Wir sind das Volk ...«

Es war nicht zu übersehen, daß Dr. Rothenburger sich in die Enge getrieben fühlte. Da hatte er sich auf ein Gebiet begeben, das von seinem Metier, der Ökonomie und den Finanzen, weit entfernt lag, auf das von Kunst und Literatur. Er bereute es längst und suchte nach Worten, um ihm zu entkommen. Er wollte wieder in den Angriff gehen, reckte sein Kinn nach vorn, knirschte und – er hätte es besser unterlassen sollen: »Was spielt das überhaupt hier eine Rolle. Und wer ist dieser Büchner ... Etwa jener aus Gießen, der mit den Palästen und Hütten? Nach allem, was von ihm bekannt ist, auch nicht gerade der Prototyp von einem Rechtsstaatsanhänger ...«

Dr. Kassem lächelte in sich hinein, und ungewiß bleibt, ob er zu dieser Stunde bereits wußte (da der Nachruf von Ducknitz, in dem es Erwähnung fand, erst später erschien), daß Dr. Rothenburger in Gießen studiert und promoviert hatte.

So endete der Empfang, der bei den Siedlern zunächst Hoffnungen geweckt hatte, in einer Kunstdebatte. Beim Abschied versetzte Manfred Gütlein dem Folterstuhl noch wütend einen Fußtritt und fragte sich, welchen Sinn das Ganze nun gehabt hatte. Wir sind das Volk ... Wen interessierte das schon ... Die Herren jedenfalls vom Magistrat einen Scheißdreck. Nichts war erreicht worden, nur in den Standpunkten zur Bewertung der Bodenpreise war man noch weiter auseinandergerückt.

38

Spätestens am dritten Montag, zugleich dem letzten in der Reihe der Demonstrationen, wie sich denken läßt – es war der 16. September –, wurde sichtbar, daß die Siedlung FROHE ZUKUNFT, was das solidarische Verhalten ihrer Bewohner untereinander betraf, zerfiel. Auf dem Marktplatz schon hatten sich nicht einmal mehr zwei Drittel von den anfangs zweitausend Teilnehmern zur Kundgebung eingefunden, und das lag gewiß nicht nur an dem heftigen Gewitter, das kurz zuvor über die Stadt hereingebrochen war. Vielmehr vermutete der Sprecherrat, der natürlich alle Betroffenen vom leidigen Ausgang des Empfangs bei Dr. Rothenburger informiert hatte, es tauchten hiermit bei den Siedlern die ersten Zweifel auf, ob sie je noch mit ihren Protesten etwas ändern, gar Erfolg haben könnten. Der Magistrat stellte sich stur; er hatte die *Macht*, und ihnen, den kleinen Leuten, blieb wieder einmal wie zu allen Zeiten nur die *Ohnmacht*.

Auch Freddi Gütlein rührte sich an diesem Tage nicht vom Fleck, verkroch sich in Haus und Garten. Zwar drängte ihn Inge, nachdem sie bei AKKI extra darum gebeten hatte, zwei Stunden früher gehen zu dürfen, war auch schon drauf und dran, sich allein auf den Weg zu machen, und spannte den Regenschirm auf, doch dann kam ihr Freddi seltsam verstockt vor. Er hockte sich nach dem Guß in die Weinlaube, auf die noch feuchte Bank, und heimlich vom Schlafzimmerfenster aus sah sie, daß er nur stumm vor sich hinstarrte. Er paffte eine Zigarette nach der anderen, was sie ebenfalls beunruhigte, denn sonst hatte er damit nicht viel im Sinn, rauchte nur gelegentlich, schon des Geldes wegen, das ihm leid täte, wie er sagte, für weiter nichts als ein Häufchen Asche und Teer in der Lunge, da könne er gleich mit den Scheinen ein Feuer anzünden ... Was war bloß in ihn gefahren, daß er so still dort kauerte und kaum ein Wort mit ihr sprach? Hoffentlich würde er ihr nicht noch krank werden! Also klappte sie den Schirm wieder zusammen, hängte ihn an den Haken der Flurgarderobe und nahm sich, mehr aus Verlegenheit, das Nähzeug vor.

Die Zigaretten kaufte Freddi sich neuerdings im BALL, am Automaten, wobei ihm als nichtpassioniertem Raucher die Sorte zunächst ziemlich egal war, Pall Mall, HB oder Marlboro. Bald aber entschied er sich für die West, da sie an allen Ecken und Enden der Stadt mit ihrem Billigpreis für den Osten Reklame trieb. Immer öfter kehrte er jetzt in der Gaststätte ein, nachdem er vor seinem Urlaub schon einmal in ihr versackt war. Er wußte, hier würde er seinesgleichen treffen, die Männer aus der Siedlung und den vierstöckigen, in den sechziger Jahren erbauten Wohnblöcken in der Connewitzer Straße, meist Arbeitslose, die lange vor ihm ihre Kündigung erhalten hatten, und am nächsten Ersten wäre ja auch für ihn – *Sense*, er mußte sich an eine neue Zeiteinteilung gewöhnen, an ein neues *Zeitalter*. Bis dahin würde er auch nicht mehr mit dem Auto zur Arbeit fahren; er benutzte den Bus, und kam er nachmittags von der Schicht zurück, blieben ihm bis zum Abendbrot mit Inge noch gut drei Stunden.

Jedesmal war er froh, wenn er an einem Tische Platz fand, an dem die Siedler saßen, sein Nachbar Rudi Hagenau zum Beispiel, der Maurer, der, obwohl es auf dem Bau, jenem Gewerbe, das wie selten ein anderes *boomte*, eine Menge zu tun gab, wegen seines Alters in den Vorruhestand geschickt worden war. Dann dauerte es manchmal auch etwas länger mit dem Erzählen und Sicherinnern an die alten Tage, wo man noch gemeinsam Klein-Kanada urbar gemacht, die Startbahn, die Betonpiste unter die Preßlufthämmer genommen und Brocken um Brocken abgekarrt und schließlich die Häuser hochgezogen hatte. Freddi aber, je später es wurde, kriegte dann doch stets Hummeln, er dachte an die versäuerte Miene Inges, wenn er allzusehr nach Bier und Schnaps roch, rückte urplötzlich den Stuhl beiseite, zahlte und sagte: Nehmt's mir nicht übel, Jungs, bis morgen. De Frau wartet ... Nicht zuletzt war er darauf bedacht, ehe er die Wohnung betrat, vor Inge die Pistole zu verstecken, die er seit Tagen in der Jacke trug.

Diese Gespräche im BALL, auch zur Freude des Wirtes, den sie natürlich beim Vornamen riefen, wurden fast zum Zeremoniell, gang und gäbe jedenfalls seit der ersten (und wie hatte doch Rothenburger sie letztens genannt?) »mit Gewalt zum Leben wiedererweckten« Montagsdemo. Außer jenen von den Wohnblöcken, die hin und wieder auch ihre Häme ihnen gegenüber Ausdruck gaben, was gelegentlich von Tisch zu Tisch zu Reibereien führte, hatten da noch sie alle auf dem Marktplatz demonstriert, die Transparente geschwenkt und waren voller Siegeszuversicht gewesen. Aber jetzt? Sie kramten die Erinnerungen aus, blätterten darin wie in einem Album mit vergilbten Photos, und es schien, als wollten sie sich damit trösten. Ja, selbst der einst so erbittert geführte Katzen-und-Hunde-Krieg, und Rudi Hagenau lachte dazu aus vollem Halse, kam jetzt in den Ruf von etwas überaus Lustigem oder, zum ersten Mal endlich ehrlich bereut, einer großen Kindsköpfigkeit. Mensch, wie haben wir uns da in den Haaren gelegen. Die Siedlung, haha, war in zwei Lager gespalten, in Vogelliebhaber und Katzenfreunde, und Dortchen Kusch erst, wie die geballert hat, ganze Magazine leer ... Aber daß sie meinen Dobermann und meinen Terrier vergiftete, das war nun weiß Gott nicht die feine Art ... Du aber, Rudi, hast ihr ja vorher die Marmelmiez mit dem Mardereisen ... Und trotzdem: Bei ihrem Prozeß gegen die Stadt haben wir alle ihr das Rückgrat gestärkt, so daß sogar dem Gericht schwummrig wurde. Ach ja, dank Freddi, der hat uns den Tip gegeben, daß sie Hilfe brauchte, und, alles was recht ist, er war auch damals der einzige, der sich weder um die Hunde noch die Katzen scherte, sondern zum Frieden aufrief ... Du warst schon immer ein Versöhnler, Freddi! Und alle lachten sie wieder.

Waren aber die Streitfälle von einst noch gleichzusetzen mit dem, was heute in der Siedlung geschah, wo von einem Tag auf den anderen die Fronten wechselten, die Parteien über Nacht sich selber zerrissen und wie Zellenbrut teilten? Jeder spürte es, doch so offen wie früher wollte niemand darüber sprechen. Dann geriet man ins Drucksen, weil man so schnell gar nicht zu erfassen vermochte, was der eine und andere von dieser oder jener Geschichte hielt, auf wessen Seite der Akteure er stand.

Angefangen hatte es wohl mit der Staatssicherheit, genauer: mit einer Liste, die eine Zeitung (nein, auch diesmal nicht die SATZ) veröffentlichte und in der in alphabetischer Reihenfolge mit Adresse und Beruf die Namen sämtlicher Inoffiziellen Mitarbeiter (fortan IM genannt) des Ministeriums für Staatssicherheit in dieser Region bekannt gegeben wurden. Es waren Tausende an der Zahl, für das Blatt ein Renner, ein Dauerhit, denn es nahm sich über Wochen Zeit mit dem Abdruck und war in den Kiosken und seinen verlagseigenen Selbstbedienungskästen überall, wo sich Leute sammelten, ständig ausverkauft. Man entdeckte plötzlich Nachbarn darin, beste Freunde (in zwei Fällen sogar die Männer ihre Ehefrauen), von denen man nunmehr glaubte, ohne es ihnen je zugetraut zu haben, bespitzelt worden zu sein. Ein Tuscheln und Huscheln ging um, und private Katastrophen blieben nicht aus. Habt ihr gelesen? – das war nun die meistgestellte Frage des Siedlungsklatsches. Auch unsere beiden Langstreckenläufer waren dabei, Decknamen »Nurmi« und »Hase«, der Bücherschreiber aus der Connewitzer Straße, dort direkt am Bushalteplatz, »Schiller«, H.-J. Tropian, der Kaufmännische Direktor aus dem Goldammernweg, »Siegfried«, der Schulleiter, Theodor-Storm-Straße 15, »Dunkel«, wohl weil er Licht heißt, naja, aber über Hanne Brachmüller keine Zeile – doch von ihm wußte man ja, daß er da in dem Protzbau der Stasi auf dem Felsen am Flußufer gearbeitet hatte, als Offizier, also kein IM war, sondern Major in Wichs und Schale. Man schlug fortan einen Bogen um jene, die auf der Liste standen, und konnte man trotzdem einer Begegnung nicht ausweichen, grüßte man nur kurz und verkniffen.

Allerdings artete das Stasi-Syndrom jetzt nur aus, denn es hatte sich bereits vor Monaten angekündigt, nachdem auch der Oberbürgermeister – nein, nicht der jetzige, der seinem Finanzdezernenten den Kopf gewaschen haben wollte (doch offenbar ohne Wirkung), sondern sein Vorgänger, Neu-CDU –, wie es im Jargon aller Geheimdienste heißt, »enttarnt« worden war. Er mußte dann auch, nach langem Hin und Her, einer Pressekampagne und endlosem Leugnen seinerseits, die »Flebben« packen, abdanken. Seitdem erst herrschte über das Wohl und Wehe von *** der neue Stadtvater, der, wie andere ebenfalls, flugs vom Rheine herbeigeholt worden war, und an ihm (nicht an dem alten, über dessen Schäbigkeit man sich einig war) schieden sich sofort die Geister. Ob es denn nötig gewesen sei, fragten die einen, erneut auf einen Import aus dem Westen zurückzugreifen, während die anderen den Entschluß für weise hielten, da man bei solcher Herkunft versichert sein könne, nicht noch einmal einem IM ausgeliefert zu werden.

Für die nächste Aufregung in diesen Tagen sorgte der KONSUM, jene unter diesem Kürzel bekannte Handelsgenossenschaft, die seit ihrer Gründung in fast schon – von heutiger Sicht aus – prähistorischer Zeit mit den sozial weniger bemittelten Bevölkerungsschichten verbunden, wenn nicht gar deren Kind war. Nur einmal zuvor hatte man ihr in Deutschland den Hals umgedreht, das Leben geraubt, am Ende der faschistischen Herrschaftsjahre, und gleich dazu ihren Mitgliedern die Geldeinlagen gestohlen. Nach dem Kriege wiedererstanden, wuchs sie im Osten neben dem staatlichen Handel zu einer mächtigen Wirtschaftskraft und zählte allein in ihrem hiesigen Bezirksverband, aus traditioneller Anhänglichkeit oder nur des Rabattes wegen, den sie jährlich ausschüttete, über vierhundertundfünfzigtausend eingetragene Mitglieder, zu denen auch die meisten Siedler der FROHEN ZUKUNFT gehörten.

Dieser kleine Exkurs in die Geschichte mag erklären, weshalb mit einem Mal die Empörung so hoch schwappte, als Harry, der Wirt der Gaststätte AM BALL, einem Konsum-Eigentum, seinen Bart über den Zapfhahn hob und mit dem Faßbier die Nachricht ausschenkte, daß irgendwelche Gauner aus Hamburg, ein Ehepaar mit Sankt-Pauli-Erfahrung, sich das Genossenschaftsvermögen auf alle erdenklich krummen Touren unter den Nagel gerissen und verschleudert hätten, nunmehr auf Empfehlung der Landesregierung vom Gericht ein Konkursverwalter eingesetzt worden sei, einer aus München, der jetzt sämtliche Mitglieder zur Kasse bitte. Es handle sich um einen Schuldenberg von schätzungsweise – genau wisse das niemand – siebenhundert Millionen (er schrieb es auf einen Bierdeckel: 700 000 000), den nun jeder mitverantwortlich abzuschaufeln habe, indem er vorerst mindestens fünfzig Mark berappen solle, laut Satzung heiße das Nachschußpflicht, und wer sich weigere, dem drohe ein Verfahren mit Staatsanwalt und allem Drum und Dran. Manche nahmen es gelassen, faßten sich an den Kopf: Bei denen piept's wohl!, aber als das Kneipengeflüster durch eine öffentliche Bekanntmachung bestätigt wurde, griffen landesweit Zehntausende zu Papier und Federhalter, Kugelschreiber, Bleistift und schickten Protestbriefe, von der Post säckeweise gesammelt, an das zuständige Gericht in ***. Auch viele Siedler beteiligten sich daran, allerdings Inge und Manfred Gütlein schon nicht mehr. Vor allem er schlug sich auf die Seite derjenigen, die der Skandal, da sie dem KONSUM nie angehört hatten, gleichgültig ließ, und entweder tat er es, weil er auch hier der Justiz schon mißtraute und an einen Erfolg der Gerechtigkeit nicht mehr glauben wollte, oder, weil er in seinen Gedanken bereits mit anderem beschäftigt war.

Wenig später wurde in einer Standardsendung des Fernsehens, die sich Woche für Woche durch kritische Beiträge auszeichnete, ein Bericht ausgestrahlt, in dem, durch die Recherchen der Reporter belegt, von der Stadtsparkasse in *** behauptet wurde, sie habe in den drei Monaten zwischen der Währungsunion und der Wiedervereinigung an eine anscheinend in sich verquickte Gruppe dubioser Geschäftsleute aus Stuttgart und Umgebung ungedeckte Kredite in einer Gesamthöhe – doch exakt könne man auch das nicht mehr sagen – von rund vierhundertundsiebzig Millionen Mark (470 000 000!) verliehen. Der damalige Direktor und seine Kreditchefin, beide aus dem Osten und mit den Gepflogenheiten des westlichen Kapitalmarktes nicht im entferntesten vertraut, hätten lediglich auf Treu und Glauben gehandelt, sich blenden lassen vom stinkfeinen Auftreten der absahnenden Herren, die – selbstverständlich – in Anzügen mit Nadelstreifen gekommen, in teuersten Nobelkarossen, Mercedes der S-Klasse, vorgefahren und einmal sogar mit einer angeblichen Privatmaschine, bei näherem Hinsehen einer uralten Boeing 737, auf dem Flugplatz bei Leipzig gelandet seien, was die beiden ehemals »volkseigenen« Bankangestellten für soviel Sicherheit genommen hätten, daß sie selbst so naiv, so dusselig waren, die Kreditpapiere im Schuhkarton zu überreichen. Das alles klang nach Gangsterfilmen aus Hollywood, war aber keiner, obwohl nicht erwiesen ist, ob die Herren Mafiosi sich dort nicht ihr Drehbuch abgeguckt hatten. Inzwischen wurde zwar rund um den Erdball nach ihnen gesucht, man vermutete sie bereits am sonnigen Strand irgendeiner Insel in der Karibik, noch aber blieb die Frage offen, ob nicht auch jener Oberbürgermeister, der IM, der zur Zeit des Geschehens immerhin im neugebildeten Aufsichtsrat der Stadtsparkasse gesessen hatte, und sein damaliger, mittlerweile ebenfalls in wärmere Gegenden, an den Rhein zurückgekehrter Finanzberater an dem Coup ihren Anteil hatten, sowohl pekuniär als auch intellektuell an seiner Vorbereitung.

Der Aufschrei in der Siedlung war nicht minder gewaltig als beim Konsum-Skandal, da die meisten Bewohner ihr Konto bei der Stadtsparkasse führten und um ihr mühsam dort zusammengehäufeltes Geld bangten, und in diesem Falle fühlten auch Inge und Manfred Gütlein sich betroffen und bereits soweit um ihre Ersparnisse betrogen, daß er sogar, was sie seit langem nicht an ihm gesehen hatte, in sich hineinweinte.

Zurück kehrte auch der Rittergutsbesitzer von Baalau, das heißt, dessen mittlerweile sechzigjähriger Enkel, aber noch immer ein Baron *von* und *zu* mit dem Recht auf das Prädikat »Hochwohlgeboren«, jedenfalls gab er es an. Er kam von einem über die Zeitläufte hinweggeretteten, von einem seiner Vorfahren einst angeheirateten Stück Familienhort irgendwo im Pfälzischen, wo er die fünfundvierzig Jahre der – wie er es zu nennen pflegte – Plebejer-und-Kätner-Herrschaft im Osten mit Immobilienspekulationen überwintert hatte, und hielt nun in einer schwarzen Limousine, einem BMW ebenfalls der

S-Klasse, vor dem Schloß, dem ehemaligen Stammsitz derer von und zu Baalau, das jedoch nicht in dem Ortsteil gleichen Namens von ***, sondern im Nachbardorf lag. Nachdem er sein Gut mit den Gehöften einigermaßen besichtigt hatte, stets mit gerümpfter Nase, begann er ganz fürchterlich über den Verfall zu wettern, dem es inzwischen ausgesetzt gewesen war. So unrecht hatte er damit freilich nicht, obwohl sein Beklagnis nur auf die Nebengebäude und den früher von uralten Bäumen bestandenen Park zutraf, denn die zweiundfünfzig Räume des Haupttraktes, für jede Woche im Jahr einer, Säle und Zimmer, dienten bis zur Stunde Diabetikern als Sanatorium und waren recht ordentlich erhalten geblieben, wenngleich nicht im barocken Stil wie einst nach dem Geschmack der Freiherren und Edelfrauen, so doch in der Art einer Genesungsanstalt.

Anschließend fuhr er sofort zum Gemeindeamt, wo er auch, da es glücklicherweise an einem für Sprechzeiten reservierten Dienstag war, den zunächst völlig verdatterten Bürgermeister antraf, und stellte ohne Umschweife seine Ansprüche, die sich sämtlich auf die Rückgabe seines Eigentums beliefen, und das reichte schon ins Legendäre. Seinem Großvater und vor diesem bereits dessen Großvater und so weiter – es ließ sich aktenkundig zurückverfolgen bis in die Zeit nach den Bauernaufständen – hatten all die Ländereien westseits des Flusses gehört, bis hin zur nächsten Stadt hinter den Hügeln, so auch – mit den Armen beschrieb er pathetisch einen riesigen Bogen – die Gemarkung um Connewitz unter anderem, die durch die Bodenreform unter die Schlucker gefallen sei und später (bis heute) nach der Zwangskollektivierung von der LPG ROTER STERN bewirtschaftet wurde. Er pfeife auf den Einigungsvertrag, rief er, nachdem der wieder zu sich gekommene Bürgermeister ihn auf die darin enthaltenen, mit Paragraphen abgesicherten Bedingungen hinzuweisen versucht hatte, dieses hier sei sowohl die angestammte Heimat seiner Ur-Ur-Urahnen als auch deren rechtmäßiger Besitz, verbrieft und besiegelt dereinst vom Grafen von Mansfeld für getreue Gefolgschaft (fürs Bauernstechen und Bauernlegen – das sagte er nicht), und daran könnten auch nicht die Sowjets rütteln, deren tönerner Staatskoloß mit Lenin auf dem Gipssockel ohnehin zertrümmert und in alle Winde verstreut werde.

So fuhr ein Schrecken durch die umliegenden Dörfer, auch durch Connewitz, als sich herumsprach, daß der Baron von und zu Baalau wieder aufgetaucht sei, machte lange Gesichter bei den Genossenschaftsbauern und ließ die FROHE ZUKUNFT nicht unberührt. Hier prüfte man sofort nach, ob nicht diese oder jene Ecke vom Garten ebenfalls einmal ein Feld von blauem Blut und Boden gewesen. Den Grasmückenweg aber betraf es nicht, und so konnten Inge und Manfred wenigstens in dieser Hinsicht beruhigt sein und den ganzen Schlamassel von Pro und Contra, der innerhalb der Parteien einsetzte, stillschweigend von außen betrachten.

Anders verhielt es sich dann mit dem Kindergarten und der Krippe, eingangs der Siedlung gelegen, die auf Anordnung des Magistrats in einer Reihe mit circa fünfzig ihresgleichen wegen angeblichen Mangels an Subventionsgeldern geschlossen werden sollten und wogegen vor allem die mit Nachwuchs reich gesegneten Familien aus den Wohnblöcken in der Connewitzer Straße Sturm liefen. Hier fanden beide, obwohl ihr Sohn und ihre Tochter längst dem entsprechenden Alter entwachsen und aus dem Hause waren, das Vorgehen der Stadt empörend, gottsjämmerlich unsozial, und besonders Inge, sie mit ihrem stets weiten Herzen für Kinder, auch indem sie an Andi und Jana dachte und sich vorstellte, wie Simone darunter zu leiden hätte, wenn sie hier lebte, vermochte sich in die Lage der Mütter zu versetzen und schloß sich ihrem Protestmarsch an. Der zog, wie schon die Montagsdemo, vors Rathaus, in seiner Mitte die lärmenden, vom Zorn ihrer Eltern bereits angesteckten Rangen, Jungen und Mädchen im Vorschulalter, und die quäkenden Babys in den Kinderwagen. Inge trug ein Transparent mit der Aufschrift: *Beschissener als ein Windelpaket – ist die Stadt, wenn's um die Kinder geht!*

Aber die FROHE ZUKUNFT, die Solidarität der Leute in der FROHEN ZUKUNFT, zerbröckelte. Mehr und mehr wurde es deutlich, als nach den – bisher jedenfalls – mißglückten Demonstrationen und der ebenso ergebnislosen Aussprache mit Dr. Rothenburger die ersten Siedler sich entschlossen, die Forderungen des Finanzdezernenten anzuerkennen und die Kaufverträge vom Sommer letzten Jahres zu revidieren. Wer weiß, sagten sie, was sonst noch kommt. Die Bodenpreise steigen, und mit den vierzig bis sechzig Mark Nachzahlung pro Quadratmeter sind wir vielleicht noch bestens bedient.

Manch einer gab auch aus anderen Gründen auf. Der Komponist aus dem Kohlmeisenweg, der in diesen Tagen, noch relativ rasch nach altem DDR-Recht, von seiner Frau geschieden worden war, suchte, da er sie auszahlen mußte, einen Käufer für sein Haus und das Grundstück und fand ihn schnell in dem neuen Operndirektor des Stadttheaters, der sein Domizil von Mannheim nach *** verlegen wollte. Ihn störten auch diese ungeklärten Formalitäten nicht, die nun auf ihn zukommen würden, weder der Preis noch die ausstehende Eintragung im Grundbuch. Er bringe das schon über die Bühne, er könne sich den vorzüglichsten Rechtsanwalt leisten, der nämlich sei sein Bruder.

Dorothea Kusch prozessierte noch immer. Dr. Wünscher erwartete jetzt die Verhandlung vor dem Bezirksgericht und war guten Mutes, daß sie noch stattfinden würde, bevor diese Instanz mit der angekündigten Justizreform für den Osten der Auflösung anheimfiele, und dann den bürokratischen Weg zum Landgericht ginge.

Professor Dr. Haarschmidt – man erinnert sich –, jener, der als Dolmetscher auftrat, als man wegen des Diebstahls an den Äpfeln und Pflaumen von Ole Gingel und noch einiger anderer Dinge, zum Beispiel der kunstwidrigen Beschallung durch die Kaserne, bei der sowjetischen Kommandantur Beschwerde geführt hatte, Prof. Dr. Haarschmidt also, ein international hochgeschätzter Herzspezialist, verließ gar die Siedlung. In der Medizinischen Akademie warf man ihm seine Vergangenheit vor, daß er Mitglied der SED gewesen sei und Stasi-Offiziere behandelt habe, wobei ihm auch nicht half, als er angab, ebenso hätten, und nicht einmal sehr loyale, Pastoren zu seinen Patienten gehört, und da, wie er sich ausdrückte, lief ihm die Galle über, hatte er die Schnauze voll, nutzte seine Verbindungen, die er auf früheren Kongressen rein aus wissenschaftlichen Gründen geknüpft hatte, kündigte und ging nach Bad Soden in die Privatklinik eines Kollegen, dem ein solcher Mann gerade recht kam. Auf Anhieb bot man ihm dort mehrere Villen zur Miete an, von denen er eine bezog, während er sein Haus in der Connewitzer Straße ebenfalls vermietete.

Die beiden Olympioniken, jeder für sich, fanden eine Anstellung als Trainer bei Sportvereinen im Westen, beide mit gutem Geld, so daß sie auf die Mark nicht zu achten brauchten, als sie sich bereit erklärten, den Grund und Boden nach den Auflagen der Stadt zu erwerben. Zwar mußten sie jetzt wöchentlich weite Wege zu ihren Wirkungsstätten in Kauf nehmen, doch dafür konnten sie sicher sein, von niemandem belästigt zu werden, weil auch sie auf der Liste mit den Namen der IM gestanden hatten. Spitzensportler, hieß es dort, sind immun, Hauptsache, sie motivieren genug ihre Schützlinge, um auch künftig für Deutschland olympische Medaillen zu erringen, in ihrem Falle: zu erlaufen.

Sorgen hingegen hatte Auto-Horn, Wolfgang. Er fürchtete erstens um den Stellplatz für seine Gebrauchtwagen, das Stück Feld, das ihm die LPG ROTER STERN abgetreten hatte, auf das aber nun Baron von und zu Baalau Anspruch erhob, und zweitens um die Abzahlung seines Kredits, mit dem er sich offenbar übernommen hatte. Wie es sich gegenwärtig anließ, würde er demnächst die Bayern-Fahne einziehen, Liquidation anmelden und sogar das von seinen Eltern ererbte Eigenheim in die Konkursmasse einbringen müssen.

Einer, der sich freilich rundum gemausert hatte, was selbst seinen Bart betraf, der nun abrasiert nicht länger die markigen Züge eines Großmauls im Gesicht verbarg, schien Ole Gingel zu sein. Er, raunte man ihm nach, habe schon immer gewußt, wie man zu Geld kommt. Jetzt hatte er ein Baugeschäft aufgemacht, seine Obstplantage abgeholzt und an ihrer Stelle ein Materiallager eingerichtet. Während Rudi Hagenau, der Hundefreund, sich bei seinem Vorruhestand wegen der teuren Haltungskosten bis auf seinen Kakadu keine Tiere mehr leisten konnte, schaffte Gingel sich zwei scharfe Rottweiler an, stolzierte gelegentlich mit ihnen durch die Siedlung und ließ sie, sehr zum Ärger mancher Anwohner, überall hinpissen und ihre Kothaufen setzen. Dabei grüßte er aber leutselig hier und dort über die Zäune, begann auch mit diesem und jenem ein Gespräch und tönte, sobald die Rede darauf kam, voller Überzeugung: Wer arbeiten will, der findet auch Arbeit. Er mit seiner Erfahrung zum Beispiel kenne seine Pappenheimer und sehe auf den ersten Blick, wenn sich jemand bei ihm bewirbt, ob er ein Faulenzer ist oder einer, der ranklotzt. Jeder aber wußte inzwischen auch, daß er Polen und andere Ausländer beschäftigte und sie weit unter Tarif entlohnte. Ole Gingel hatte als erster dem Dr. Rothenburger Genüge getan.

Die Siedlung zerfiel. Sie zerfiel in solche, wenngleich nur wenige, für die es eine Lappalie war, die neu geforderte Summe für ihr Grundstück hinzublättern, und in andere, die die Mehrheit bildeten und den Bodenpreis niemals, es sei denn, sie stürzten sich in Schulden bis ans Lebensende, würden zahlen können. Zu ihnen gehörten die Gütleins. Und wer noch? Hunderte, Tausende bangten allein in dieser Stadt um ihr Hab und Gut.

Die Siedlung – anderes läßt sich nicht sagen – war bereits zerfallen, als Manfred Gütlein den Finanzdezernenten erschoß. Mit seiner Tat kam auch keine erneute Prüfung auf sie zu. Die Gemüter teilten sich höchstens noch in solche, die Mitleid empfanden, und andere, die nur bedauerten, und ganz, ganz selten sprach jemand von Schimpf und Schande.

39

Umso härter schlug es die Familie. Vor knapp zwei Wochen erst, durch die tragischen Umstände gezwungen, war Gerald im Grasmückenweg erschienen, um seinen Eltern den Tod Waretzkys mitzuteilen. Jetzt erhielt er das Telegramm: Bitte – dringend – komm nach Haus. Seine Mutter hatte offenbar vergessen, daß er in Nürnberg-Langwasser telefonisch zu erreichen gewesen wäre. All die Stunden danach in peinigender Ungewißheit, was geschehen sein könnte, kam er (und diesmal mit Sibylle) am Sonnabend nach der Tat in die Siedlung.

Simone erging es ähnlich. Sie fürchtete das Schlimmste – doch *das* (wofür sie dann nicht einmal einen Namen fand) überstieg, sprengte alles, was sie zuvor in Erwägung gezogen hatte. Auch sie setzte sich sofort in den Wartburg, überließ ihrem Mann Jana und Andi und traf nur wenig später als ihr Bruder ein. Von den Artikeln, die über sie beide in der SATZ veröffentlicht wurden, konnten sie an diesem Wochenende noch nichts wissen, und hätten sie sie bereits gekannt, mit all den Gehässigkeiten und Verdächtigungen, die ihnen darin angehängt wurden, wären wohl dann ihre Reaktionen anders ausgefallen?

Nichts dergleichen ist anzunehmen. Die Kinder (eingeschlossen Sibylle, zu der Simone schnell ein freundschaftliches Verhältnis fand) waren sich einig, daß jetzt vor allem ihre Mutter Trost und Hilfe brauchte. Für ihren Vater vermochten sie kaum etwas zu tun, allein denn, es wäre, sie besorgten ihm den besten Rechtsanwalt, den es gab auf der Welt.

Nein, sie verstanden ihn nicht. Und trotzdem: Ihre Gefühle wehrten sich, ihn zu verurteilen. Ihre Zuneigung zu ihm, ihre Liebe sträubte sich, in ihm einen gewöhnlichen Verbrecher zu sehen. Simone grübelte, fragte unablässig, was ihn zu diesem Schritt, zu *diesem*, letztlich getrieben haben könnte. Die drohende Vertreibung von Haus und Hof? Der Sturz in die Arbeitslosigkeit? Wie auch ihr Bruder erfuhr sie erst jetzt, daß ihm zum selben Tag gekündigt worden war wie ihr... Doch er hatte es verschwiegen. Und die Mutter hatte sich ihm gefügt, hatte ihm fest versprechen müssen, ebenfalls kein Wort darüber zu verlieren ... Auch Gerald suchte nach Gründen und rätselte. Ja, es muß mehr gewesen sein als Zorn. Wut, übersteigerte Wut, Ohnmacht zugleich und – Scham, das Leben verpfuscht zu haben.

Besuchen durften sie ihren Vater nicht. Simone wollte es übernehmen, seine beiden noch lebenden älteren Brüder, die zu ihnen seit langem nur in loser Verbindung standen, zu informieren. Und sobald sie daheim in Neuenbrietzen noch einiges Notwendige erledigt habe, würde sie wiederkommen und bei ihrer Mutter wohnen.

40

Noch mehrmals war Manfred Gütlein vernommen worden, und zwar nach wie vor von den beiden Kriminalkommissaren, dem lebenserfahrenen, toleranteren Tucher und dem eher ehrgeizigen, daher bissigen Dorneleit, an der Schreibmaschine auch weiterhin mit der poetisch veranlagten Jäckli als Protokollführerin und meist in Anwesenheit der Staatsanwälte Dr. Gral und Dr. Blinsen. Letzterem war also weder gelungen, daß der Fall dem Hauptkommissar aus der Hand genommen wurde, noch hatte er erreicht, seinen – nicht nur von ihm – ungeliebten Kollegen mit der Altlast in den Personalien in der Versenkung verschwinden zu lassen. Dr. Gral verhielt sich zwar inzwischen recht zahm, als wüßte er, daß er nichts mehr zu sagen hatte, und Dr. Blinsen konnte somit nicht selten das Verhör an sich reißen, um Gütlein unter Druck zu setzen. Aber er mußte auch vorsichtig sein, da ihm seit Anfang Oktober ein wirklich ernsthafter Gegner erwachsen war, in dem Rechtsanwalt Dr. Meyer-Goltz aus Schwabach, der sich merkwürdigerweise um die Verteidigung des Attentäters gerissen und ihm, Blinsen, bereits hatte stecken lassen, er wäre nicht abgeneigt, ihn als Ankläger abzulehnen, mittels einer Dienstaufsichtsbeschwerde zu bewirken, daß er spätestens in der Hauptverhandlung ausgeschlossen würde.

Der Prozeßbeginn vor einer der Großen Strafkammern des Landgerichts, wie inzwischen bestätigt, rückte nun auch immer näher, alle weiteren Vernehmungen hatten kaum neue Erkenntnisse gebracht, die polizeilichen Ermittlungen galten als abgeschlossen. Freddi Gütlein hockte stumpf in seiner Zelle, brütete, wie er es schon vor seiner Tat im Garten getan hatte, vor sich hin und lebte nur etwas auf, sobald ihn Inge besuchte, zuletzt in Begleitung des Rechtsanwalts. Dann umarmte er sie, und es war stets dasselbe, wonach er fragte, nach den Kindern, den Enkeln, doch nicht einmal mehr nach dem Haus. Selbst Dr. Meyer-Goltz hatte seine Schwierigkeiten mit ihm und mußte ihm jede Einzelheit aus der Nase ziehen. Seinen Mandanten schien das eigene Schicksal am allerwenigsten zu kümmern. Die Nachricht, fortan nicht allein gelassen zu werden, juristischen Beistand zu erfahren, nahm er unberührt hin. Doch was ihn weit mehr befriedigte, worüber er sichtlich froh war, verriet ein Aufglimmen in seinen wie die alten Pfennige so grauen Augen: Seine Frau blieb nicht allein, *sie* hatte den Beistand von Simone und Gerald.

41

Dr. Meyer-Goltz, gewiß eine schillernde Figur – jedenfalls galt er nach einigen aufsehenerregenden Prozessen, die er gewonnen hatte, im gesamten Altbundesgebiet als solche –, Dr. Meyer-Goltz war sich selbst noch nicht sicher, als er die Fakten sichtete, das, was vom Wust der Protokolle und Beweisunterlagen übrigblieb, und bereits das Plädoyer seiner Verteidigung ins Auge faßte, ob es ihm gelingen würde, das Gericht davon zu überzeugen, daß es sich bei Gütleins Tat nicht um Mord, gar um einen politischen Mord handelte, worauf zweifellos die Staatsanwaltschaft ihre Anklage aufzubauen versuchte, sondern um Totschlag. Um so mehr fand er eigentlich Gefallen an diesem Spiel, denn als nichts weiter (oder doch: setzte er Spiel für ihr Wesen) betrachtete er die Gerichtsbarkeit innerhalb der hier landläufigen Regeln der Demokratie. Zwar besaß die sogenannte Jurisdiktion, die *rechtsprechende* Gewalt, eine durchs Grundgesetz verbürgte Unabhängigkeit, doch lehrte ihn seine Erfahrung mit ihr, daß sie sich jederzeit in Willkür verkehren konnte. Anders wäre wohl nicht zu erklären, warum in der Praxis oft dieser Richter gegenüber jenem – und beide stets mit der Begründung, sich streng an die Paragraphen zu halten – zu einem völlig konträren Urteil gelangte. Die zahllosen Berufungsverfahren, würde man sie einmal auflisten, sprächen kilometerlang Bände davon. Sie ist ein Tummelplatz, die bürgerliche Justiz, sagte er, auf dem das Recht leicht zum Spielball, wie auf dem Fußballfeld hin- und hergekickt werden könne, und allein der sei im Vorteil, der das Geschäft als Profi betreibe. Amateure hätten da, wie überall auf dem freien Markt, nur eine geringe Chance, als Sieger hervorzugehen.

Wegen dieser Theorie, die er ja nicht verheimlichte, sondern auch öffentlich kundgab, wurde er seit langem angefeindet, spätestens nach seinen ersten Erfolgen und seit er um sich in seiner Kanzlei – unter seiner Leitung, versteht sich – mehrere ähnlich denkende Partner versammelt hatte. Da bildeten sie, zumindest im Süden, schon fast ein Machtzentrum und nutzten dann auch die Gunst der Stunde, um sich auf die neuen Bundesländer, wo jetzt Rechtsanwälte wahrhaftig gebraucht wurden wie Leuchtfeuer im Nebel, auszudehnen, indem sie für ihre zweite Niederlassung die nur knapp dreihundert

Kilometer weiter nördlich gelegene Großstadt *** erkoren, zumal die bei all ihren Skandalen (IM-Oberbürgermeister, Sparkasse, KONSUM) zunehmend in den Ruf geriet, das Chikago Numero 1 in Deutschland zu sein.

Er hatte Jura studiert und kam von den Achtundsechzigern. Er kannte persönlich noch Dutschke, die Meinhof und Bader, obgleich er ihre harten Visionen, ihren Radikalkurs abgelehnt hatte, aber von ihrer Gesellschaftskritik war er nicht unbeeinflußt geblieben. Irgendwie empfand er sich schon von frühester Jugend an als Gerechtigkeitsfanatiker, sah jedoch bald, daß er mit dieser Haltung an Grenzen stieß. Also mußte er, so gut es ging, diese politisch, geistig, moralisch vorgefertigte Welt, in die er, was er immer betonte, ohne sein Verschulden hineingeboren war, als uneheliches Kind einer Serviererin, die jeden Pfennig zusammengekratzt hatte, um ihm ein Studium zu ermöglichen, *ausbeuten*, um nicht von ihr wie letztlich seine Mutter *ausgebeutet zu werden*. Seine Intelligenz und der kaum erwartete Erbschaftsanteil, den ihm sein Vater, den er zum ersten Mal in seinem Sterbebett gesehen hatte, hinterließ, verschaffte ihm dann nach ein paar Jahren Tätigkeit als Assessor die Gelegenheit, sich selbständig zu machen und eine Rechtsanwaltspraxis zu gründen. Aus diesem Anlaß, um nicht unter Tausenden von Meyer oder Meier ebenfalls nur Meyer zu heißen, und gewissermaßen zum Dank für die zwar späte, doch immerhin mit einem reichlichen Batzen Geld aufgewogene Reue des alten Ehezausels fügte er dem Geburtsnamen seiner Mutter den seines Erzeugers hinzu.

Fortan nannte er sich Meyer-Goltz und setzte auch

noch ein K ein, den Anfangsbuchstaben seines zweiten Vornamens Karl, schrieb sich Udo K., doch dies allein der Verfeinerung des Klanges wegen, was er, ein begeisterter Theatergänger und Leser schöngeistiger Literatur, offenbar Schauspielern oder moderneren Autoren abgeguckt hatte. Seine Vorliebe galt Kriminalgeschichten, jedenfalls solchen, die er dafür hielt, obwohl sie von den Gelehrten, was ihn jedoch nicht kümmerte, in weit höhere Regionen als der Schmökerlandschaft eingestuft wurden. Angefangen hatte es bei ihm als Pennäler mit Edgar Allan Poe und Schillers »Räubern«, die womöglich in ihm auch den ersten Eifer zu seiner Berufswahl geweckt hatten. Zu seinen bevorzugten Büchern zählten bis heute Dostojewskis »Schuld und Sühne«, worauf er durch das Urteil Thomas Manns gestoßen war, Dreisers »Amerikanische Tragödie« und Arnold Zweigs »Der Streit um den Sergeanten Grischa«. Besonders im letzten fand er eine Justiz ganz gegen seinen Willen. Und wenn er jetzt, was zwar in diese Reihe nicht paßte, er aber im Theater nie versäumte, sobald es auf dem Spielplan stand, sich auch Shakespeares erinnert hätte, seines Stückes »Hamlet«, wäre er dann wohl wie Fortinbras am Ende auf der Bühne erschienen und hätte gerufen: *Die Niederlage hier schreit Mord!?*

Seiner Kanzleiniederlassung in *** blieb natürlich (wie auch, da doch alle Zeitungen voller Lärm darüber waren) das Verbrechen, das der Schlosser Manfred Gütlein an dem Finanzdezernenten Dr. Anselm Rothenburger verübt hatte, nicht verborgen. Zunächst aber nahm er daran nur geringen Anteil, war es für ihn nur eine »Kriminalgeschichte« wie viele andere und nicht einmal von klassischem Format. Hellhörig wurde er erst, nachdem in der Öffentlichkeit laut über das Motiv nachgedacht und es immer mehr im Zusammenhang mit dem Besitz an Grund und Boden gesucht wurde, und vor allem, als zum ersten Mal der Name Dr. Harald Blinsen in den Berichten auftauchte.

Da entsann er sich. Auch diesen Mann kannte er und: Er besaß ihn alles andere denn in bester Erinnerung. Es mußte während seiner Assessorenzeit gewesen sein, am Amtsgericht in Nürnberg, als er Blinsen, wenngleich auch nicht persönlich, sondern nur in mehr oder weniger internen Mitteilungen, begegnet war. Doch sein Gedächtnis verließ ihn nicht. Dr. Blinsen, jetzt, wie seinem Interview in der SATZ zu entnehmen, Bezirksstaatsanwalt am selben Orte wie sein Büro, war damals einer der hartnäckigsten, Gift und Galle speienden Verfolger der RAF, jener Gruppe, der er sich ja irgendwann einmal, bis sie mit ihrem Terror begann, verbunden gefühlt hatte.

Was ihn aber mit einem Mal weit mehr empörte, den Ausschlag gab, sich dem Mann nun mit der Verteidigung von Gütlein entgegenzustellen, war dessen Vergangenheit. Denn mitten in seine Überlegungen, noch zögernd, das Für und Wider abwägend, platzte der Artikel des Wuppertaler Journalisten, in dem das wahre Gesicht Dr. Blinsens enthüllt wurde, die Rolle, die er als Ankläger – man höre und staune! – als *Ankläger* in dem Prozeß gegen den Mörder jüdischer Kinder gespielt hatte, letztlich nämlich als derjenige, der das Beweismaterial unterdrückte, zumindest paragraphengemäß zurechtbog, dadurch den Angeklagten entlastete und seinen Freispruch bewirkte.

Wenn das stimmte! Dann erbarme sich Gott! Dann würde aus einer menschenverachtenden Ideologie Recht beansprucht, und Gütlein stünde von vornherein als die Fratze des moralisch verkommenen Ostbürgers da!

Dr. Udo K. Meyer-Goltz griff in Schwabach, vor sich noch die Zeitungen, zum Telefon und ließ die Drähte heißlaufen. In Wuppertal erreichte er den Journalisten und bat ihn zu bestätigen, daß an seinem Artikel nichts erfunden oder gar erlogen sei, was dieser sofort tat und in einem längeren Fax noch mit weiteren Dokumenten belegte. In *** rief er seine dort ansässigen Partner an den Apparat und schickte sie umgehend als Späher aus. Sie sollten für ihn die Lage erkunden und vor allem das Umfeld Gütleins inspizieren.

Er selbst setzte sich am nächsten Tag in aller Frühe in seinen Porsche und raste nach ***. Er hatte es eilig, denn er wollte sich nun von niemanden mehr seine Kreise stören lassen, und nach einem trotz allem notwendigen Informationsaustausch mit seinen Mitarbeitern in der Kanzlei, wobei man ihm seine Ungeduld bereits anmerkte, bestand seine erste Handlung dann auch darin, sich beim Gericht anzumelden und um einen Termin zu bitten. Der wurde ihm, wider Erwarten, sofort gewährt, so daß er sich spaßeshalber vor der Sekretärin auf die Brust klopfte, damit angab, was für ein Kerl er sei, und sich köstlich amüsierte: Was doch hier im Osten so alles noch möglich ist, mit entsprechendem Auftreten kann man sogar die Bürokratie überrumpeln! Wie erhofft, teilte ihm der zuständige Richter dann tatsächlich mit, man suche noch immer vergeblich nach einem Pflichtverteidiger, der sich beiordnen lasse, und somit konnte er schon mal, in Option sozusagen und vorausgesetzt, sein Klient (er fügte hinzu: in spe) stimme zu, darauf verweisen, daß er sich des Falles anzunehmen gedenke.

»Wir kommen schon klar miteinander«, sagte er, als er, in zweiter Handlung, Inge Gütlein im Wohnzimmer gegenübersaß. Seine Partner hatten gute Arbeit geleistet und sie noch am gestrigen Abend auf ihn, Meyer-Goltz, vorbereitet. »Machen Sie sich keine Sorgen, was die Finanzen betrifft. Ich werde Sie keineswegs überfordern oder gar ausnehmen.« Zwar war ihm bewußt, daß er auf ein Honorar nicht verzichten durfte, ohne sich der Gefahr eines berufsrechtlichen Verfahrens auszusetzen, doch wer, wenn er es geschickt anstellte, würde ihn daran schon hindern können, über die Höhe der Kosten selbst zu bestimmen. »Fragen Sie mich auch nicht, weshalb ich hier den Wohltäter spiele und Ihnen vorkommen muß wie der Onkel aus Amerika. Ich weiß es selber nicht. Kann sein, es steckt dahinter noch immer ein bitterer Geschmack aus meiner Kindheit. Oder ich engagiere mich, weil ich es mir heute leisten kann, Gerechtigkeit hochzuhalten. Wir können zwar nicht die Schüsse zurücknehmen. Doch Mord, worauf dieser Staatsanwalt hinauswill, oder Totschlag – das ist ein himmelweiter Unterschied. Glauben Sie mir, liebe Frau, im ersten Falle sähen Sie Ihren Mann bis an Ihr Lebensende nicht wieder ...«

Inge Gütlein schluchzte und schnupfte unentwegt vor sich hin. Jetzt ergriff sie gar eine Hand des Rechtsanwalts, so daß er fürchtete, sie wolle sie ihm küssen. Aber sie preßte sie nur zwischen ihren vor Erregung feucht gewordenen, leicht schwieligen Händen und stammelte: »Bitte, bitte ... Ich vertraue Ihnen. Helfen Sie ihm ...«

Dr. Meyer-Goltz wußte, daß er mit diesen flehentlichen Worten die Zusage erhalten hatte und nun beim Gericht offiziell seine Bereitschaft erklären konnte, die Verteidigung Gütleins zu übernehmen. Seine Anerkennung erfolgte prompt, und nachdem er alle hierfür notwendigen Formalitäten erledigt hatte, besuchte er seinen Mandanten, begleitet von dessen Frau, sofort in der Haft. Gütlein aber war bereits derart zermürbt, daß, wie es schien, kein eigener Wille mehr in ihm war, und er zu allem nur nickte, wozu sie ihm riet.

Das, verflucht noch mal, würde keine leichte Aufgabe für ihn werden. Der Mann ließ widerstandslos so ziemlich alles mit sich geschehen. Eine aktive Mithilfe seinerseits, um die Anklage auf Mord zu entkräften, wäre wohl kaum zu erwarten. Und schon mußte Meyer-Goltz gegen die SATZ intervenieren, die nur wenige Stunden zuvor – und zufällig erfuhr er es, nein, nicht von seinem Mandanten, sondern von einem Polizisten – Gütlein ein Interview entlockt hatte. Was für ein Fressen hätte das für Blinsen abgegeben, wenn der Text erschienen wäre!

Diese Bloßstellung hatte er also noch rechtzeitig verhindert, und nun konnte er sich mit etwas mehr Gelassenheit anderen, dringend erforderlichen Dingen zuwenden, dem Studium der Akten, auch, wenn es demnächst soweit wäre, der Anklageschrift, auf deren Kenntnisnahme im vollen Wortlaut er bestand, den eigenen Nachforschungen und Ermittlungen über mögliche Zeugen und vor allem, wobei er äußerste Diskretion anmahnte, über seine potentiellen Gegner, Dr. Harald Blinsen eingeschlossen. Das Sichten der Zeitungen, der Masse von Artikeln, mit denen sich bisher mehr oder weniger sensationslüsterne Klatschreporter ihres Soldes für würdig hatten erweisen wollen, überließ er der schon erwähnten Sekretärin seines Büros; sollte doch sie fein säuberlich die Schmutzfinkeleien abheften und davon eine Mappe (oder mehrere) anlegen. Aber Ducknitz! Hagen Ducknitz, stellvertretender Chefredakteur der SATZ! Den wollte er sich gleich mal selber unter die Lupe nehmen.

Meyer-Goltz fand bald heraus, wes Geistes Kind dieser Mensch war. Er hatte Dr. Wünscher aufgesucht, um ihn um Unterstützung zu bitten, ihm gar vorzuschlagen, da er die Siedlergemeinschaft in Sachen Grund und Boden vertrat, was auch im Falle Gütlein nicht ohne Belang sein dürfte, und sich ohnehin in seiner Heimatstadt besser auskannte als er, neben ihm als Zweitverteidiger zu fungieren, und der klärte ihn dann über Ducknitz auf: Ein Anpasser sonder Grades. Das pfiffen bereits die Spatzen von den Dächern. Wie er früher als Journalist immer voran die sozialistische Fahne, so schwenke er heute die demokratische, und zwar wie ein Anstreicher je nach Bestellung in der gewünschten Farbe, sozial, liberal oder christlich, und stets mit dem Kniefall einer großen Bewußtseinsläuterung. Aber was soll's, von dieser Sorte gebe es ja übergenug, und ihn, Wünscher, würde es keineswegs wundern, wenn dieser – wie sagt man doch gleich, um dem Spechtvogel nicht wehe zu tun – dieser Drehhals schnurstracks von der Honecker- in die Kanzlerpartei gewechselt sei... Er lächelte grimmig. Und Dr. Meyer-Goltz tat es ebenfalls. Nur fragte er sich, wieso der allmächtige Herausgeber der SATZ solchen Wert auf ihn legte, wo doch sonst ganz ähnliche, als systemnah verschrieene Personen aus sämtlichen Ämtern und Institutionen geradezu hinauskatapultiert wurden. Ja, dachte er, das hat seine Ursache wohl darin, daß jedes System die Ducker, die Kriecher am liebsten mag und toleriert, gleich, unter der heutigen Herrschaft, ob sie sich vorher dem Teufel oder exaltierten Kommunisten verschrieben hatten, was schon fast als Beweis für die These Darwins gelten konnte: *Die Passendsten überleben!* Er wartete nur darauf – und das würde ihm eine höllische Freude bereiten –, Ducknitz einmal zu begegnen.

Bislang aber war ihm dieser Wunsch nicht erfüllt worden. Hingegen von Dr. Blinsen wußte er, wo er ihn, bevor sie, was nicht ausbleiben würde, im Vorfeld des Prozesses miteinander zu konferieren hätten, treffen könnte. Er speise, hieß es, allabendlich im DOM, dem Nobelrestaurant in der Innenstadt. Also schnappte er sich seine Sekretärin, eine hübsche Blondine mit seidigen Zotteln bis zu den Brüsten (und hübsch, weil nach seinem Verständnis auch das zum Geschäft gehörte), die seine Partner aus einem Dutzend hiesiger Bewerberinnen ausgewählt hatten, bat sie, sich herauszuputzen, mit ihm essen zu gehen und nicht zimperlich zu sein, wenn er mit ihr auch mal flirte. Er wolle diesen Blinsen persönlich kennenlernen, ohne sich ihm bereits vorstellen zu müssen, und es dabei so unauffällig wie möglich arrangieren. Denken Sie daran, sagte er, Sie wollen bei mir Rechtsanwalts*gehilfin* werden, und so bewähren Sie sich mal und *helfen* uns beiden, ein Liebespaar zu mimen. Danach aber war er enttäuscht, nicht von ihr, sondern von Blinsen. Der Staatsanwalt saß die ganze Zeit über allein an einem für ihn reservierten Tisch, nur wenige Meter von ihnen entfernt. Zwar konnte Meyer-Goltz ihn fortwährend heimlich durch ein Gestrüpp künstlicher Grünpflanzen, das als Raumteiler diente, beobachten, doch der Mann gab nichts her. Er hatte wohl mehr einen strengen, so etwas wie soldatischen Typ erwartet, statt dessen sah er sich einem salopp gekleideten, eher dem Richter Adam gleichenden Menschen gegenüber, allerdings ohne Hinkefuß und Glatze, wie der oft dargestellt wurde, sondern mit kappenartig geschnittenem Haar und einem Dreitagebart. Er aß und trank und hörte nicht auf zu essen und zu trinken, schäkerte nur hin und wieder einmal mit der Serviererin (wodurch andererseits er an all die Beleidigungen erinnert wurde, die einst seine Mutter hatte erdulden müssen), schwieg ansonsten, kaute, und das einzige, was sich im Laufe des Abends an ihm veränderte, war sein wohl um die sechzig Jahre altes, schwammiges Gesicht, das anfangs käsig-blaß gewirkt hatte und nun mit jedem Glas Rotwein einen rötlichen Schimmer zulegte, bis es am Ende glühte (diesen Vergleich zog Meyer-Goltz) wie ein Lampion. Nein, sein Bild von Dr. Blinsen mußte er sich bei anderer Gelegenheit einholen. Und wenn er, woran er zum ersten Mal nach dieser Begegnung dachte, seinen Ausschluß als Ankläger beantragen sollte, dann laut vor aller Ohren zum Prozeßbeginn, ausschließlich mit dem Hinweis auf seine Vergangenheit.

Je mehr er sich in die Akten vertiefte und seine Verteidigungsstrategie entwarf, auch nach den Gesprächen, die er führte, weniger zu diesem Zwecke mit Gütlein, dem jedes Wort der Selbsterkenntnis schwerfiel, als mit dessen Frau und den Nachbarn in der FROHEN ZUKUNFT, desto klarer sah er das Motiv für die Tat, verstand er, was seinen Mandanten letztlich bewogen hatte, den Finanzdezernenten zu erschießen.

Dr. Rothenburger, da er sich stets in der Öffentlichkeit, den Medien produziert hatte, siegessicher und nicht ohne Arroganz, war Gütlein – und gewiß unbewußt, instinktiv – nur als die vorrangigste Adresse einer Verschwörung erschienen, die sein Lebenswerk und, rechnete man seine Aktivitäten von Anfang an in der Siedlung hinzu, das seiner Mitbürger vernichten wollte. Ein solcher Gedanke, fand Meyer-Goltz, mußte ganz zwangsläufig, nahezu schicksalhaft aufkeimen, wenn man ihm zubilligte, daß er nicht in einem luftleeren Raum, in einem historischen Vakuum gesät worden war. Hielt man auch umgekehrt Dr. Rothenburger zugute, seine Forderungen unentwegt aus angestammter Überzeugung vorgetragen zu haben, so spiegelte sich hier sowohl beim Opfer als auch beim Täter das Ergebnis wider, das aus dem Zusammenprall zweier sich bisher feindlich gegenüberstehender Gesellschaftsauffassungen resultierte. Es gipfelte im unterschiedlichen Verhältnis zum Eigentum generell, doch hier konkret zum Eigentum an Grund und Boden.

Im Osten Deutschlands war das Land – die Erde, die Wälder, die Gewässer – zum größten Teil verstaatlicht oder von Genossenschaften genutzt worden und hatte daher nur eine untergeordnete Rolle für seine Bewohner gespielt. Wollte sich jemand auf einem Grundstück ein Haus bauen, so tat er es in der Regel allein deshalb, um höheren Wohnansprüchen zu genügen und für sich und seine Familie eine bessere Lebensqualität zu schaffen. Absichten, daraus finanziellen Gewinn zu schlagen, etwa durch Vermietung oder Verkauf, wurden so gut wie nicht in Erwägung gezogen, denn erstens lohnte es nicht bei den Billigpreisen und zweitens ergab es bei Grundstücken erst recht keinen Sinn, da sie bis zum sogenannten Modrow-Gesetz nicht in Privathand übergehen durften. Anders im Westen. Hier bildeten Grund und Boden und jede Art Häuser und Gebäude, die IMMOBILIEN, seit eh und je eine Kapitalanlage, ihr Besitz öffnete von vornherein den Spekulationen Tür und Tor, so daß man, ohne dabei einen Finger zu krümmen, Arbeit zu investieren, beliebig Geld scheffeln konnte, wenn man sich nur in den jeweils dem Markt unterworfenen Preisen auskannte.

Die Schüsse im BÜRGERHOF von *** hatten nur an den Tag gebracht, was sich in den beiden Teilen Deutschlands, trotz aller Vereinigungsschwüre, noch immer unversöhnlich gegenüberstand: die seit vierzig, fünfundvierzig Jahren hier wie dort nach Gesetz und Glauben völlig anders gearteten und von den Menschen gelebten Eigentumsverhältnisse. Auf diesem Hintergrund war es zur Tat gekommen, und wenn man davon ausging und jetzt nach dem Motiv für Gütlein suchte, würde man finden, daß es gesellschaftliche Ursachen hatte.

Dr. Meyer-Goltz mußte es wissen. Er selbst, obgleich er keine große Lust verspürte, die bürgerliche Gesellschaft, so wie sie sich tagtäglich gab, zu akzeptieren – profitierte von ihr. Jede Mark, die seine Rechtsanwaltspraxis abwarf (und seine Honorare waren in der Regel weiß Gott gepfeffert), steckte er in Immobilien. Erst Dr. Wünscher, der sich nun als zweiter Anwalt zur Verfügung stellen wollte, machte ihn, höflich zwar, aber deutlich, darauf aufmerksam, und er, obwohl er sich selbst, plötzlich das Bild eines reißenden Flusses vor Augen, auf der unbedrohten Uferseite sah, nahm es, wie es sein Beruf erforderte, dankbar zur Kenntnis. Ihm sei ein Licht aufgegangen, sagte er. Er hatte den Punkt gefunden, das Fundament gelegt, auf dem er sein Plädoyer aufbauen konnte.

42

Blieb die Frage: MORD oder TOTSCHLAG.

Entscheidend für die Antwort darauf wäre, daß er lückenlos den Nachweis führte, wie Manfred Gütlein an die Waffe mit dem bis obenhin gefüllten Magazin gekommen war und mit welcher Absicht er sich die Makarow besorgt hatte. Dr. Meyer-Goltz mußte sich hierbei, da es keine Zeugen gab, voll und ganz auf die Schilderung seines Mandanten verlassen, doch je mehr er sich seiner annahm, ihn auch immer wieder nach geringsten Kleinigkeiten aushorchte, um so mehr wuchs in ihm die Gewißheit, daß er ihm vertrauen konnte. Den von Dr. Blinsen jedenfalls fortwährend angestachelten Verdacht, die Staatssicherheit – die STASI – habe ihre Hände im Spiel gehabt und Gütlein gar zu dem Verbrechen angestiftet, schob er bald beiseite. Man konnte ihr sonstwas für Konspirationen anhängen, Gütlein aber hatte sie wohl nicht einmal dem Namen nach gekannt. Auch daß die Tat nicht geplant gewesen war, sondern eher im Affekt geschah, in einem Zustand *emotionaler Verwirrung*, glaubte er indessen begründen zu können. Dafür sprach, daß einerseits zwar mehrere Schüsse abgefeuert worden waren, die jedoch, wie das Gutachten ergab, in aller Hektik, nur grob gezielt, und anderseits noch drei Patronen im Magazin steckten, der Schütze also seine tödliche Handlung mittendrin abgebrochen hatte.

Nachdem Dr. Meyer-Goltz das alles mit seinen Partnern rekonstruiert hatte, bat er, nein, befahl er Gütlein, sich anderen gegenüber, wer es auch sei, nur noch in seiner Gegenwart zu äußern.

43

Bleibt zuletzt noch zu fragen, wie sich die Tat und ihre Vorbereitung aus der Sicht des Täters zugetragen hatte, Manfred Gütleins, und was sein Verteidiger darüber von ihm erfuhr.

44

Es war an einem Freitag mitten im August, um die Mittagszeit. Freddi entsann sich genau, an jenem Freitag, der ihrer fluchtartigen Rückkehr aus den Bayerischen Alpen folgte, als er in den STEINEN die Waffe (nein, nicht wie ursprünglich angegeben: gefunden) gekauft hatte. Er befand sich noch im Urlaub, und da sie fast zwei Wochen ihre Wohnung nicht benutzt hatten, auch der Kühlschrank währenddessen abgetaut gewesen war und leer, schlug er Inge vor, daß er Lebensmittel und Getränke besorgte, um ihn wieder zu füllen. Anschließend, sagte er, wolle er noch schnell in der Feldmark nach Wildsämereien sehen, Distelköpfen und Klatschmohnkapseln, nach frischem Löwenzahn und Vogelmiere für die Sittiche, damit auch sie wüßten, daß sie beide wieder zu Hause seien.

Von der Reise besaß er noch einige hundert Mark im Portemonnaie, von deren Existenz Inge nichts ahnte und über die er nun, im Gegensatz zu sonst, wo er sich mit weit geringeren Summen als Taschengeld begnügte, frei verfügen konnte. Schon vor dem Urlaub, und zwar an jenem Abend, nachdem er von seiner Kündigung erfahren und sich in der Gaststätte AM BALL betrunken hatte, war dort am Tisch geflüstert worden, daß die Sowjets, weil sie nun in Deutschland »ihren Laden dichtmachten«, auch, wie man sehe, die Kaserne bei den STEINEN räumten, wohl »ihr letztes Hemd« verschacherten, um an »harte Währung« zu gelangen, und sogar mit Waffen handelten, meist mit Pistolen, doch selbst Kalaschnikows und Handgranaten. Man brauche sich nur eine Weile in ihrer Nähe herumzutreiben, und man könne gewiß sein, darauf angesprochen zu werden.

Seither waren Manfred Gütlein diese Worte nicht mehr aus dem Sinn gegangen, selbst in Bayern hatte er manchmal daran gedacht, und kaum wieder daheim in der Siedlung, erfuhr er Neuigkeiten, wahre Schauergeschichten von Überfällen und Raubzügen, die nicht ohne Eindruck auf ihn blieben. Während seiner letzten Fuhre auf der holprigen Landstraße nach Connewitz, am hellichten

Tage, war der NVA-Offizier aus dem Kohlmeisenweg, der, aus der Armee (wohl neuerdings Bundeswehr) entlassen, nun sein Brot als Taxichauffeur zu verdienen suchte, von zwei Fahrgästen niedergeschlagen und seiner Kasse bestohlen worden. Hätte er, erzählte er später im BALL, wie früher bei der Fahne eine gute alte Makarow bei sich gehabt, wäre die Sache anders verlaufen. Von jenem Mediziner aus dem VOGELSANG, Prof. Dr. Solinde, den Freddi dann im Sprecherrat kennenlernte, hieß es, bei ihm sei ebenfalls eingebrochen worden, die Banditen hätten seine Münzsammlung geklaut und den gesamten Schmuck seiner Frau. Über beide Fälle hatten auch die Zeitungen berichtet, aber Harry, der Wirt, der bereits um seine Vorräte im Keller fürchtete, den Wein aus Rheinhessen und manch andere erlesenen Tropfen, sagte, die kommen schon gar nicht mehr nach, weder die Käseblätter noch die Polente...

So stand Freddis Entschluß längst fest, als er an diesem Morgen in sein Auto stieg und einkaufen fuhr. Danach steuerte er zu den STEINEN, dem felsigen Ödland hinter der Siedlung, und natürlich sammelte er auch Grünfutter und Sämereien für die Vögel ein.

Aber er brauchte nicht lange zu warten. Die Flüsterpropaganda behielt recht. Ein Mann in sowjetischer Uniform kam ihm entgegen, von verwegenem, südländischem Aussehen, vielleicht ein Georgier oder Armenier aus dem Kaukasus (von dort hatte Freddi sich einst seine Weinlaube abgeguckt), und wenn er die Rangabzeichen richtig zu deuten wußte, so war es ein Unterleutnant. Auf beiden goldfarbenen Schulterstücken trug er einen Stern auf rotem Streifen.

Ohne zu zögern, begann er halb in Russisch, halb in Deutsch zu radebrechen: »Du, Kamerad … Makarow? Magazin. Wosjem – du verstehn? – Wüstrelü, acht Schuß. Bum – Bum. Nu, Kamerad, dwesti Mark. Chundert – zwei …« Er unterstützte sein Angebot, indem er zwei Finger aufstellte. »Zweichundert. Neues Geld.«

Dann packte er Freddi am Arm, ein wenig derb sogar, und zog ihn hinter eine Porphyrwand in ein Ginstergebüsch. Dort holte er aus seiner Uniformjacke die Pistole mitsamt einigem Zubehör und legte eins wie das andere flach auf seine Hände.

»Okay«, sagte Freddi. Deshalb war er ja gekommen. »Die Pistole …« Er tippte auf die Makarow. »Gekauft.«

Doch der Unterleutnant hielt ihn zurück und versuchte, noch mehr herauszuschlagen. »Mit Tasch. Magazin zwei. Dwesti und pjatchdesjat. Du verstehn? Zwei – fumfzig…« Wieder hob er zwei Finger und mühte sich, den Daumen nur zur Hälfte zu zeigen.

»Njet, njet«, entgegnete Freddi, und ein bißchen unheimlich war ihm bei dem Handel bereits zumute. Wozu brauchte er auch noch die Pistolentasche, ein zweites Magazin und das andere Zeug! Hätte er es mit Einbrechern zu tun, würde ein scharfer Schuß genügen, um sie zu verjagen.

Er zahlte, zweihundert in Fünfzigmarkscheinen, und verstaute die Makarow in den Sack mit Futter.

Zu Hause konnte er sie so, unbemerkt von Inge, in die Voliere bringen und dort verstecken. Zwar lag es ihm oft auf der Zunge, ihr von seinem Kauf zu beichten, doch dazu kam es nicht mehr.

45

Für den 19. September, den Tag, an dem im BÜRGERHOF von ***, wie während der Demonstration in der letzten Woche bereits verkündet, die Stadtverordnetenversammlung stattfinden und über Anerkennung oder Ablehnung der Kaufverträge beschlossen werden soll, hat Manfred Gütlein sich mit Otto Kuhnt verabredet. Wie zahlreiche andere Siedler wollen auch sie als Zuhörer an der Debatte teilnehmen. Sie fahren gemeinsam mit dem Linienbus von der Haltestelle in der Connewitzer Straße in die Stadt und treffen schon eine Viertelstunde vor Tagungsbeginn, um 8^{45} Uhr, in dem Jugendstilgebäude ein.

Manfred Gütlein hat das Haus, das unter Denkmalsschutz steht, noch nie von innen gesehen. Die Atmosphäre im Saal findet er ungemein feierlich, was ihn sogar ein wenig beklommen macht. Eingehend betrachtet er immer wieder das riesige, dreiteilige und in prächtigen Farben gemalte Gemälde und rätselt an seinem Inhalt herum. Irgendwas aus dem Mittelalter stellt es wohl dar, denkt er und nimmt sich vor, in der Pause Dr. Kassem danach zu fragen, der zwei Bankreihen hinter ihm sitzt.

Doch später vergißt er es. Die Debatte erregt ihn. Die Sprecher aller Fraktionen, bis auf jene der PDS, befürworten den Antrag Dr. Rothenburgers, die Kaufabschlüsse vom Sommer letzten Jahres für ungültig zu erklären. Eine unbändige Enttäuschung bricht unter den Zuhörern aus, als sich auch das Neue Forum und die Grünen hinter seine Forderung stellen. »Und das will die Bürgerbewegung sein!« schreit es durch den Saal. »Die waren's auch nur solange, bis sie ihr Schäfchen ins trockene gebracht hatten ...« Manfred Gütlein ist einer der Wütendsten. Er buht sich die Kehle heiser.

Der Präsident läßt mehrmals die Glocke schellen und ruft zur Ordnung auf. Schießlich beendet er die Debatte, nachdem Dr. Rothenburger noch einmal das Wort ergriffen hat, und bittet um Abstimmung.

In den Bänken der Abgeordneten recken sich die Arme beim Ja. Ohne Zweifel, es ist bei weitem die Mehrheit, die die Verträge ablehnt. Von den hinteren Plätzen der Zuhörer peitscht eine Stimme durch den Raum: »Sie stürzen das Recht, meine Damen und Herren! Sie brechen in diesem Augenblick eine mit dem Einigungsvertrag übernommene Verpflichtung von Gesetzeskraft!« Manfred Gütlein bebt vor Zorn. Otto Kuhnt legt ihm beschwichtigend seine Hand aufs Knie.

In der kurz darauf folgenden Mittagspause kommt es zwischen ihnen zum Streit. Es geht um die Haltung der PDS. Otto Kuhnt lobt sie, verteidigt das Auftreten ihrer beiden Redner. »Da siehste, wer wirklich auf der Seite der Schwachen steht, der Betrogenen.«

»Ach«, zischte Manfred Gütlein. »Bleib mir vom Leib mit deinen – mit deinen Jenossen. Die haben doch sowieso nischt zu melden. Die wollen nur Stimmen fangen ...«

Ein Wort ergibt das andere. Otto Kuhnt winkt ab, zeigt seinem Nachbarn einen Vogel und läßt ihn, ärgerlich geworden, allein. »Du bist ja verbohrt«, sagte er noch. »Du kannst ja nicht mal mehr richtig denken ...«

Manfred Gütlein zieht sich beleidigt zurück, setzt sich auf eine Bank im Garten des BÜRGERHOFES. Was soll er hier noch ... Eigentlich möchte er nach Haus ... Er wurde soeben um sein Leben gebracht.

Dann fühlte er die Makarow in der Innentasche seiner Farmerjacke. Manchmal, so in der Voliere, sobald er sich nicht von Inge beobachtet glaubte, hat er ihre Automatik ausprobiert, allerdings stets mit leerem Magazin. Seit Tagen, seit die Abende früher dunkeln, trägt er sie bei sich, immer auf der Hut vor Überfällen. Er nahm sie auch schon zur Arbeit mit, als eine Art Vorsichtsmaßnahme für den Fall, daß es spät werden könnte, wenn er anschließend im BALL noch sein Bier trinkt.

Von irgendwoher, hinter einer Hecke, hört er eine Unterhaltung, die offenbar einige Abgeordnete führen. Sie rühmen geradezu die Standhaftigkeit des Finanzdezernenten und wollen ihm zu seinem Sieg gratulieren. »Da haben wir aber die Bonzen aufs Kreuz gelegt«, sagte einer und lacht.

Als zur Fortsetzung der Versammlung aufgerufen wird, kehrt Manfred Gütlein in den Saal zurück. Er geht auf das Podium zu, sieht nur noch, wie er wähnt, das hämisch grinsende Gesicht Dr. Rothenburgers. Er reißt die bereits entsicherte Pistole aus der Tasche und schießt, mitten in das Geläut der Konferenzglocke hinein, wie von Sinnen.

Er weiß nicht einmal, wieviele Schüsse er abgegeben hat, schließt, erschrocken über den Rückstoß und den Knall, nach dem ersten die Augen, drückt nur ab. Er vernimmt auch nicht den Tumult im Saal, den Aufschrei des Entsetzens. Die Waffe fällt ihm aus der Hand, und er läßt sich packen und willenlos abführen.

Dingsda-Bücher

Christine Ostrowski
Ostdeutsche Biographien. Im Streit
228 Seiten, 25 Bildtafeln, kt., DM 19,90

»Immer wird mit persönlicher Stimme gesprochen. Immer äußert sich eigene unmittelbare Betroffenheit und – bei aller polemischen Schärfe ihrer Beweisführung – die Verletzlichkeit einer Frau, die sich den Widersprüchen der politischen Realitäten stellt. In zahlreichen Tagebuchblättern und literarischen Miniaturen skizziert sie Alltagserlebnisse, bei denen der genaue Blick fürs Detail überrascht.«

(Sächsische Zeitung)

»Wie Regine Hildebrandt ist sie (Christine Ostrowski) eine streitbare ›Heilige Johanne‹.«

(Magdeburger Volksstimme)

Christine Ostrowski
Tagebuch eines Hungerstreiks
Bischofferode
28 Seiten, 2 Abb., gh., DM 5,00

»Sie zeichnet ein nahezu zärtliches Bild von den Menschen, denen sie in diesen Tagen begegnete und die ihr Mut zusprachen, von ›Ise‹ beispielsweise, einem der Bischofferoder ›Hungerältesten‹, von Bärbel, die mit ihr hungerte, von Hans-Jürgen und Jelo.«

(Junge Welt)

Louise von François
Vergessene Geschichte(n)
Aus der Provinz Sachsen und Thüringen
Band 1, 112 Seiten, kt., DM 15,80

»Durch feine Ironie, Weisheit und ›unerschöpflichen Humor‹, den die befreundete Marie von Ebner-Eschenbach an ihr hervorhob, sowie durch den unsentimentalen, gelegentlich an Fontane erinnernden Erzählton der François wird die Lektüre zum Genuß.«

(Mitteldeutsche Zeitung)

Dingsda-Bücher

Friedrich Nietzsche
Vergessene Geschichte(n)
Aus der Provinz Sachsen und Thüringen
Band 2, 112 Seiten, kt., DM 16,80

Prof. Hermann Größler
Führer durch das Unstruttal von Artern bis Naumburg
XVI, 256 Seiten, 1 farbige Karte, kt., DM 22,00

»Das Unstruttal von Artern bis Naumburg ist ... nicht nur durch eine Fülle schöner, freilich mehr anmutiger und lieblicher, als großartiger Landschaften ausgezeichnet, sondern durch einen ungewöhnlichen Reichtum geschichtlicher Erinnerungen ...«
(Größler/Allg. Bemerkungen)

Clara Förstner
Aus der Sagen- und Märchenwelt des Harzes, Band 1
184 Seiten, kt., DM 18,80
Aus der Sagen- und Märchenwelt des Harzes, Band 2
176 Seiten, kt., DM 18,80

»Clara Förstner besitzt einen feinen Sinn für alles Märchenhafte und zum Fabulieren nicht nur Luft, sondern auch Talent. Ihr Prosabuch ›Aus der Sagen- und Märchenwelt des Harzes‹ ist sinnig und anmutig und findet auch den verdienten Beifall.«
(Dr. Brieger/Harzer Monatshefte)

Gisela Stockmann
Schritte aus dem Schatten. Frauen in Sachsen-Anhalt
60 Seiten, 16 Abb., gb., DM 18,00

Mit Katharina von Bora, Caroline Neuber, Dorothea Erxleben, Anna Louisa Karsch, Caroline Bardua, Louise von François, Hedwig Courths-Mahler und Christa Wolf.

Dingsda-Bücher und Dingsda-Karten

Joachim Jahns
Große Querfurter und mit Querfurt verbundene Persönlichkeiten
72 Seiten, 32 Abb., kt., DM 11,40

Dr. Rainer Hünecke
Von Luftkuchen bis SchönheitsBalsam
Alte Harzer Rezepte
36 Seiten, 1 Abb., kt., DM 7,80

Dr. Hans Raeck
Geschichte der Eisleber Bergschule 1798–1928
172 Seiten, 46 Abb., kt., DM 24,80

Neue Chursaechsische Postcharte von 1753
vierfarbig, 94×54 cm
Diese kartografische Arbeit stammt von dem »Königlichen Land- und Grenzkommissar« Adam Friedrich Zürner, der im Auftrag August des Starken die kursächsischen Straßen vermaß.

Das Stift Naumburg und Zeit
vierfarbig, 56×49 cm
Nach der um 1760 enstandenen Originalkarte von Johann Georg Schreibern.

Prof. Hermann Größler
Geschichtliche Karte des Kreises Querfurt
aus dem Jahre 1908
vierfarbig, 45×53 cm